HEYNE<

Ein vollständiges Verzeichnis aller
im HEYNE VERLAG erschienenen Romane aus
der aventurischen Spielewelt
finden Sie am Schluss des Bandes.

Das Schwarze Auge

MARTINA NÖTH

DIE LETZTE SCHLACHT

Blutsbande
2. Teil

Einundsiebzigster Roman
aus der
aventurischen Spielewelt

begründet von
ULRICH KIESOW

Originalausgabe

WILHELM HEYNE VERLAG
MÜNCHEN

HEYNE SCIENCE FICTION & FANTASY
Band 06/6071

Umwelthinweis:
Dieses Buch wurde auf chlor- und
säurefreiem Papier gedruckt.

Originalausgabe 04/2003
Redaktion: Angela Kuepper
Copyright © 2003 by Ullstein Heyne List GmbH & Co. KG
und Fantasy Productions, Erkrath
Der Wilhelm Heyne Verlag ist ein Verlag der
Ullstein Heyne List GmbH & Co. KG
www.heyne.de
Printed in Germany 2003
Umschlagbild: Zoltán Boros & Gábor Szikszai/Agentur Kohlstedt
Umschlaggestaltung: Nele Schütz Design, München
Satz: Schaber Satz- und Datentechnik, Wels
Druck und Bindung: Ebner & Spiegel, Ulm

ISBN 3-453-86165-5

Meinen Lieben gewidmet
Für jede Träne, die ihr mit mir weint!

Besonderen Dank an
Susi Michels
Christian Hötting
Daniel Simon Richter

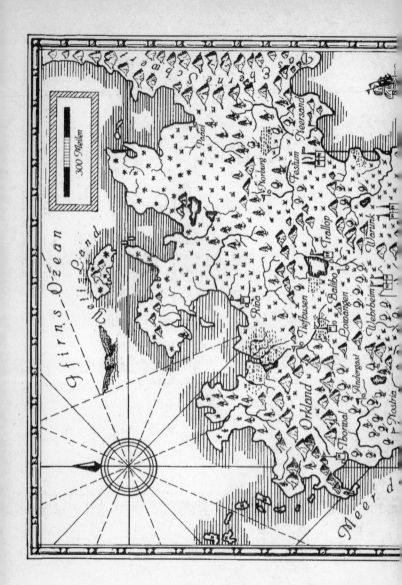

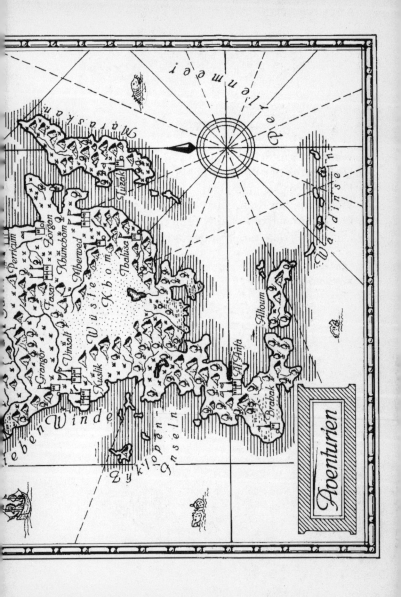

Wenn die göttliche Schlange verheißend sich windet
Und Spross der Wächter liebkoset das schwache Kind,
Der Waage Gegengewicht,
Wenn dunkler Klang finstre Wege bereitet,
Die Pforte sich öffnet, das Tor sich weitet,
Dann bete, dass das blutige Rad bricht!

(Aus den geheimen Archiven des Hortes Umtoste Konklave, Verschlussgut, höchste Sicherheitsstufe)

Was bisher geschah ...

In einem im Herzogtum Weiden gelegenen Hort des Hesindianischen Draconiterordens wächst die junge Althea als wohl behüteter Schützling des Abtes Sibelius Gerdenwald auf.

Der verwitwete Geweihte hatte das Mädchen zusammen mit dem Abtprimas des Ordens am Fuße einer Blutulme gefunden, als sie in der Baronie Herzogenthal das Phänomen eines Eisregens und Feuersturmes untersucht hatten, die ein ganzes Dorf vernichtet hatten. Bis auf den dauerhaften Verlust des Gedächtnisses war das damals sechsjährige Mädchen unversehrt gewesen.

Dann aber beginnt Althea, inzwischen Novizin des Ordens, unvermittelt an mysteriösen Anfällen zu leiden, deren Ursache sich nicht feststellen lässt.

Als Sibelius Rat beim Abtprimas des Ordens sucht, überbringt die Geweihte Lea Elida Welfenhaag, Erste der Eisernen Schlange, die Antwort. Der Abt ist alarmiert, denn die Geweihte gehört einer kleinen, geheimnisumwitterten Gemeinschaft an, deren Kampfkraft und Rigidität ihr das Misstrauen vieler Glaubensbrüder und -schwestern einbringt. Kurze Zeit später erleidet Althea einen weiteren schweren Anfall. Als Sibelius daraufhin zusammen mit seiner Propräzeptorin eine Rückführung bei ihr durchführen lässt, ein altes und schwieriges Ritual, bei dem der Probant seine Vergangenheit nochmals durchlebt, können sie die Gedächtnislücken Altheas zwar nicht schließen, jedoch wird der jungen Novizin klar, dass sie einem bislang unbewussten Drang folgen und sich auf den Weg nach Herzogenthal machen muss.

Sibelius begleitet seinen Schützling. Als er ein letztes Mal die unterirdischen Gewölbe des Hortes aufsucht, die älter als das Bauwerk selbst und mit einem gigantischen Relief geschmückt sind, hat er eine Vision: Ein Ritter, dessen Abbild in die Wand gemeißelt ist – wohl ein Heerführer aus uralter Zeit –, mahnt ihn zur Wachsamkeit.

Auf Wunsch des Abtprimas schließt sich ihnen auch Lea Elida an. Bereits in der ersten Nacht ihrer Reise wird Sibelius von argen Albträumen heimgesucht. In diesen erscheint ihm zunächst ein Fürst, der von einem unheimlichen Berater das Ohr zerfleischt bekommt und der den Abt schließlich entdeckt. Dann träumt Sibelius von Rittern, die in die Schlacht ziehen und allesamt den Tod finden, und von einem Schlachtfeld, wo ein Toter verstümmelt wird, wohl um eine dämonische Präsenz auszutreiben.

Bald darauf werden die Reisenden angegriffen: Von übernatürlichen Kräften belebte Ranken umschlingen sie im Schlaf, und sie können nur mit knapper Not dem Tod entrinnen. Doch auch andere Reisende auf der Straße begegnen ihnen feindselig, und als sie schließlich in einem Gasthaus rasten, wenden sich Gäste und Wirtin gegen sie, und sie können nur mit Mühe und der Hilfe zweier unbescholtener Gäste entkommen. Zwar wissen die Gefährten noch immer nicht, warum sie verfolgt werden; sie sind sich jedoch bald einig, dass die Angriffe mit den Visionen des Abtes in Zusammenhang stehen müssen. Während Althea nach wie vor darauf besteht, weiter nach Herzogenthal zu ziehen, ist Sibelius überzeugt, zunächst die Traumbilder deuten zu müssen, um Aufschluss über das Ziel ihrer Reise zu erhalten. Da er zudem der Ansicht ist, dass die Übergriffe ihrer Gegner nur ihm selbst und nicht seinen Gefährten gelten, geht er seinen eigenen Weg, um die Aufmerksamkeit von seinem Schützling Althea abzulenken. So begibt er sich nach Moosgrund, um im dortigen Draconiterhort Näheres über die Bedeutung seiner Träume zu erfahren, während Lea Elida und Althea weiter nach Herzogenthal ziehen.

Unberührt von all diesen Ereignissen, wächst der junge Raul bei einem alten Druiden auf – dort, wo die Wälder Weidens am dichtesten sind. Auch er kann sich nicht an seine Kindheit erinnern; der Druide hatte ihn völlig verstört und verwahrlost im Wald aufgelesen und zu sich nach Hause genommen, wo Jeschinka, eine wirrköpfige und stumme Frau, ihn fortan liebevoll aufzieht. Der Alte aber quält den Jungen bis aufs Blut, denn er spürt dessen verborgene magische Fähigkeiten und will sie mit Gewalt wecken.

Erst als der Druide Raul in Lebensgefahr bringt, in dem er einen Bären auf ihn und Jeschinka hetzt, aktiviert der Junge unbewusst seine Magie und besiegt das Tier. Von da an verändert sich Rauls Leben. Er besitzt plötzlich ungeahnte Fertigkeiten und saugt jedwede Form von Wissen in sich auf. Als er seine Kraft zum ersten Mal bewusst einsetzt, brennt er Sildans Haus ab. Im Flammenmeer taucht, scheinbar aus dem Nichts, ein unheimlicher Narr auf, der sich Mey nennt. Als Sildan den Jungen bedroht, wird er von Mey umgebracht, und von nun an ist der Narr Rauls treuester Gefährte. Seine Ziehmutter ergreift bei seinem Anblick panisch die Flucht, und so zieht Raul allein mit Mey in die Fremde – auch wenn er nicht im Geringsten ahnt, was Ziel dieser Reise sein könnte.

Des Nachts jedoch begegnet er Meys Meister, der Raul prophezeit, dass er zu Großem geboren sei und ein mächtiger Thron seiner harre. Er offenbart dem

Jungen unglaubliches Wissen und zeigt ihm, wie er seine Macht nutzen kann. Der Thron aber, den Raul besteigen werde, solle in Herzogenthal stehen … Unverzüglich macht sich Raul in Begleitung des nimmermüden Mey auf den Weg.

Auf ihrem Weg durch die Wildnis begegnen sie einer Gruppe von Reisenden, drei Männern und einer Frau, deren Anführer Andiel Raul erlaubt, sie eine Zeit lang zu begleiten. Zwar weiß der Junge schon bald, dass ihn die anderen nur als Mittel für ihre räuberischen Zwecke einsetzen wollen, doch im Vertrauen auf seine neuen Fähigkeiten bleibt er ohne Furcht und schließt sich ihnen an.

Währenddessen wird Sibelius auf seinem Weg nach Moosgrund von Waldvögeln angegriffen, die als bunt gemischter, Tod bringender Schwarm über ihn herfallen. Ein Rabe rettet ihn jedoch im letzten Augenblick vor den Verfolgern, indem er ihn auf geweihten Boden führt. Als er tags darauf einen Ritter trifft, der ihm großherzig sein Packtier überlässt, reitet Sibelius so schnell er kann nach Moosgrund und erreicht schließlich mit letzter Kraft den Hort der Hesinde.

Sobald sein Zustand es ihm erlaubt, wendet er sich an die dortige Erzpräzeptorin und erfährt so einiges über die Ritter aus seinen Träumen: Offenbar gab es tatsächlich einst eine geheimnisumwitterte Glaubensgemeinschaft, die sich die HEILIGE CONGREGATION ZUR WAHRUNG UND WACHT IM NAMEN DER HOHEN HERREN NACLADOR UND NANDUS nannte. Doch allzu wenig ist von diesem Orden bekannt, der vermutlich in der Zeit vor den Priesterkaisern existierte und angeblich im Kampf gegen eine überderische Wesenheit ausgelöscht wurde.

Als er in der Bibliothek des Hortes nachforscht, entdeckt er die Aufzeichnungen eines Bauernmädchens, die ihm schließlich offenbaren, dass die letzte große Schlacht der Congregation ausgerechnet in der Baronie Herzogenthal stattfand. Schlagartig wird ihm klar, dass Althea und Lea Elida allein dorthin unterwegs sind, wohl ohne etwas von den wahren Zusammenhängen zu ahnen. Und ihn überkommt die Gewissheit, dass auch heute noch etwas von dem Bösen, das einst dort hauste, weiterexistiert und auf die Frauen wartet – ein Schrecken, der sein ohnehin geschwächtes Herz beinahe zum Stillstand bringt.

Währenddessen lenkt auf den Hügeln über Moosgrund ein geisterhafter Reiter sein Ross ins Tal hinab, auf den Hort der Hesinde zu …

Kapitel 1

Die Dunkelheit hatte sich nachtschwarz um den Lichtkreis der sechs Kerzen ausgebreitet. Die kleine Insel aus goldenem Schein erbebte, als ein leiser Windhauch die Flammen streifte. Sibelius starrte mit schmerzender Brust auf einen Wachstropfen, der den schlanken Kerzenleib herabrann, sich langsam, wie widerwillig, von ihm löste, nach scheinbar endlosem Fall auf dem Tisch aufprallte und zerperlte. Der Abt war unfähig, sich zu bewegen; nur seine aufgesprungenen Lippen flüsterten heiser wieder und wieder denselben Namen: »Herzogenthal.«

»Ehrwürdiger Vater, wann brechen wir auf?«
»Noch in der heutigen Nacht. Wir dürfen nicht mehr länger warten. Der Ruf des Falken ist vor drei Tagen erklungen; Khell Dairon wird mit seinen dunklen Heerscharen bereits auf uns warten.«
Der Jüngere nickt. In den leicht schräg gestellten Augen lodert die Entschlossenheit wie Feuer, und er wirft ungeduldig das lange rotblonde Haar zurück. In diesem Augenblick hallt ein Klopfen von den steinernen Wänden wider.
Der Ältere, ein großer, schmaler Mann mit strengen Gesichtszügen, sieht auf. Ein Blick seiner fast schwarzen Augen reicht aus, und der andere eilt mit forschem Schritt zur Tür und öffnet sie. Fackelschein fällt durch die Öffnung.
»Bruder Serpentigena?«
Der Neuankömmling beugt das braun gelockte Haupt.

»*Bruder Honestas, ein Abgesandter ist hier und erbittet Gehör beim ehrwürdigen Vater.*«

Honestas dreht sich um und als er das Nicken des Älteren gewahrt, tritt er beiseite und lässt die beiden anderen eintreten.

Ein stämmiger Mann, etwa Anfang vierzig, mit blond gelocktem Haupthaar und Bart, fällt vor dem Älteren auf die Knie. Er ist in Kettenhemd und Leder gewandet, ein beruhigender Anblick neben den fremdartig anmutenden Brünnen der anderen drei.

»*Hoher Meister! Ehrwürdiger Vater Animus! Ich danke Euch, dass Ihr mich empfangt!*«

Mit einer knappen Geste bedeutet der ehrwürdige Vater dem Knieenden aufzustehen. Vater Animus ist eine beeindruckende Gestalt, fast zwei Schritt groß, das graue Haar zu einem schlichten Zopf zurückgebunden, das Gesicht von den durchdringenden Augen unter dunklen Brauen dominiert. Trotz seines fortgeschrittenen Alters und dem Gewicht von Rüstung und dunkelgrünem Samtumhang steht er aufrecht da, rank und schlank wie eine junge Birke.

»*Ihr seid der Bote des Herrn vom Tal der Herzöge, nicht wahr? Was bringt Ihr für Nachricht?*« *Eine ruhige, befehlsgewohnte Stimme.*

»*Mein Lehnsherr lässt Euch sagen, dass der Tag Eures Kampfes gekommen ist.*«

Vater Animus' Brauen zucken in die Höhe. »*Und wie meint dein Herr das erkannt zu haben?*«

»*Das ganze mitternächtliche Reich wird vom Wahnsinn heimgesucht! Der dunkle Fürst Khell Dairon schart Kämpfer um sich, und Horden von Blutsöldnern ziehen gen Herzogenthal. Übles Gelicht, unter keinem Banner stehend, brandschatzend, raubend und mordend. Doch das ist noch nicht alles.*

Unheimliche Gestalten wurden beobachtet, die in einem Augenblick schön und im nächsten unerträglich abstoßend sind und die den Arglosen mit ihren süßen Gesängen ins Ver-

derben locken. Grün schimmernde Schwaden ziehen durch die Luft und wispern mit tausend Stimmen, und einer nach dem anderen fällt dem Irrsinn anheim. Von Wechselbälgern wird berichtet und davon, dass sie jede Gestalt annehmen können, gleich ob Bruder oder Schwester, Frau oder Kind; in einem unbedachten Augenblick töten sie dich und nehmen dann deine Gestalt an. Keiner kann dem anderen mehr trauen!

Dazu kommt, dass die Gegend sich verändert – von einem Augenblick auf den nächsten! Man tritt aus einer Schänke und steht plötzlich in einem Irrgarten aus klauenbewehrten, zischenden Dornenhecken. Man tritt in eine Pfütze und versinkt darin; stinkendes brackiges Wasser schlägt über dem Scheitel zusammen und dringt beißend in den Körper ein, sodass man meint, ersticken zu müssen!«

Den Boten überläuft ein Schauer, er spricht aus eigener Erfahrung. »*Im nächsten Moment, kurz bevor man meint, übers Nirgendmeer zu fahren, ist alles wieder vorbei. Man kann den eigenen Sinnen nicht mehr trauen.*

Die arkan Begabten hingegen haben immense Macht gewonnen, sie bekämpfen einander in tödlichen Duellen mit riesigen Flammenbällen und eisigen Hagelstürmen, Blitze schießen aus ihren Augen, und sie beschwören unbeschreibliche Wesen direkt aus den Niederhöllen. Manch eines dieser Ungeheuer kommt frei und wütet dann schrecklich unter den Wehrlosen.«

Er schüttelt den Kopf. »*Niemals habe ich größeres Grauen gesehen – und glaubt mir, ich habe schon in so mancher Schlacht gekämpft. Aber dies hier«*, nun blickt er Vater Animus direkt in die Augen, »*dies ist Irrsinn, der reine Wahn, und die Quelle all diesen Grauens lauert in Herzogenthal …*

Aber das Schlimmste«, er holt tief Luft, denn die Stimme droht ihm zu versagen, »*das Schlimmste ist, dass Khell Dairon unsere Kinder stiehlt.«*

»Was?« Bruder Honestas starrt den Boten betroffen an, und selbst der ehrwürdige Vater beugt sich vor, als hätte er nicht richtig gehört.

Der Bote nickt. »Ja, seit zehn Tagen verschwinden unsere Kinder. Er holt sie – eines nach dem anderen, ganz gleich, wie sehr wir sie auch bewachen. Entweder verhext er sie, auf dass sie davonlaufen, oder einer seiner dämonischen Diener holt sie fort. Zuerst waren es die Neugeborenen und die Kleinkinder, und nun giert er nach den größeren. Meine Tochter Elfwyn hat er vor vier Tagen gestohlen. Sie ist erst sieben.« *Er senkt das Haupt.* »Dauernd meine ich sie schreien zu hören ... ›Vater, hilf mir! So hilf mir, bitte!‹ Ich muss sie doch ...« *Seine Stimme bricht, und die breiten Schultern beben.*

Vater Animus legt dem Mann die Hand auf das gesenkte Haupt.

»Kehre heim zu deinem Herrn und sage ihm, dass die Heilige Congregation bereit ist. Die Stunde ist nahe, und wir werden in Herzogenthal sein, noch ehe der Morgen zum vierten Mal graut. Aber erinnere ihn auch daran, dass er seine Mannen zurück hält. Keiner von euch darf die Grenze nach Herzogenthal überschreiten! Er wäre verloren – sein Leben und, schlimmer noch, seine Seele. Und gemahne ihn an das Schweigen, an das Gelübde, das er abgelegt hat, und an den Schwur, den er auf das Banner vom feurigen Einhorn geleistet hat. Jetzt geh und bete mit den deinigen für Euch und für uns.«

Der andere nickt und will gehen. Doch dann fällt er nochmals auf die Knie und küsst die Hand des ehrwürdigen Vaters. Danach erst wendet er sich um und eilt hinaus, begleitet von Bruder Serpentigena.

Honestas wirft Vater Animus einen betroffenen Blick zu. »Die Kinder! So weit ist er also schon.«

Animus nickt bedächtig. »Läute die Glocke. Es ist Zeit.«

Bruder Honestas senkt das Haupt zum Gruße und lässt den Vater allein.

Animus fährt sich mit den Händen über das zerfurchte Gesicht. »Naclador, gib mir Kraft!« *Seine schlanke, mit Altersflecken bedeckte Hand umschließt zitternd eine Kerzenflamme und sie verlischt.*

Sibelius stöhnte auf. Seine Hand hatte eine der sechs Kerzen umschlossen und sie erstickt. Die Hitze der sterbenden Flamme und das flüssige Wachs auf seiner Handfläche brachten ihn wieder zur Besinnung.

Seine linke Seite pochte in niederhöllischem Schmerz; offenbar war die Wunde, die ihm der verfluchte Vogel beigebracht hatte, wieder aufgebrochen. Seine Brust fühlte sich völlig taub an. Verwirrt hob er den Blick von den Schriften, wischte sich mit der Linken den Schweiß von der Stirn und wollte sich erheben. Doch noch ehe er wieder klar denken konnte, verschwamm die Bibliothek um ihn herum erneut und wurde zu einem schattendunklen Strudel, der seinen Geist fortriss, zurück in längst vergangene Tage. Das Letzte, was er sah, waren die lodernden Flammen der Kerzen.

Die Flammen der zahllosen Feuer am Fuß des Berges gleichen zitternden kleinen Würmern in der Dunkelheit. Der ehrwürdige Vater steht am Fenster und beobachtet das trotz der fortgeschrittenen Stunde noch rege Treiben im Burghof.

Das Heer hat sich gesammelt und harrt im Lager auf seine Befehle, allesamt Diener der Heiligen Congregation, weit über dreihundert Mann, die auf ihren Tod oder Schlimmeres warten. Dies sind ihre letzten Tage, so wie es seine sind. Das Ende einer heiligen Vereinigung, die sie über so viele hundert Jahre am Leben und in Ehren gehalten haben. All dies wird in nur wenigen Tagen ausgelöscht sein. »Wenn wir nur obsiegen«, flüstert er leise, »bei der heiligen Herrin, wenn wir nur obsiegen!«

Wieder klopft es an der Tür. »Ja?«

Als sich Animus umwendet, sieht er die fünf Conpatres eintreten, die hohen Meister der Societas, und sein Herz wird leichter. Gemeinsam ist die Last besser zu tragen, und gemeinsam kann dem Tod wacker ins Angesicht gesehen werden. Sie tauschen die Küsse der Bruderschaft, und Ani-

mus erkennt seine eigenen Gefühle in den geliebten Zügen der anderen wieder – Entschlossenheit und Göttinergebenheit.

»Wir müssen noch den Wächter bestimmen, so will es die Prophezeiung«, sagt Servare, sein ältester und treuester Freund, in dessen dunkelblauen Augen sich der Schein der Kerzen spiegelt.

»Ich kenne seinen Namen bereits«, erwidert Animus ruhig. Die anderen sehen ihn überrascht an.

»Es gibt nur einen, der ein Gelübde gebrochen hat. Seine Schwäche ernennt ihn, so wollen es die Worte der Bestimmung. Ich habe ihn rufen lassen.«

»Dann hole ihn herein, wir vertrauen deinen Worten und deiner Entscheidung«, antwortet ihm Servare.

Animus geht zur Tür, öffnet sie, und sein Ruf hallt durch die steinernen Gänge. »Serpentigena!«

Die Schritte kommen eilig näher, und der hoch gewachsene Bruder Serpentigena tritt ein und fällt vor den hohen Meistern der Congregation auf die Knie. »Ehrwürdige Väter!«

Fünf nicken stumm zum Gruße, Animus aber stellt sich direkt vor ihn, richtet ihn jedoch nicht auf. Die Stimme des Vaters ist streng, als er spricht:

»Serpentigena, du hast gegen die Gebote unserer Gemeinschaft verstoßen. Du hast den Schwur der Keuschheit gebrochen, den du auf das Banner des feurigen Einhorns geleistet hast.«

Es ist, als wäre plötzlich ein Mühlstein auf die Schultern des Knieenden geladen worden. Sein Rücken beugt sich, und seine Schultern sinken nach vorn wie unter einer großen Last. »Culpa sum, pater!«, stößt er heiser hervor.

»Du erkennst deine Schuld und deine Schwäche an?«

Serpentigena nickt langsam.

»Du wirst dich der Strafe fügen?«

»Ja, ehrwürdiger Vater, das werde ich.«

»Du kennst die Worte der Bestimmung?«

Wieder nickt Serpentigena, diesmal, als würde es ihn größte Anstrengung kosten.

»Dann weißt du, dass du nicht mit uns in die Schlacht ziehen wirst, denn du warst zu schwach, Geist und Fleisch rein zu halten. Doch nur die wahrlich Reinen dürfen antreten gegen ihn, nur sie können sein Rad zerbrechen.« Animus seufzt. »Mein geliebter Sohn, ich kenne dich seit vielen Jahren, und ich weiß, dass es dir das Herz bricht, nicht mit deinen Brüdern das erfüllen zu dürfen, wofür wir so lange gelebt haben. Doch du hast den Schwur gebrochen und damit dein Schicksal besiegelt. Die Strafe ist hart, härter als jede andere, aber es ist an dir, sie anzunehmen, so wie es an dir war, sie heraufzubeschwören.«

Er zieht sein Schwert und hält es über den Kopf Serpentigenas. Die anderen fünf treten heran und halten ihre Waffen ebenso, bis ein sechsstrahliger Stern aus stählernen Klingen über dem gesenkten Haupt ruht.

»Serpentigena von den grünen Wäldern. Bist du bereit, deine Strafe zu empfangen? Bist du bereit, die Wacht aufzunehmen und dem Leben zu entsagen?«

Der braun gelockte Kopf hebt sich. Tränen rinnen dem Bruder über das Gesicht, aber die dunkelbraunen Augen weisen einen harten Glanz auf, wie der Stahl der sechs Schwerter. »Ja, ehrwürdige Väter, das bin ich!«

»Dann wähle deine liebsten Brüder, auf dass sie dich auf deinem letzten Gang begleiten mögen.« Die Klingen fahren zurück in die Scheiden. Jetzt richtet Vater Animus Serpentigena auf und küsst ihn auf die Stirn.

»Wenn wir längst vergangen und vergessen sind, wirst du noch nimmermüde wachen. Doch dereinst wird die Kraft deiner Erinnerung unsere Taten aufleben lassen, zur Warnung derer, die nach uns kommen, und zu seinem Untergang, sollte er die Wiederkehr wagen. Wache wohl!«

Serpentigena sieht jeden der sechs an, als wollte er sich die Gesichter nochmals genau einprägen. »Und Ihr, ehrwürdige Väter, sterbt wohl! Mein Gebet für Euch wird ewig währen!«

Er verlässt den Raum.

Animus schüttelt traurig den Kopf, spürt dann tröstlich die Wärme von Servares Hand auf seiner Schulter. »Dies ater, o schwarzer Tag!«

Wieder fuhr Sibelius auf, dieses Mal, weil ihn die Schmerzen beutelten. Wie Wogen von Feuer tobten sie durch seinen Körper, doch kalt wie Eis lag der Schweiß auf seiner Stirn, und schwer wie Blei schien ihm das Blut zu werden. Die Kerzen nährten sich verzweifelt am letzten Rest Wachs; ihr nur mehr schwach flackerndes Licht konnte die Dunkelheit in der Bibliothek kaum noch zurückdrängen.

»Der Wächter«, flüsterte er heiser, »der Wächter aus dem Keller! Ich verstehe ... Es sind seine Erinnerungen und die seiner Brüder! Wegen seiner Liebe zu diesem Bauernmädchen, wegen des gebrochenen Schwurs ist er nun für ewig in der Kellerwand von Drachenwacht gefangen. Göttin, steh mir bei!«

Stöhnend hielt er sich den Leib, als der Schüttelfrost über ihn herfiel wie ein Hagelschauer über die junge Frühlingssaat. Erneut versuchte er sich zu erheben, doch die geschwächten Beine versagten ihm den Dienst, und noch ehe sein Kopf auf dem Boden aufschlug, umfing ihn die Dunkelheit mit samtweichen Armen.

Der Heerwurm setzt sich in Bewegung. Zahllose Fackeln flackern im blaugrauen Licht der sterbenden Nacht, die Dämmerung wartet schon. Die Pferde schnauben ungeduldig. Mehr als einhundertzwanzig Rösser sind es, die sich nun westwärts in Bewegung setzen. Die gesamte Zucht der Nandusianer, allein den treuesten und ältesten Dienern der Congregation vorbehalten, zieht in den Tod, prächtige Apfelschimmel mit glänzendem grauweißem Fell, schneeweißer Mähne und Schweif und dunklen, klugen Augen.

Die Banner wehen hoch im Wind, und Einhorn und Flamme funkeln golden auf grünem Grund. Dreihundertzweiundvierzig Männer nehmen ihren letzten Weg auf, in geordneten Reihen, die Waffen parat, die dunkelgrün schimmernden Brünnen, Arm- und Beinschienen poliert. Die schwarzen Fellmäntel schützen sie vor dem leichten Nieselregen, der nun einsetzt.

Nur die sechs ehrwürdigen Väter, an der Spitze des Zuges auf weißen Hengsten reitend, tragen dunkelgrüne Samtumhänge. Ein überwältigender Anblick, dieses Heer, wer könnte sich ihm schon entgegenstellen, wer ihm trotzen?

Animus kann nicht umhin, den Blick zu wenden, um der hohen Wacht einen letzten Blick zuzuwerfen. Die Burg ist verlassen, kein Licht mehr in den alten Mauern. Kein Einziger ist zurückgeblieben, das Burgtor steht offen. Er weiß, dass die Burg schnell verfallen wird, schneller, als Burgen es für gewöhnlich tun, und dass nichts von ihr bleiben wird außer den Grundmauern. Sein Herz schmerzt, der Abschied fällt ihm schwerer, als er dachte. Endlich wendet er sich wieder westwärts, und unwillkürlich beschleunigt sich der Schritt seines Pferdes. Nicht mehr lange, und es wird zu Ende sein.

»Nur die Starken im Geiste dürfen es wagen,
nur reines Blut mag unreines verdammen,
ein eiserner Wille und ein eisernes Herz
werden Auge und Zunge siegreich zerschlagen
und einmal den Blender der Fürsten verbannen.
Doch entrichtet wird der Zoll in Blut und mit Schmerz.«

Animus wird sich der Worte kaum bewusst, die über seine spröden Lippen dringen. Honestas lenkt sein Pferd herbei. »Habt Ihr etwas gesagt, ehrwürdiger Vater?«

Animus blickt in die grünen Augen des jungen Mannes, und für einen Moment meint er sein eigenes Gesicht zu sehen, vor etlichen Jahren, ja, Jahrhunderten. »Nein,

Honestas, ich habe nicht zu dir gesprochen. Ich habe nur laut gedacht.«

Honestas nickt, zögert aber noch, sein Pferd wieder zurückfallen zu lassen.

»Ja, mein Sohn? Was hast du auf dem Herzen?«

»Verzeiht, Vater, wenn ich anmaßend bin. Aber es sind nur noch wenige Tage bis zur Schlacht, und ...«

»Und du fragst dich, warum das alles?«

»Nein!« *Honestas schüttelt vehement den Kopf.* »Wir wissen, dass wir dem vielgestaltigen Blender entgegentreten und warum wir es tun. Es ist uns auch klar, dass er die Gestalt des Fürsten Khell Dairon gewählt hat, weil dieser stark und mächtig ist und die ständige Gier nach mehr ihn verdorben und bereit gemacht hat für die Pläne unseres Widersachers. Und dass dieser nun in seinem Namen die unheiligen Finger ausstrecken, sich seiner mit Haut und Haar bemächtigt haben wird. Seit dem Tag unserer Initiierung warten wir darauf, dem Blender entgegen zu treten und seinen ersten Diener zu besiegen, und wir wissen, dass wir den Sieg mit unserem Blut bezahlen müssen.«

»Und haderst du heute mit diesem Schicksal, das du einst selbst erwählt hast?«

Wieder schüttelt der Jüngere verneinend den Kopf. »Ich bin stolz darauf, für meinen Glauben einzustehen, mit meinem Leben die Ordnung der Götter auf Dere zu verteidigen und die zu retten, die nach mir sind, sowie für jene einzutreten, die sich nicht selbst zur Wehr setzen können. Und in meinem Herzen«, *er schlägt das Schlangenzeichen über Herz, Mund und Stirn,* »ist keine Angst vor den dämonischen Wesenheiten. Ich habe lange auf den Kampf gewartet.«

»Was ist es dann, Honestas?«

»Ich bin nicht weise genug, die Worte der Prophezeihung zu verstehen. Aber doch ist darin von einer Wiederkunft die Rede. Heißt das, dass wir geschlagen, dass wir unser Ziel nicht erreichen werden?«

Animus atmet tief durch. Er will nicht, dass seine Stimme

zittert. »*Eine Prophezeihung sagt niemals, was genau eintreten wird, mein Sohn. Sie nennt uns nur die Möglichkeiten, das, was geschehen kann, und die Zeichen, unter denen diese Möglichkeiten Wirklichkeit werden. Und manchmal auch jene Zeichen, mit deren Hilfe wir gerade das verhindern können. Es ist allein an uns, ob wir gewinnen oder verlieren, kein niedergeschriebenes Wort, und sei es auch noch so mächtig, vermag das zu ändern.*«

Er hält kurz inne, entschließt sich dann aber fortzufahren. »*Jedoch, du hast natürlich nicht völlig Unrecht mit deinen Befürchtungen. Selbst wenn wir siegen und den Widersacher verdammen können, selbst dann ist es möglich, dass er dereinst versuchen wird zurückzukehren, um die Ordnung der Sphären zu zerstören. Aber, so heißt es, sind wir siegreich, so bleibt seine Macht zerschlagen, denn er wird keinen zweiten Fürsten mehr wie Khell Dairon finden und muss einen neuen Zug wählen. Dann aber werden die Schwachen das Spiel bestimmen, und die Entscheidung wird durch das Blut fallen.*« *Ein Lächeln huscht über sein Gesicht.* »*Was auch immer das heißen mag.*«

Auch Honestas lacht leise auf.

»*Genug der Deutungen, mein Sohn. Lass uns die Gelegenheit nutzen, mein treuer Honestas, dass wir an die dreihundertfünfzig Kehlen hinter uns wissen, die das* Sapientia et Ignis *beherrschen. Mit einem Lied auf den Lippen wollen wir in den Tod ziehen!*«

Sein Bass stimmt den Choral an, mischt sich mit dem Tenor Honestas', und einer nach dem anderen fällt ein in die schwermütige und doch machtvolle Hymne. Aus den vielen Stimmen wird eine, als sie singend gen Efferd ziehen, während das rote Licht der aufgehenden Praiosscheibe wie frisches Blut über ihre Rücken fließt.

Sibelius Kopf dröhnte, er musste mit voller Wucht auf den Steinboden gefallen sein. Sein rechtes Auge war von einer dunklen Kruste verklebt und sein Mund gefüllt mit einer warmen, bitteren Flüssigkeit. Schauder überliefen seinen Körper, und sein Leib war wie erstarrt von der lähmenden Kälte, die sich in ihm ausbreitete und mit langsamer, aber tödlicher Beständigkeit zu seinem Herzen hinaufkroch.

Blut, überall Blut! Der unsägliche Gestank von Schwefel, von Schweiß und Urin, die Schreie der Sterbenden und das Kreischen der verdammten Kreaturen, die zurück in die Niederhöllen fahren ... Die Söhne der Heiligen Congregation fallen wie Blätter im eisigen Wind, einer nach dem anderen. Jeder von ihnen nimmt zahllose der Verfluchten mit sich, aber die Erde wird getränkt von ihrem Blut, bis sie nass und dunkelrot glänzt.

Khell Dairon hat sein ganzes Heer in die Schlacht geführt, alles, was lebt und atmet, und auch das, was nicht atmen muss. Der weiße Widder gegen das goldene Einhorn. Er ist ein mächtiger Fürst und Heerführer, war es schon vor dem unheiligen Bündnis, und jetzt, im Wahnsinn, ist er kaum zu schlagen. Die Zeit scheint im Taumel der Schlacht zu verharren, bis es endlich, endlich gelingt, ihn zu stellen. Das Widderbanner fällt! Seine schwarze Feste brennt und mit ihr alles, was er an dunklen Schätzen gehortet hat.

»Habt ihr ... habt ihr das gefunden, womit er das Bündnis beschworen hat? Das Artefakt, mit dem er den Ungenannten gerufen hat?« Servare hustet roten Schleim.

Animus schüttelt verzweifelt den Kopf. »Wir wissen ja nicht einmal, wonach wir suchen sollen.«

»Dann bleibt nur die Hoffnung, dass es in der Feste verbrennt!« Wie als Antwort auf die Worte des Sterbenden steigt in diesem Augenblick eine urgewaltige, bläuliche Flamme mit einem Zischen aus dem brennenden Burghof und vergeht im nachtblauen Himmel.

»Ist er ... ist er gebannt?«

»Die Austreibung wird gerade vollzogen.«

»Und die Kreaturen?«

»Alle erschlagen oder zurück in die Schatten der Sterne getrieben.«

»Dann ist ... ist Khell Dairon tot?« Ein feines, dunkelrotes Rinnsaal läuft aus Servares Mund.

Animus nickt stumm und umarmt den todgeweihten Freund.

»Somit haben wir gesiegt. Gloria in alveranis Deae!«

Ein Ausdruck tiefer Zufriedenheit legt sich über das bleiche Gesicht, dann bricht der Blick. Die Tränen, die über das erstarrte Antlitz rinnen, sind die von Animus.

»Nicht mehr lange, Bruder, nicht mehr lange, bis wir uns wieder sehen im Hain der Herrin!«

Animus steht auf, obgleich er spürt, dass das Leben Tropfen um Tropfen durch die Wunde unter seinem Herzen entweicht.

Über die Körper seiner toten Söhne hinweg schleppt er sich der brennenden Ruine entgegen. Nur kurz hält er inne, als er am verstümmelten Leib Honestas' vorbeischreitet.

Er beugt sich nieder, schließt dem Erstarrten die Lider über den im Todeskampf verdrehten Augen und küsst ihn auf die kalte, schmutzige Stirn. Dann setzt er seinen Weg fort. Keiner von denen, die auf diesem Feld gekämpft haben, wird den nächsten Morgen noch sehen.

Animus' Blick schweift zu einer Gruppe von Männern, die schwer atmend und mit letzter Kraft einen menschlichen Körper zerlegen. Er nickt ihnen stumm zu, und sie setzen ihre Arbeit fort. Wenig später hört er ein schrilles Kreischen, das sich im Nichts verliert, und ein scharlachroter Blitz zuckt über das Firmament.

»Nun ist es wirklich vollbracht«, flüstert er leise, »der Ungenannte ist gebannt, und sein Sklave Khell Dairon ist tot – tot, wie wir bald alle sein werden! Und dann, endlich, Ruhe, ewiger Frieden!«

Mühsam und unter Schmerzen schlägt er das Schlangenzeichen über dem Feld der Toten. »Requiem eternam dona eis, Domina! Nimm unser Opfer gnädig an und empfange *huldvoll deine Diener in deinem heiligen Garten!«* Er hustet; rot tropft es auf den nassen Boden.

Sein letzter Gang führt ihn zum Fuß der Feste. Schwarzer Qualm steigt aus zahllosen Feuern auf, der Geruch von rußendem Holz und brennendem Fleisch liegt in der Luft, und immer wieder ertönt das Geräusch einstürzender Steinwände. Als er endlich sein Ziel erreicht hat, sinkt er erschöpft nieder. Mühsam greift er sich an den Hals, unter die blutverschmierte Brünne, und zieht schließlich das Amulett hervor, einen filigranen, hoch aufgerichteten Drachen, aus golden schimmerndem Bein geschnitzt. Seine Augen, zwei winzige Diamantsplitter, senden feurige Blitze aus, und der fein geschuppte Schwanz ist auf Daumenlänge gerade gezogen und scharf geschliffen. Nacshadim, Zeichen der Heiligen Congregation, die Kralle Nacladors!

Der letzte Atemzug des ehrwürdigen Vaters Animus rasselt schmerzhaft in den blutigen Lungen, und sein sich trübender Blick schweift langsam und ein letztes Mal über das Schlachtfeld und die zerstörte Burg.

Die Macht des Blenderknechtes war zerschlagen; selbst wenn er zurück kommen würde, so würde er einen neuen Weg finden müssen. Und an anderen war es, ihm diesen zu verstellen. Die Söhne der Heiligen Congregation aber waren nicht umsonst gestorben, ihre Aufgabe war erfüllt, ihr Weg beendet. Sie hatten alles getan, was nötig gewesen war. Sie hatten ihr Schicksal erfüllt. Auch wenn seine eigene Aufgabe noch nicht ganz vollendet war, seine Wacht noch andauern musste. Ad majorem gloriam Deae.

»Hochwürden!« Die Stimme des Akoluthen überschlug sich vor Entsetzen. Er rannte zu dem Abt und drehte den mächtigen Leib auf den Rücken.

Sibelius war nicht bei Bewusstsein. Schweiß lief in Strömen über sein fieberheißes Gesicht, und sein Körper zitterte heftig. Aus einer Platzwunde am Kopf war bereits eine beachtliche Lache auf den Steinboden geronnen, und auch die linke Seite des Geweihten war feucht von Blut. Salògel schlug Sibelius vorsichtig auf die Wangen, doch der Abt kam nicht zu sich. Nur seine aufgeplatzten Lippen bewegten sich.

»Tot«, raunte er, »sie sind alle tot!«

Erschrocken sprang der Junge auf und rannte hinaus. »Ehrwürden ni Tharantir! Ehrwürden ni Tharantir!«

Kapitel 2

Das Wasser floss in erregender Langsamkeit an ihrem nackten Körper hinab, streichelte zärtlich liebkosend die zartgebräunte Haut, glättete die blonden Härchen, die sich angesichts der Kälte aufgestellt hatten. Wem diese Weichheit zu spüren erlaubt war, der würde wohl niemals wieder das Gefühl von Samt und Seide schätzen, wer in die Tiefen des fein gelockten Haares vordringen durfte, würde für alle Genüsse Deres auf immer verdorben sein. Alles an ihr war von einladender, überwältigender Üppigkeit, die breiten Hüften, die prallen Schenkel, die vollen Brüste ... Glänzend von Nässe schrieen sie geradezu danach, berührt zu werden. Sie war atemberaubend, eine Göttin der Wollust und der Sinnlichkeit. Niemals zuvor hatte Raul etwas Vergleichbares gesehen – und verspürt! Sein Blut schien zu kochen, er war in Schweiß gebadet, Hände und Knie zitterten, während er, unfähig, den Blick auch nur für einen Lidschlag von ihr abzuwenden, in seiner unbequemen Position verharrte. Ein Instinkt hatte ihn Rahel heimlich folgen lassen, als diese am Morgen des dritten Tages ihrer gemeinsamen Reise zum See gegangen war. Mey war mit ihm gekommen und saß nun neben ihm, ein lüsternes Grinsen auf den Lippen, während Rauls Atem immer schwerer ging.

Vielleicht war es sein Keuchen, das ihn verriet, denn plötzlich hob Rahel den Blick und sah ihm direkt in die Augen. Erschrocken hielt Raul den Atem an, darauf gefasst, dass sie schreien oder etwas nach ihm werfen würde. Doch alles, was sie tat, war, ihr nasses Haar mit beiden Händen über dem Kopf zusammenzufassen, um es in aller Ruhe auszuwringen. Einige Augenblicke verharrte Raul fassungslos. Dann erhob er sich langsam und trat unsicheren Schrittes aus seinem Versteck heraus, noch immer bereit, auf den leisesten Wink von ihr die Flucht zu ergreifen. Doch sie sah ihn nur mit einem seltsamen Lächeln an, ohne ihre Blöße zu bedecken, obwohl er seine hungrigen Blicke nicht davon abhalten konnte, über ihren Körper zu gleiten, jedes Detail von ihr in sich aufzusaugen. Als Raul wieder ihre blaugrün schillernden Augen sah, fragte er sich, ob das geheimnisvolle Licht, das in goldenen Fünkchen darin glitzerte, wohl in gleißenden Strahlen hervorbräche, wenn man mit einer ganz feinen Nadel dort hineinstechen würde, oder ob es nur von den Sonnenstrahlen stammte, die sich auf dem See spiegelten. Noch immer stand sie regungslos da; das Wasser umschmeichelte ihre Oberschenkel, und auch als Raul einen Schritt ins eiskalte Nass wagte, lief sie nicht weg. Er musste ein ziemlich bescheuertes Gesicht machen, denn sie lachte plötzlich, woraufhin er erschrocken zurückzuckte. Doch er war schon zu weit vorgedrungen, um jetzt aufzugeben, und so näherte er sich weiter, ohne darauf zu achten, dass seine Kleidung dabei triefend nass wurde. Kurz darauf stand er vor ihr, von seinem eigenen Mut überwältigt, und starrte sie wortlos an.

»Wenn du diese Brandmale nicht hättest, wärst du richtig hübsch.«

Ihre unangenehm kehlige Stimme zerstörte ihre Vollkommenheit ein wenig, aber nicht ganz. Langsam streckte er die Hand aus und berührte zaghaft ihre linke Brust, ohne den Blick von ihrem Gesicht abzuwenden. Es fühlte sich gut an, glattes, kühles Fleisch, weich und schön zu umfassen. Offenbar fand Rahel das auch, denn sie schloss die Lider, und ein heiseres Seufzen entwich ihrem halb geöffneten Mund. Dann packte sie ihn unvermittelt an den Schultern und drückte ihn nach unten, sodass er hart auf die Knie sank. Verwundert blickte er zu ihr auf; seine Beine schmerzten vom Aufprall auf dem steinigen Grund, und das Wasser umfloss ihn fast bis zum Hals, aber sie presste seinen Kopf in ihren Schoß, und mit einem Mal wusste er, was zu tun war. Wieder stöhnte sie, und Raul wurde von einer glühend heißen Woge erfasst, die in ihm hochstieg und ihn mit nie gekannter Wucht mit sich riss, die Führung übernahm. Seine Hand krallte sich in das weiche Fleisch ihrer göttlich üppigen Brust und seine Zunge fuhr tiefer und tiefer in ihren Leib. Am Ufer hörte er Mey begeistert kreischen, was ihn noch mehr erregte, aber Rahels Seufzen verwandelte sich plötzlich in einen schmerzerfüllten Aufschrei, und mit einem erst unwilligen, dann angsterfüllten »Nein! Was tust du da? Lass das, du tust mir weh! Lass das, hab ich gesagt! Nein! Nein!!!«, stieß sie ihn zurück. Als er nicht von ihr ablassen wollte, tauchte sie ihn unter, bis er nach Luft schnappen und sie widerwillig freigeben musste. Sobald er auftauchte, schubste sie ihn brutal von sich; ihr Gesicht war vor Zorn und Schmerzen verzerrt. Ihre Brust verfärbte sich bereits blau, und das Wasser um ihre Beine war von roten Schlieren durchzogen. »Verschwinde, du widerliches Ungeheuer! Verschwinde bloß!« Verwirrung und Wut ließen Raul einen Augenblick lang wie gelähmt dastehen. Was hatte er denn falsch gemacht? Schließlich hatte er getan, was sie wollte, oder etwa nicht? Und jetzt sollte es schon vorbei sein? Er eilte ihr nach, als sie weg von ihm, zum Ufer lief, aber als sie merkte, dass er ihr folgte, schrie sie schrill: »Du bist komplett wahnsinnig! Lass bloß deine Finger von mir, Narbenfresse!« Nun war es eindeutig Wut, die ihn durchströmte, und Mey schrie angesichts ihrer Beleidigung hasserfüllt auf.

Zwei Gestalten kamen auf den See zugerannt, Sylvion und Belon, beide ohne Hemd, aber Schwert und Streitkolben in der Hand.

»Was ist denn hier los?«, schrie Sylvion und lief Rahel entgegen, die sich ihm schluchzend in die Arme warf. Er schlang den Arm um sie, und sie sank zitternd zu Boden.

»Narbenfresse ist über mich hergefallen, er hat ...«, ihr Schluchzen wirkte echt, und noch immer lief das Blut über ihre nassen Oberschenkel.

Sylvion ließ sie los; seine braunen Augen waren voller Hass und Abscheu, als er den Streitkolben packte und auf Raul zulief. »Du verdammter Bastard, das wirst du büßen!« Auch Belon stürzte sich ihm mit einem »Dreckskerl!« entgegen.

Aber sie hatten ihre Rechnung ohne den Narren gemacht. Ob sie ihn immer noch ignorierten, seine Anwesenheit gar leugneten, nun, da er mit ohrenbetäubendem Lachen wie ein Wirbelwind auf sie zustürzte und seine Hände sich in zerfetzende Klauen verwandelten, die Zähne in mörderisch reißende Fänge, als er über sie kam, ein schwarz-weißer Tornado des Todes? Ihre Schreie waren schrill vor Todesangst und Schmerzen, weinend flehten sie um Gnade, riefen um Hilfe, wie wehrlose Kinder, die angsterfüllt im Dunkeln nach der Mutter verlangten; und dazwischen tönte immer wieder das fassungslose Kreischen Rahels, ein Crescendo fortschreitenden Wahnsinns. Rauls Kopf dröhnte, er presste die Hände an die Ohren und kniff die Augen zusammen. Sie sollten aufhören damit, ihn in Frieden lassen. Still, sie sollten verdammt noch mal endlich still sein!

Wenige Augenblicke später ging sein Wunsch in Erfüllung. Als er vorsichtig die Hände von den Ohren nahm, war es ruhig, nur der See gluckste und plätscherte leise ans Ufer, als amüsierte er sich darüber, was da geschehen war. Fassungslos schweifte Rauls Blick über das Massaker, das sich ihm bot, über die fleischigen Fetzen und Knochenstücke, die am blutgetränkten Ufer verstreut lagen und das Wasser dunkelrot färbten, verharrte auf Rahels verunstaltetem Gesicht und Körper. Nun strahlte kein Licht mehr aus ihren Augen, stellte er fest und wunderte sich über die Kälte in seinem Herzen. Sie waren nett gewesen, fröhliche Gefährten in seiner Einsamkeit. Und nun hatte Mey sie alle umgebracht. Sein Blick wanderte zu seinem Begleiter, der auf einem Bein am Ufer stand und dabei lächelte, als könnte er kein Wässerchen trüben, in seinem seltsamen, schwarz-weißen Gewand und der fröhlich schellenden Narrenkappe. Mey hatte ihn wieder gerettet, ihm beigestanden in der Not, der treue Freund. Aber um welchen Preis? Ein letztes Mal schweifte sein Blick über die grotesk amorphen Fleischmassen, die einst seine Begleiter gewesen waren.

»Narbenfresse!« – »Bastard!« – »Dreckskerl!«

Sein Mitleid verflog, als die Stimmen in seinem Kopf widerhallten. Letztlich hatten sie nur das bekommen, was sie verdienten. Als er an sich herunterblickte, stellte er fest, dass er über und über mit Blut verschmiert war. »Mey, was ist denn das für eine Sauerei? Musste das sein?«, schalt er den Narren, aber der kicherte nur wie ein albernes Mädchen. Seufzend wusch Raul, so gut es eben ging, die dunkelroten Flecken von Haut und Kleidung. Dann tappte er zum Lager zurück. Das Feuer brannte noch, er würde sich also ein wenig aufwärmen können. Und Essen war auch genug da. Mit einem beruhigten Seufzen ließ er sich nieder, streckte die zitternden Glieder aus und vergrub die Zähne gierig in dem Stück Schinken, das Belon vermutlich zum Frühstück gewählt hatte. Nun, der würde es nicht mehr brauchen.

Hungrig wie Raul war, bemerkte er Andiel erst, als

dieser direkt vor ihm stand. Der hoch gewachsene Jäger war bleich im Gesicht, hatte die Hände aber trotzig vor der Brust verschränkt. Langsam kaute Raul zu Ende und schluckte den Bissen mühsam hinunter, während er dem eisblauen Blick des anderen standhielt. Eine Weile starrten sie einander schweigend an.

Dann fragte Andiel leise: »Wer bist du?«

Und Raul hörte sich antworten: »Ein König, der unterwegs zu seinem Thron ist.«

Die Worte erschienen ihm keineswegs lächerlich, und auch dem Jäger war offensichtlich nicht zum Lachen zumute, denn er nickte schweigend und ernst.

»Dann, Herr, mach mich zu deinem ersten Heerführer. Lass mich teilhaben an deiner Macht, und ich werde dein getreuer Diener sein.« Er kniete nieder und senkte das Haupt.

Ungläubig legte Raul den Kopf zur Seite, als hätte er nicht richtig gehört. »Du willst mir folgen?«, fragte er. »Obwohl deine Gefährten tot sind? Willst du sie nicht rächen?«

Der Jäger zuckte gleichmütig die Schultern. »Belon und Sylvion waren Narren, die ohnehin früher oder später am nächsten Baum gelandet wären. Sie waren zu einfältig, als dass sie es jemals zu etwas hätten bringen können. Und Rahel war ein billiges Flittchen, das für jeden Mann die Beine breit gemacht hat. Um keinen von ihnen ist es schade.« Er beugte sich ein wenig vor, und ein kalter Glanz trat in seine Augen. »Du aber hast wahre Macht gezeigt. In dir steckt etwas Besonderes, das dich auserwählt hat und zu Größerem bestimmt. Ich habe es gleich vermutet und mich nicht geirrt, das weiß ich jetzt. Lass mich dir folgen.«

Der Erste. Der Erste, der seine Bestimmung erkannt hatte, der die Orakel des Kindes und die Worte des Narren bestätigte. Es war tatsächlich wahr. Eine warme Welle der Befriedigung und der Genugtuung durchströmte Raul, und gleichzeitig huschte ein erregender Schauer über seinen Rücken, als er an seine wachsende Macht dachte.

Mey zischte zufrieden, und als Raul seine erste Überraschung überwunden hatte, stand er auf und lächelte. Seltsamerweise erschien es ihm völlig natürlich, dass Andiel vor ihm kniete; er legte die Hand auf den Kopf des Hünen und presste die Finger so fest in dessen Schädel, dass dieser aufstöhnte. »So sei mein erster Gefolgsmann. Folge mir, und du wirst Dinge sehen, die deine kühnsten Träume übertreffen werden.« Er sah zu Mey, und der Narr nickte unter dem blechernen Dröhnen seiner Schellenkappe.

»Unter welchem Zeichen werden wir ziehen, Herr?«, fragte Andiel unterwürfig.

Raul wiederholte die Worte, die ihm das Kind in der geheimnisvollen nächtlichen Audienz prophezeit hatte: »Unter dem Banner des weißen Widders auf nachtschwarzem Grund.«

Kapitel 3

»Autsch! Verdammter Mist!«

Althea balancierte auf dem linken Bein, während sie mit missmutiger Miene den Knöchel des anderen Fußes mit beiden Händen umklammert hielt. »Ich bin umgeknickt«, erklärte sie ärgerlich der vor ihr laufenden Lea Elida, die sich erstaunt zu ihr umgedreht hatte.

Die Geweihte bedachte sie mit einem langen Blick ihrer unangenehm durchdringenden Augen und wühlte dann in ihrer schwarzen Leinentasche.

»Ich weiß, Ihr habt mir gesagt, ich soll auf die Steine achten«, verteidigte sich die Novizin gereizt, »aber der Pfad ist grässlich unwegsam, und in der Dämmerung sieht man so schlecht. Wie soll ich auch auf all diese blöden Felsbrocken achten können, wenn ich aufpassen muss, dass die Äste mir nicht das Gesicht zerkratzen?«

»Wir können gern eine Rast einlegen«, versetzte Lea Elida.

»Nein, verflucht! So kommen wir doch nie voran!«

»Dann hör auf zu fluchen und setz dich einen Moment hin! Ich will mir deinen Knöchel ansehen.« Lea zog die schmalen Brauen zusammen. Althea wusste dieses Zeichen inzwischen zu deuten – nun war es besser, schleunigst zu tun, was die Geweihte sagte.

Die Draconiterin der Eisernen Schlange war nicht gerade zimperlich mit ihren Methoden, wie die Novizin bereits am eigenen Leib hatte feststellen müssen. Gestern hatte sie ihr gar einen Schlag ins Gesicht versetzt, weil sie nicht auf sie hatte hören wollen!

Dabei war sich Althea sicher gewesen, dass der linke Weg der kürzere wäre. Gut, es wäre vermutlich ein Stück querfeldein gegangen, aber was waren schon ein paar Büsche, ein Bach oder ein Graben? Das konnte sie doch nicht aufhalten! Als die Geweihte aber darauf bestanden hatte, den rechten Pfad zu wählen, war Althea einfach auf eigene Faust losgelaufen, was Hochwürden Welfenhaag nicht sonderlich amüsant gefunden hatte. Sie hatte fest und schnell mit dem Handrücken zugeschlagen, und Althea, die niemals zuvor körperlich gezüchtigt worden war, hatte vor Überraschung nicht einmal geweint oder geschrieen, sondern die Geweihte nur aus weit aufgerissenen Augen angestarrt.

»Du wirst mir den nötigen Respekt erweisen, Novizin. Der Weg, den ich bestimme, ist der deine und kein anderer. Du hast mich hoffentlich verstanden? Ich wiederhole mich sehr ungern.«

Die Worte der Äbtissin waren ruhig, aber bestimmt gewesen, und als die Novizin kleinlaut genickt hatte, war sie weitergegangen, als ob nichts geschehen wäre. Althea war keine andere Wahl geblieben, als ihr gedemütigt und mit brennender Wange zu folgen. Und sie hätte ihren Schlangenhalsreif darauf verwettet, dass dieser unmögliche Hund sie angegrinst hatte.

Von da an hatte sie den Weisungen der Geweihten widerspruchslos Folge geleistet, obgleich sie mehr als einmal das Bedürfnis unterdrücken musste, sie anzuschreien und zur Eile anzutreiben. Sie schien sich einen Spaß daraus zu machen, herumzutrödeln und ihre knappe Zeit durch übertriebene Vorsicht zu verplempern, und das trieb Althea zur Verzweiflung.

Dabei gab es nicht den geringsten Grund für ein solches Misstrauen, waren sie doch ungestört geblieben, seit Sibelius sie verlassen hatte! Sie waren den ganzen Tag bis tief in die Nacht hinein gelaufen, und Lea Elida hatte zugegebenermaßen einen recht zügigen Schritt; vermutlich war sie aus Rücksicht auf Pater Sibelius die ganze Zeit über langsamer gegangen. Sie hatten nur wenige Pausen eingelegt, eine kurze Rast an einem Weiler oder in einer Schenke, um sich mit Proviant zu versorgen.

Meist aber hatten sie unter dem Laufen gegessen und nur ein paar Stunden am Wegesrand geschlafen. Bald musste Althea gegen die Erschöpfung ihres Körpers ankämpfen, der solche Anstrengungen nicht gewohnt war. Doch ihr Wille ließ sie das Zittern der Knie, die Muskelschmerzen und die brennenden Blasen an den Füßen überraschend gut ignorieren, ja, sie hätte nicht einmal nach etwas zu essen verlangt, wenn Hochwürden Welfenhaag sie nicht dazu gezwungen hätte.

So waren sie unbehelligt voran gekommen. Offenbar hatte ihr unbekannter Gegenspieler all seine Bemühungen auf den Abt gerichtet, und sie waren ihm völlig gleichgültig. Das konnte Althea nur recht sein. Für einen Augenblick durchzuckte sie der Hauch eines schlechten Gewissens, und sie schämte sich dafür, dass sie sich so wenig Sorgen um ihren langjährigen Gönner machte, der stets wie ein Vater für sie gewesen war. Immerhin war Sibelius völlig allein und einem Angreifer, wenn er denn kommen sollte, schutzlos ausgeliefert! Aber mit dem nächsten Atemzug wurde die kurze Gefühlsregung wieder von einem gnadenlosen Ziehen in ihrem Innern überlagert, jener seltsamen Empfindung, die bis in ihre Fingerspitzen kroch und ihr sagte, dass sie noch immer viel zu langsam waren.

Mühsam schlüpfte sie nun aus ihren Wildlederstiefeln und stöhnte unwillkürlich, als sie dabei das verletzte Gelenk strecken musste. Das hatte ihr gerade noch gefehlt!

Lea Elida unterdrückte ein Seufzen und schob Wolf beiseite, der neugierig am Fuß der Novizin schnüffelte. Es war leichter, einen Praiospfaffen durch die besetzen Lande zu lotsen, als dieses junge Mädchen zu begleiten. Sie war widerspenstig wie ein junges Fohlen, stur und dickköpfig, im schönsten Flegelalter eben. Und sie selbst war den Umgang mit einem Backfisch wirklich nicht gewohnt. Die Draconiterin fragte sich, ob Althea sich genauso ungestüm verhalten hätte, wenn Frater Sibelius mit ihnen gegangen wäre. Für sie als Fremde aber war es doppelt schwer, die junge Frau zu zügeln. Das Schlimmste jedoch war das an Besessenheit grenzende Bedürfnis der Novizin, schneller voranzukommen, das von Stunde zu Stunde zu wachsen schien. Dieser unbändige Drang, nach Herzogenthal zu gelangen, erschien Lea wie die Ungeduld eines vor Hunger wahnsinnigen Moskitos, der, alle Sinne vom Geruch des warmen Lebenssaftes betäubt, todesmutig den tausendfach größeren Feind attackiert, oder wie die zwanghafte Sehnsucht einer Motte, die mit stoischer Beharrlichkeit ihren Weg in den glühenden Tod sucht und erst zur Ruhe kommt, wenn ihre zarten Flügel mit einem leisen Knacken in Flammen aufgehen.

Die Geweihte wusste nicht, was das Mädchen antrieb, aber es war ihr klar, dass sie selbst nicht imstande war, Althea aufzuhalten. Und ihr Instinkt sagte ihr, dass die junge Frau keine Rücksicht auf irgendjemanden oder etwas nehmen würde, am allerwenigsten auf sich selbst. Es war an ihr, Lea, sie vor der Selbstzerstörung zu bewahren. Und vor dem, was sie an ihrem Ziel erwartete. Sie beugte sich über den Fuß der Novizin, um das Frösteln zu unterdrücken, das sie bei dem Gedanken an das, was wohl vor ihnen läge, überlief. Ausgerechnet Herzogenthal.

Der Knöchel war bereits ein wenig angeschwollen, es schien jedoch nichts gebrochen zu sein. Die Geweihte wickelte einen straffen, stützenden Verband um das Bein. Um die Novizin von den Schmerzen abzulenken, die ihr dieses Prozedere ohne Zweifel bereitete, bemerkte Lea Elida beiläufig: »Du beherrschst ein beachtliches Repertoir an Flüchen, wie ich feststellen durfte.«

Altheas Wangen nahmen eine dunkelrote Färbung an, was wohl kaum an der unangenehmen Behandlung ihres Beines lag. »Es tut mir Leid«, murmelte sie. »Ich war ein wenig unbeherrscht die letzten Tage.« Vorsichtig bewegte sie den Fuß. »Können wir bald weiter?«

»Nicht, wenn du nicht endlich still hältst und mich den Verband anlegen lässt!«

Einen Moment saß die Novizin ruhig, um dann wieder ungeduldig hin und her zu rutschen.

Mit festem Griff packte die entnervte Draconiterin schließlich Altheas Wade.

»Au!«, entfuhr es dieser.

Die Geweihte beugte sich vor und suchte den unsteten Blick des Mädchens, hielt ihn mit dem ihrigen eisern fest.

»Was quält dich so?«

Mit einem Mal wurde Althea still. Tränen schossen ihr in die Augen. »Ich weiß es doch nicht«, antwortete sie mit zitternder Stimme. »Ich kann nicht anders, versteht Ihr das nicht? Ein Teil von mir wird zerrissen, es tut weh, ganz tief in mir drinnen, und je länger ich warte, desto schlimmer wird es. Die Zeit läuft uns davon, ich spüre, dass wir zu spät kommen.«

»Wozu kommen wir zu spät?«

Die Novizin zuckte mit den schmalen Schultern.

»Hör zu, Althea, ich tue, was ich kann, nur um dich schnellstmöglichst nach Herzogenthal zu bringen. Und wer oder was auch immer dort nach dir ruft und auf dich wartet, wir werden ihm gemeinsam begegnen. Alles, was ich von dir möchte, ist, dass du mir ein wenig Vertrauen schenkst. Meinst du, dass du das zuwege bringst?«

»Ich werde mich bemühen«, entgegnete das Mädchen vage.

»Das ist immerhin ein Anfang«, sagte Lea Elida. »So, das müsste gehen. Zieh deinen Stiefel an und versuche, ob du auftreten kannst.«

Zwei Stunden später war es so dunkel geworden, dass sie nicht mehr weitergehen konnten.

Das Firmament war von dichten, schwarzen Wolken überzogen und glich einer düsteren Decke, die sich den zwei Wanderern bedrückend schwer auf die Brust legte. Weder das Madamal, das eigentlich in voller Pracht hätte schimmern müssen, noch ein einziger Stern aus Phexens Schatzkammer durchbrach den Wall vollkommener Finsternis. Ein kühler Nachtwind strich mit lasziver Trägheit über Blätter und Halme und zupfte verspielt an den Haarsträhnen der beiden Frauen. Wolfs Augen glühten unheimlich, er lief stets ein paar Schritte voraus und drehte sich dann ungeduldig um, um sich zu vergewissern, dass die beiden ihm auch folgten.

Lea Elida blieb stehen und spähte angestrengt in die Schatten jenseits des holprigen Pfades. »Es hilft nichts«, sagte sie, »wir müssen rasten. Wenn wir weiterziehen, brechen wir uns entweder sämtliche Knochen oder kommen vom Weg ab. Beides würde uns mehr Zeit kosten, als jetzt anzuhalten und unsere Kräfte für den morgigen Tag zu sammeln.«

»Können wir nicht eine Laterne entzünden?«

Die Geweihte schüttelte heftig den Kopf. »Wir würden uns nur selbst blenden, abgesehen davon, dass man uns über Meilen hinweg sähe. Nein, wir werden bis zum Morgengrauen hier bleiben!«

Die Novizin setzte zum Widerspruch an, verkniff sich dann jedoch mit sichtlicher Mühe einen Kommentar. Am Stamm einer alten Linde, die einige Schritt abseits des Weges stand und deren mächtige Krone die der anderen Bäume weit überragte, ließ sich Lea Elida nieder; wie immer kuschelte sich Wolf an sie und gähnte. Die Novizin setzte sich neben die beiden. Schweigend starrten sie in die Dunkelheit, den Atem der anderen im Ohr, die strengen Ausdünstungen ihrer schmutzigen, verschwitzten Körper in der Nase. Lea spürte, wie Althea neben ihr bebte, wie der magere Leib vor Furcht oder Kälte geschüttelt wurde. Die Draconiterin schluckte hart, um ihre tiefe Abneigung gegen die direkte Nähe eines anderen Menschen zu überwinden, und sagte: »Dein Mantel ist zu dünn. Komm her, du kannst mit unter meinen kommen.«

Einen winzigen Moment zögerte Althea, dann rückte sie näher, und die Geweihte legte den Arm um sie, deckte sie mit ihrem Umhang zu, und Wärme oder Geborgenheit sorgten dafür, dass das Zittern des Mädchens verebbte und ihr Atem bald ruhig und gleichmäßig wurde.

Lea lehnte ihren Kopf an den breiten, tief gefurchten Stamm zurück und bemühte sich, die verkrampften Muskeln zu lockern, was ihr nur schwer gelingen wollte. Die vollkommene Stille und Schwärze dieser Nacht beunruhigten sie, und sie beschloss, dem Schlaf zu trotzen und Geist und Körper im Gebet zur Göttin zu stärken. Zwar war sie auch bei der Meditation weniger wachsam, konnte jedoch schneller reagieren, als wenn sie erst die Fesseln des Schlafes würde abstreifen müssen. Vorsichtig, um die schlafende Novizin nicht zu stören, setzte sie sich ein wenig aufrechter, um besser atmen zu können. Trotzdem dauerte es eine ganze Weile, bis sie zur Ruhe fand und sich ihr schmerzender Leib ein wenig entspannte – und bis sie sich dazu durchringen konnte, den Kopf nicht krampfhaft zur Seite zu drehen, damit er nicht das Haar der Schlafenden berührte.

Sie war es nicht mehr gewohnt, andere an sich herankommen zu lassen, und ertrug die unmittelbare Nähe eines Menschen nur schwer. Ganz wenigen Menschen gestattete sie eine Berührung, die über zeremonielle Erfordernisse hinausging; die Ältesten und Vertrautesten unter den Geweihten der Eisernen Schlange und der Pater Primus selbst gehörten dazu.

Sie erinnerte sich, dass es einmal anders gewesen war, aber das schien endlos lange her zu sein. An jenem schwarzen Tag, als ihre Schwester Medea beim Kampf gegen einen Dämon in den Dunklen Landen gefallen war, war etwas in ihr erstarrt; keine Träne hatte sie seither mehr weinen können, denn ein Teil ihrer selbst war damals in Freudenberg gestorben. Ihr eigenes Herz hatte damals gestockt, fast als wäre es des Schlagens müde und zu verzweifelt, um einsam und allein in dieser kalten Welt noch bestehen zu können. »A'medej«, flüsterte sie heiser den Namen der Gefallenen.

So einfach wäre es gewesen, all dem zu entfliehen, einfach aufzugeben, ein wenig Shurin zu sich zu nehmen oder es Jerodim gleichzutun, der sich im Wahn der Verzweiflung in den Radrom gestürzt und den Mägen der klauenbewehrten Fischwesen neue Nahrung gegeben hatte.

Zu einfach. Ihre Eisernen hatten auf sie gewartet, drüben in der besetzten Heimat, in den verborgenen Hallen von Drachenblick, wo die uralte Schlangenstatue tac'Raah seit Urzeiten Wache hielt. Dort, wo die Geweihten unter all den Ungläubigen, Mördern und Dämonenbälgern unerkannt ihrer Bestimmung folgten, das verlorene Wissen des alten und das verderbte Wissen des neuen Tobriens sammelten und verwahrten, den Suchenden insgeheim Seelenheil spendeten. Dabei mussten sie doch um das Heil ihrer eigenen Seele fürchten. In diesen Tagen führten die Wege der Allwissenden nicht selten über blutige Leiber, und schwerer als ein Felsklotz lastete diese Bürde auf der Seele der Geweihten. Allein das Gebet zur Göttin im Schatten der imposanten Schlangenstatue vermochte ihnen Trost zu spenden: die Gemeinsamkeit im Glauben und das Lodern der Entschlossenheit in den Augen der Mitschwestern und -brüder zu sehen.

Als sie dereinst die geheimnisvollen Höhlen erforscht hatten, in denen sich nun der Hort Drachenblick befand, waren sie auf eine lange Tafel gestoßen, die einhundert Plätze geboten hatte. An jedem davon war in verschlungener alhanischer Runenschrift ein Name eingraviert gewesen. In einer heiligen Zeremonie hatte jede Eiserne Schlange einen dieser Namen zugewiesen bekommen, und es war kein Platz zu viel und keiner zu wenig gewesen. Doch seit der Schlacht an der Trollpforte waren über achtzig der Stühle mit der Lehne an die Tafel gekippt worden, und der ihrer Schwester war nicht der Letzte davon gewesen.

Aber immer, wenn der Schmerz zu groß wurde, die Schwäche sie zu übermannen und die Verzweiflung sie zu ersticken drohte, dachte sie an die Inschrift, die ihren eigenen Namen nannte; er gab ihr noch jedes Mal die Kraft weiterzumachen: »Lej'al'jêrim« stand dort geschrieben, »die stark ist im Herzen«.

Althea riss die Augen auf und wollte schreien, aber eine Hand legte sich ihr hart auf den Mund. Panisch versuchte sie sich loszureißen, aber ihr Gegner hielt sie eisern fest.

»Ruhig!«

Wie die tödliche, alles verschlingende Woge eines Orkans rauschte ihr das Blut in den Ohren, und es dauerte einige Augenblicke, bis sie die Stimme an ihrem Ohr verstand und erkannte. »Ganz ruhig«, wiederholte Lea Elida, »es ist alles in Ordnung. Du hast nur geträumt!« Wolf war aufgesprungen und sah sie an, hielt den Schwanz starr waagrecht vor Aufregung.

Zitternd gab Althea nach, und die Draconiterin zog ihre Hand zurück, als sie merkte, dass das Mädchen sich entspannte. Die Novizin wischte sich mit dem Ärmel über die feuchte Stirn; ihr Kopf dröhnte und ihr Hals fühlte sich so schmerzhaft rau und trocken an, als hätte sie einen Becher Sand geschluckt. Und noch immer schlug das Herz schnell und hart in ihrer Brust.

Lea Elida fragte leise: »Was hast du geträumt?«

»Ich kann mich nicht erinnern«, antwortete Althea ungewollt schroff, um weiteren Fragen aus dem Weg zu gehen. Abgesehen davon, war es tatsächlich so. Sie konnte sich an absolut nichts erinnern, wie immer in der letzten Zeit, wenn sie aus ihren unruhigen Träumen hochfuhr. Es war, als würde jemand ihre Erinnerung auslöschen, sobald sie die Augen aufschlug. Nur das Gefühl von Angst, von tiefer, eiskalter Furcht blieb zurück. Stumm reichte Lea Elida ihr die Wasserflasche, und sie nahm dankbar einen tiefen Schluck. Trotzdem ließ das Kratzen in ihrem Hals nicht nach.

»Du solltest versuchen, noch ein wenig zu ruhen. Uns bleiben noch etwa zwei Stunden bis Sonnenaufgang. Und ich vermute, du willst nicht länger rasten als unbedingt nötig.«

Überrascht blickte Althea die Geweihte an. Sie hatte geglaubt, erst vor ein paar Minuten die Augen geschlossen zu haben. Tatsächlich musste sie aber weit länger geruht haben, und nun, als sie darauf achtete, merkte sie plötzlich, dass ihr linkes Bein bis zur Hüfte eingeschlafen war und unangenehm kribbelte. Auch fiel ihr mit einemmal auf, wie bleich Lea Elida war.

»Schlaft Ihr nicht, Hochwürden?«

Die Angesprochene lächelte und schüttelte den Kopf. Sie öffnete den Mund zu einer Entgegnung, als plötzlich ein hohes, schrilles Pfeifen über ihre Köpfe hinweg durch die Dunkelheit zischte. Als sie unwillkürlich die Blicke hoben und dem Geräusch mit den Augen folgten, da sahen sie, dass der Nachthimmel sich verändert hatte: Die Wolkendecke war verschwunden und die Sterne nun übermäßig klar zu sehen. Näher und tiefer schienen sie zu stehen, fast, als wären sie ein Stück gen Dere gerutscht, und sie glommen nicht mehr in schimmerndem Silber, nein, sie schienen zu lodern, in rotgoldenen Flammen zu stehen, wie unzählige Leuchtfeuer am dunkelblauen Firmament. Wolf begann erbärmlich zu heulen.

Wieder zischte es über ihren Köpfen, und nun sahen sie, dass der unheimliche Laut von einem fallenden Stern kam, der brennend im Westen vom Himmel stürzte, eine rötliche Flammenspur hinter sich ziehend. Das ohrenbetäubende Schrillen, das dabei erklang, war wie das Gekreisch eines Wahnsinnigen. Dann fiel ein zweiter Stern und ein dritter und dort ein vierter, bis schließlich ein prächtiges und Furcht erregendes Feuerwerk verglühender Sterne durch die Nacht schoss. Irgendwann schien es, als stünde das gesamte Firmament gen Efferd in Flammen. Und wie als Echo auf das vielstimmige Schrillen, auf das gepeinigte Aufschreien hunderter gemarterter Seelen, erscholl ein hohles, grässliches Lachen. Althea, die sich fest an die Geweihte geklammert hatte, stöhnte vor Schmerz, als das Geräusch wie ein glühendes Messer in sie eindrang, und auch als Lea Elida ihr schützend die Arme um den Kopf schlang, war es kaum mehr zu ertragen.

So plötzlich, wie es gekommen war, verstummte das Lachen wieder, und Dunkelheit und Stille umgaben sie, als wäre nichts geschehen. Ein Blick nach oben zeigte Althea die dichte, dunkle Wolkendecke, keine Sterne fielen mehr herab, wie es in den Tagen des Weltenbrandes sein würde. Alles war so ruhig wie zuvor, nur Wolf winselte noch erbärmlich, bis die Geweihte ihm die

Hand auf den Kopf legte und beruhigend auf ihn einredete.

»Was war das?«, flüsterte Althea. Tränen liefen ihr in Strömen über das Gesicht, und noch immer pochte es in ihrem Innern, als würde es aus zahllosen Wunden in ihrem Leib bluten. Lea Elida schüttelte den Kopf, hielt sie weiter fest umschlungen und wiegte sie langsam vor und zurück. »Schlaf«, sagte sie leise, »schließ die Augen und schlaf! Gleich hast du alles vergessen. Boron, Herr, segne uns!«

Folgsam schloss Althea die Augen, obwohl wieder die Sterne zu fallen begannen, sobald sie die Lider schloss. Doch mit der Zeit verging die Angst, sie spürte die Nähe von Wolf, der still geworden war, und fühlte sich seltsam geborgen in den überraschend weichen und warmen Armen der Geweihten, die sie schließlich in einen traumlosen Schlaf wiegte.

Kapitel 4

Als die Novizin mit der Dämmerung erwachte, stellte sie, Hesinde sei Dank, keine Fragen, sondern war recht schweigsam und blieb dies auch für den Rest des Tages. Lea Elida war das nur recht. Sie hätte ohnehin nicht gewusst, was sie hätte antworten sollen. Was war gestern Nacht wirklich geschehen? Was lag vor ihnen? Warum waren sie hier? Wer wartete auf sie?

Alles, was Lea Elida wusste, war, dass der Weg, auf dem sie jetzt gingen, vermutlich vor hunderten von Götterläufen gebebt hatte unter den Schritten schwer gerüsteter Mannen, vom Hufschlag edler Rösser, vom Klang tiefer Stimmen und dem Trommeln der Tambouren. Und dass keiner der Krieger diesen Weg zurückgekommen war. Bei dem Gedanken glaubte sie fast, das Echo der vergangenen Tage hören zu können, und die feinen Härchen in ihrem Nacken richteten sich auf. Schon so lange hatte sie nach Herzogenthal reisen, eigene Nachforschungen über die Societas anstellen wollen. Doch nie hatte es sich ergeben, ja, sie hatte manches Mal den Verdacht gehabt, dass Seine Eminenz bewusst verhindert hatte, dass sie sich hierher begab.

Doch nun war sie auf dem Weg dorthin. Beinahe ehrfürchtig, einer Pilgerin gleich, zog sie Schritt für Schritt weiter in die Richtung, wo hunderte Herzen aufgehört hatten zu schlagen, als Preis für den Sieg über die Finsternis. Die Finsternis, die offenbar wiedergekommen war, in welcher Form auch immer, so wie es vorhergesagt worden war. Und dieses Mädchen hier war auserwählt, ihr zu trotzen, warum und wie, wusste allein die Herrin. Allein ihr unerschütterlicher Glaube verbot es Lea, die zweifelnde Frage zu stellen, wie diese junge Frau dem trotzen sollte, was einen ganzen Orden ausgelöscht hatte. Stattdessen brannte nun auch sie darauf voranzukommen, um endlich zu sehen, was ihrer harrte. Und dass dort etwas wartete, hatte sich erst letzte Nacht bestätigt. Dennoch, ihr schlimmster Gegner waren Ungewissheit und Ungeduld, und die würde sie schon bald besiegt haben.

Lea verkniff sich ein Lächeln. Die vergangene Nacht schien das Band zwischen der Novizin und ihr gestärkt zu haben, denn Althea folgte anstandslos ihren Anweisungen, und so kamen sie recht gut voran, obgleich Altheas Fuß anschwoll und sie immer stärker hinkte.

Irgendwann, als sie eine kurze Mittagsrast einlegten, Lea den Verband erneuerte und dabei sorgenvoll den prallen, roten Knöchel musterte, fragte Althea, vermutlich um sich vom Schmerz abzulenken: »Welfenhaag ist ein ungewöhnlicher Name. Ich habe ihn noch nicht oft gehört, kommt er aus dem Tobrischen?« Sie verzog das Gesicht, während die Geweihte vorsichtig den Fuß abtastete.

»Obwohl meine Familie aus Tobrien stammt, war der Name auch in unserer Gegend selten«, antwortete Lea abwesend.

»Hat er eine bestimmte Bedeutung, eine Geschichte?« Die Novizin stöhnte.

Lea hielt inne und blickte auf. »Mein Großvater erklärte mir einmal, dass Haager ein alter, urtobrischer Begriff sei, den man in etwa mit ›Hüter‹ oder ›Gefährte‹ übersetzen könnte. Welfenhaag würde demnach Hüter der Wölfe bedeuten, oder auch Gefährte der Wölfe, je nachdem, wie man es übersetzt.« Sie lächelte kurz. »Mein Großvater war ein einfacher Schäfer, aber das Wunderbare an ihm waren die Geschichten, die er erzählen konnte.« Sie wandte sich wieder dem Fuß zu.

»Jedenfalls eine sehr schöne Erklärung für den Namen«, bemerkte Althea und biss die Zähne zusammen, als die Geweihte ihr den Stiefel überzog. »Und einen Wolf habt Ihr ja auch schon.« Der Hund sah kurz auf, als sie seinen Namen nannte, und kläffte bestätigend. Dann legte er wieder den Kopf auf die Vorderpfoten.

Sorgfältig zog Lea Elida den Schnürsenkel durch die Löcher; ihre Gedanken aber waren ganz woanders. Sie glaubte wieder die kühle Luft des vergehenden Sommers zu riechen, vermischt mit dem einzigartigen Duft von Heidekraut, Tiergeruch und Tabakrauch, der sie stets aufs Neue fasziniert hatte. Jahr für Jahr hatten sie im Spätsommer Großvater besucht, in dem winzigen Dorf in der Nähe von Mendena. Sie waren gemeinsam durch die Weiten gezogen, sie, Medea und ihr Großvater. Hüter, sein alter, schlohweißer Hirtenhund, hatte dafür gesorgt, dass die Schafe nicht fortliefen, sondern ihre runden, mit dicker grauweißer Wolle bepackten Leiber eng aneinander drängten und dem Weg zur Weide folgten.

Das gelbe Glühen von Hüters nimmermüden Augen, die Sterne am klaren Nachthimmel, der Rauch aus Großvaters Pfeife, der sich mit dem würzigen Geruch des Lagerfeuers gemischt hatte, all das hatte sich in ihr Gedächtnis eingebrannt. Manchmal, wenn genug Bärenfang seine tiefe Stimme geölt hatte, hatte der alte Mann eines der vergessenen Lieder gesungen, die wie die Erinnerung an vergangene Tage durch die Luft getanzt waren:

Lausche des Rudels unsterblichem Sang,
bitter-süß tanzend zum mahnenden Mal!
Singen, das niemals verklingt!
Barke, die niemals versinkt!
Vom Vater zum Sohne vererbt wird die Qual
auf träumerisch' Wellen die Ewigkeit lang!

»Vergiss nie, auf den Gesang der Wölfe zu lauschen. Sie helfen dir, den Weg zurück zu finden, wenn du dich zu verlaufen drohst«, hatte er dann immer gesagt und heiser gelacht in dem Wissen, dass sie ihn nicht verstanden. Jetzt war er tot, und sie würde seine geliebte Stimme niemals wieder hören können. Wolf drängte sich mit einem Mal an ihre Seite, kläffte kurz und fuhr ihr dann mit seiner rauen Zunge über den Hals.

»Schon gut«, murmelte sie und kraulte ihn kurz im Nacken, »behandle mich nicht immer wie einen Welpen!« Der Hund kläffte nur kurz, dann sprang er den Weg voraus.

»So, das muss reichen.« Sie stand auf und klopfte sich die Erde von den Knien.

Der Tag verging rasch und mit zügigem Marschieren, das nur von den Zwangspausen unterbrochen wurde, zu denen Altheas immer schlimmer schmerzender Fuß sie nötigte. Doch als der Abend den Himmel bereits rötlich färbte, erreichten sie, müde und erschöpft, endlich die Grenze von Herzogenthal.

Welch hässliche Gegend, schoss es Althea durch den Kopf. Naserümpfend fragte sie sich, warum, bei allen Zwölfen, es sie ausgerechnet hierhin gezogen hatte. Wie eine fette, alte Hexe ragte das Gebirge lauernd vor ihnen auf, zerklüftete Furchen im fahlgrauen Gesicht. Haarigen Warzen gleich sprossen hier und da verkrüppelte Bäume, und das Licht der untergehenden Sonne warf harte Schatten auf das Felsmassiv und verlieh ihm einen seltsam verschlagenen Ausdruck.

»Dieses Felsmassiv hat eine Aura von ... Niederträchtigkeit – verrückt, nicht wahr?«, murmelte in diesem Augenblick Lea Elida neben ihr.

»Allerdings«, gab Althea zurück und verzog das Gesicht. Sie ahnte schon, welche Frage die Geweihte ihr als Nächstes stellen würde, und sie hatte nicht die leiseste Ahnung, was sie ihr antworten sollte.

»Wohin jetzt?«

Althea räusperte sich umständlich. »Also, ich ...«, sie hielt inne, als sie den Seitenblick der Draconiterin spürte. Vermutlich konnte sie sich den Versuch sparen, die Geweihte täuschen zu wollen. »Keine Ahnung«, gab sie daher zu und rieb sich angestrengt das Ohrläppchen.

»Wenn wir direkt weiter gen Westen oder Norden gehen, sind wir in ein paar Stunden im Gebirge«, erklärte Lea Elida und deutete auf das Felsmassiv vor ihnen. »Halten wir uns dagegen östlich, dann gelangen wir in den waldreicheren Teil der Baronie. Dort finden wir auch noch ein paar Bauern. Aber den Hauptteil des Landes macht schon das Gebirge aus. Ganz im Westen liegt das einzig größere Dorf, Dunkelbrunn heißt es, wenn ich mich recht erinnere, und darüber befindet sich die Feste des Barons.«

»Wart Ihr schon einmal hier«, fragte Althea erstaunt, »oder warum kennt Ihr Euch so gut aus?«

Die Geweihte zuckte mit den Schultern. »Ich habe lediglich einen Blick auf die Karte der Region geworfen, als ich erfuhr, dass es uns hierher verschlägt«, entgegnete sie und machte eine abweisende Handbewegung. Offensichtlich war sie nicht gewillt, näher darauf einzugehen. Seltsam, überlegte Althea, dass die Geweihte noch Zeit für derart aufwändige Recherchen gehabt hatte; immerhin waren sie ziemlich überstürzt aufgebrochen.

Lea Elida unterbrach ihren Gedankengang, sie drängte auf eine Entscheidung. »Es ist schon fast dunkel. Wenn du keine bessere Idee hast, würde ich vorschlagen, erst einmal weiter gen Westen zu gehen. Bis zu den ersten Ausläufern der Sichel sind es noch ein paar Wegstunden, und es ist nicht unwahrscheinlich, dass wir dort ein Bauernhaus finden, in dem wir die Nacht verbringen können. Außerdem wirst du mit deinem Knöchel im Gebirge nicht weit kommen, du brauchst dringend Ruhe.«

Ein wohliger Schauer überlief Althea, als sie den Gedanken auskostete, die Nacht womöglich in einem warmen, weichen Bett verbringen zu dürfen, mit vollem Magen und in einem sauberen Nachtgewand. Sie fühlte sich, als wären sie schon mondelang unterwegs, jeder Muskel schmerzte, ganz abgesehen von dem heißen Pochen im Fuß. Zudem hatte sie die unablässig drängende Unruhe aufgerieben, und sie fühlte sich wie ausgebrannt.

»Gut, halten wir uns also westlich«, sagte sie daher, und sie folgten dem schmalen Pfad, der sie tiefer nach Herzogenthal hineinführte.

Kapitel 5

»Wir werden verfolgt.« Die Stimme des Jägers war so gleichmütig, als hätte er festgestellt, dass es in der Sonne heiß sei. Überrascht hielt Raul inne und sah Andiel verständnislos an. So unvermittelt aus den Gedanken gerissen, die ihn beschäftigten, schien ihm die reale Welt unwirklich, auf seltsame Art und Weise grell und ohne Tiefen zu sein. Immer mehr war er in den vergangenen Tagen dorthin abgetaucht, wo die wirklich wichtigen Entscheidungen fielen, wo seine Gedanken sich zu Plänen formten, deren facettenreiche und beinahe irrwitzig geniale Vielfalt die Gehirnwindungen eines profaneren Schädels zum Platzen gebracht hätten. Nun, da er immer tiefer in die Größe seines Geistes vordrang, verstand er, warum gerade er als vergöttlichter Demiurg auserwählt worden war, und mit zügelloser Euphorie strebte er der Stunde entgegen, da er das verheißene Szepter empfangen würde und die Schar seiner Streiter vor ihm das Knie beugten. Bis dahin war die Welt rings um ihn nicht mehr als ein Klotz am Bein, ein Hindernis, das es zu überwinden galt, um dorthin zu gelangen, wo der alabasterweiße Thron seit der Stunde seiner Geburt und länger seiner harrte. Mühsam und mit unerklärlichem Widerwillen sammelte er sich, versuchte die Sinne zu konzentrieren, auf das Problem zu richten, das sich gerade auftat.

Mey war unbemerkt von seiner Seite gewichen und stromerte vermutlich irgendwo im Gebüsch vor ihnen umher, während Andiel neben ihm stumm abwartete, bereit, auf seinen Wink hin den Bogen zu spannen, wie Raul nicht ohne Zufriedenheit registrierte. Der Jäger hatte sich als überaus nützlicher Begleiter erwiesen, der nicht nur für sein leibliches Wohl gesorgt, sondern auch eine überraschende Intuition gezeigt hatte, was seine Wünsche betraf. Es war völlig offensichtlich, dass er sich als sein Untergebener sah, der auf den Tag wartete, da sein Herr ihm die Macht geben würde, die er ihm verheißen hatte. Raul genoss die Gegenwart seines ersten Vasallen. Anfangs hatte er Andiel immer wieder versichert, dass er seinen Lohn bald erhalten werde. Aber der Jäger hatte nur lächelnd gesagt: »Ich weiß, Herr!« und die Faust aufs Herz geschlagen. Er hätte vermutlich nicht einmal nach ihrem Ziel gefragt, aber als Raul ihm offenbart hatte, dass sie nach Herzogenthal unterwegs seien, da war für einen Moment doch etwas wie Erstaunen über das sonst so unbewegte Gesicht gezuckt.

»Du fragst dich, was wir dort suchen? Warte ab, bis du die vergessene Feste siehst, dann wirst du verstehen.« Andiel hatte sich mit dieser Aussage begnügt und fortan die besten Wege ausgekundschaftet, die zu finden waren.

Jetzt lagen die ersten Ausläufer der Sichel vor ihnen; mächtige Felsmassive ragten am Horizont, von weißen Wolken bekränzt, in majestätischer Hoheit steil empor. Andiel wandte den Kopf und blickte mit zusammengekniffenen Augen zurück. »Ein, höchstenfalls zwei Wegstunden hinter uns. Er verfolgt uns seit mindestens einem Tag, vermutlich länger.«

Raul fragte sich, woher der Jäger sein Wissen bezog. Er selbst konnte in der Wildnis, die hinter ihnen lag, nicht das Geringste ausmachen. Aber das war auch nicht nötig, dafür hatte er ja seinen Begleiter. »Du jagst doch gern?«

Andiel sah ihn überrascht an. Dann zog sich ein breites, freudloses Grinsen über sein Gesicht.

Die schmale Gestalt in dem dunkelblauen Umhang stolperte unbeholfen vorwärts. Immer wieder blies der Wind ihr die Kapuze vom Kopf, zauste grob das lange dunkelbraune Haar, bis die kleine, bleiche Hand die Gugel mühsam wieder an ihren Platz rückte. Doch selbst wenn sie nicht so beschäftigt mit der Unbill des Wetters gewesen wäre, wenn sie nicht so sehr mit dem steilen, unwegsamen Weg zu kämpfen gehabt hätte und auch wenn ihre dunkelbraunen Augen aufmerksam nach vorn gesehen hätten, anstatt lethargisch auf den steinigen Boden zu starren, selbst dann hätte sie den Jäger vermutlich nicht bemerkt, der mit den dürren Büschen am Wegrand verschmolzen war und mit geduldiger Regungslosigkeit sein ahnungsloses Opfer fixierte. Das leise Sirren der Bogensehne, einmal und gleich darauf ein zweites Mal, war kaum zu hören, umso mehr dafür die erschreckend tierhaften Jammerlaute, die das Mädchen ausstieß, das nunmehr auf dem Pfad zusammengebrochen war. In Oberschenkel und Wade steckten zwei lange, grau gefiederte Pfeile, die sie krampfhaft umklammert hielt, die weißen Hände schon blutverschmiert. Dabei wiegte sie sich mit dem Oberkörper heftig vor und zurück, und unter dem Vorhang ihres wirren Haares drangen unaufhörlich unartikulierte Klagelaute hervor, schrill und schmerzerfüllt.

Der Jäger war, ohne dass sie es gemerkt hatte, hinter sie getreten und hielt sein langes Messer in der Hand, um es auf einen Wink Rauls hin über ihre Kehle zu ziehen. Der Junge betrachtete mit kaltem Interesse das wehrlose Opfer, um das Mey schon grinsend herumschlich. Sie waren also tatsächlich verfolgt worden, wie seltsam – sollte es doch eigentlich keinen geben, der um

Rauls hohe Bestimmung wissen konnte. Nun, das Rätsel würde sich gleich lösen.

Er trat auf den Pfad und baute sich vor der Gestalt auf, deren Kopf sich nun langsam, schicksalsergeben hob. Die lange Haarpracht, die das magere Gesicht vollständig bedeckt hatte, teilte sich, und zwei tränenfeuchte braune Augen starrten Raul aus bleichem Antlitz an. Zwei Augen, die er kannte, die ihn schon so oft liebe- und sorgenvoll angesehen hatten, in die er selbst so viele Male voller Liebe geblickt hatte.

»Jeschka!« Er fiel, ungeachtet des steinigen Bodens, hart auf die Knie und umarmte die Frau, was dieser einen hohen Schmerzlaut entlockte. »Meine liebe, liebe Jeschka! Du bist gekommen!«

Ungestüm bedeckte Raul ihr Gesicht mit Küssen. Er spürte den Dolch kaum, mit dem sie kraftlos nach ihm hieb. Andiel aber schrie auf, trat ihr den Dolch aus der Hand, packte dann Jeschkas zerzausten Haarschopf und riss sie zurück, während er ihr das Messer an den Rücken setzte.

»Andiel! Bist du wahnsinnig?«, fuhr Raul ihn an, und seine Stimme bebte vor Zorn. »Lass sie los! Sofort!« Er strich zart über das weiße Gesicht der Frau. »Sie ist meine Mutter!« Wieder wimmerte sie, und Schüttelfrost schien sie zu überkommen, der ihren mageren Leib heftig beutelte.

Der Jäger sah ihn ungläubig an.

»Hörst du nicht, was ich gesagt habe?«

Andiel zögerte noch kurz; als ihn aber Rauls Blick traf, löste er gehorsam seinen Griff, behielt den Dolch jedoch griffbereit in der Hand.

»Lass uns allein.« Die Augen des Jägers weiteten sich bestürzt. »Sofort!«, schrie der Junge unbeherrscht, seine Stimme überschlug sich vor Wut. Da wandte sich Andiel ohne weitere Widerworte um und ging den Weg voran, bis um die nächste Biegung, während die Knöchel seiner Hand, die sich um den Griff des Messers klammerte, weiß wurden.

»Meine über alles geliebte Jeschka! Ich sehe, du bist genauso verwirrt vor Freude, mich zu sehen, wie es mir mit dir geht!« Behutsam nahm er ihre Hand in die seine und küsste sie innig. »Ich habe dich so sehr vermisst, ich dachte, du hättest mich allein gelassen. Es war ein furchtbares Gefühl, weißt du das?« Er sah sie an, und für einen Moment verdüsterte sich sein vernarbtes Gesicht. »Tu das nie wieder, hörst du? Niemals wieder!« Dann lächelte er glücklich, ohne zu bemerken, dass ihre Zähne hart aufeinander schlugen, weil sie zitterte.

»Wir werden dir gleich die dummen Pfeile ziehen, entschuldige, aber wir wussten nicht, dass du es bist, die uns verfolgt. Es gibt so viele böse Menschen auf Dere, da muss man vorsichtig sein. Und mach dir deswegen«, er deutete auf die blutende Wunde an seinem Arm, wo ihr Dolch ihn gestreift hatte, »keine Sorgen! Der Meister hat mir erklärt, wie man solche Dinge heilen kann, es ist gar nicht schwer. Ich wollte es ohnehin schon ausprobieren, du hast mir also fast einen Gefallen damit getan.« Sein Blick verlor sich in der Ferne. »Unsere Körper sind so komplex in manchen Dingen und in anderen so einfach, so unglaublich einfach. Reparieren kann man sie ohne Schwierigkeiten, anders sieht es mit dem Konstruieren aus. Aber was plappere ich da«, wieder umarmte er sie, »ich bin froh, dass du hier bist. Ich wünschte nur, du könntest mir erzählen, wie du meinen Weg gefunden hast. Wann du dich entschlossen hast, mir zu folgen.« Er lachte leise. »Und mir sagen, dass du mich liebst und mich vermisst hast, so wie mir es mit dir ging. Sieh mal, Mey, du hast dich getäuscht, Jeschka hat mich doch nicht verlassen! Sie hat nur ein wenig länger gebraucht, um zu mir zu finden. Oh, ich wüsste gern, was dich so lange aufgehalten hat, meine liebe, liebe Mutter!«

Mey war um die beiden herumgeschlichen, und sein stetiges Grinsen war verschwunden, während er die beiden mit seinem glühenden Blick beobachtet hatte. Nun kehrte es zurück.

»Mein lieber Freund, was haderst du?
Erfüll dir, was dein Herz begehrt!
Erinnere dich des Meisters Worte,
Denn deine Sehnsucht kannst du stillen,
Musst doch nur mit eisernem Willen
Öffnen ihres Geistes Pforte.
Sieh, erkenne und greif zu!
Nutze nur, was dir gelehrt!«

Raul schlug sich mit der Hand an die Stirn. »Natürlich, wie konnte ich nur so verbohrt sein! Wenn ich dich nicht hätte, Mey!« Der Schelm kicherte, während Raul Jeschinka, die ihn verständnislos anstarrte, an den schmalen Schultern packte. »Es gibt eine Möglichkeit, wie du mir alles erzählen kannst, wie ich erfahren kann, was dein Herz bewegt, was du erlebt hast in den letzten Tagen! Ich hatte es ganz vergessen, ich Dummkopf. Endlich kannst du dich mir mitteilen, ist das nicht wunderbar? Hoffentlich kann ich dem Meister bald für die Gnade danken, die er mir gewährt! Du musst ihn unbedingt kennen lernen, Jeschka, er ist überwältigend!« Freudig umarmte er sie. »Oh, wie lange habe ich auf diesen Tag gewartet, meine geliebte Mutter!« Wieder packte er ihr Gesicht mit beiden Händen, diesmal fest und bestimmt. Jeschinka zuckte zusammen und versuchte mit aller Kraft, sich loszureißen. Aber Rauls Finger pressten sich an ihren Schädel und hielten ihn unbarmherzig fest. »Keine Angst, es wird nicht wehtun. Halt einfach still und lass es geschehen.« Eher unbewusst murmelte er die Worte, die ihren Geist öffneten. Hart drang er in ihre Gedanken ein, bahnte sich voll atemloser Spannung seinen Weg, tauchte tief in ihr Innerstes und wühlte nach dem, was er suchte, bis er es schließlich im Taumel ihrer wirren Gedanken fand. Ihren hohen, peinvollen Klagelaut hörte er schon nicht mehr.

»Jeschka! Bring mir neue Kerzen, die hier sind abgebrannt.«
Sie zuckte zusammen. Was war nur mit ihrem Jungen los? Seit der Begegnung mit dem Bären, seit sie beide fast getötet worden waren, hatte er sich verändert. So stolz war sie gewesen, dass er das Untier besiegt und sie beide gerettet hatte, und so besorgt, als er danach krank gewesen war und sein Kopfschmerz nicht hatte besser werden wollen.
Doch dann, als er genesen war, schien es ihr, als wäre er ein anderer geworden. Er war kalt, unbeherrscht und immer abwesend, als wäre er mit seinen Gedanken ganz weit weg. Geradezu unheimlich, Furcht einflößend wirkte er an manchen Tagen. Und wenn der Schatten über seinen Augen lag und er leise knurrend mit dem Messer die Tiere auseinander schnitt, um in ihr Innerstes zu sehen, dann erinnerte er sie fast an Dunkelherz. Sie konnte sich nicht erklären, was mit dem lieben und aufmerksamen Jungen geschehen war. Ob Dunkelherz einen Zauber über ihn gelegt hatte?
»Jeschka! Wo bleibst du?« Seine Stimme bebte vor ungeduldigem Zorn. Seufzend schlurfte sie nach oben. Wenn sie nur wüsste, was sie tun sollte!

Die Flammen schlugen ihr sengend heiß ins Gesicht, als sie ans Fenster stürmte und in die Stube blickte. Der dichte Rauch trieb ihr die Tränen in die Augen und brannte stechend in ihrer Lunge. Hustend barg sie den Kopf in der Armbeuge. Was, bei allen Göttern, war da geschehen? Sie war doch nur ein paar Stunden im Wald gewesen, um die Kräuter zu schneiden, die sie am Fuß der alten Eiche entdeckt hatte. Und nun kam sie zurück, und das Haus brannte lichterloh! Sie blinzelte, um den Blick frei zu bekommen, und *erkannte nun schemenhaft zwei Gestalten zwischen den Flammen. Ihr blieb fast das Herz stehen. Es waren Dunkelherz – und Raul!*

Der Alte hatte einen Dolch erhoben, mit dem er dem Jungen offenbar die Kehle durchschneiden wollte. Der Schrei der Verzweiflung blieb ihr in der Kehle stecken. Schon bereit, sich durch die glühende Fensteröffnung zu stürzen, um ihrem Jungen zu Hilfe zu eilen, erstarrte sie, als sich die Szenerie plötzlich vollständig änderte. Raul bewegte sich mit einer Geschwindigkeit, die ihr Auge kaum wahrnehmen konnte. Im einen Augenblick stand er noch zusammengekauert vor Dunkelherz, im nächsten hatte er den Druiden mit seinem Dolch an die Wand genagelt und tat dort etwas Unsägliches mit ihm, denn Dunkelherzens Gesicht verzog sich im Wahnsinn, und zwei dicke, schwarze Würmer krochen mit einemmal darauf herum – und hinein! Jeschka unterdrückte nur mühsam ein Würgen, dann beobachtete sie fassungslos, wie Raul eine Geste machte und Dunkelherz verschwand; nur mehr eine verkohlte Wand war zu sehen. Was machte ihr Junge da? Wie konnte er solch grausame Dinge tun? Das war nicht ihr kleiner Raul, der so oft zu ihr ins Bett gekrochen war, weil die Albträume ihn nicht hatten schlafen lassen, und der nicht einmal eine Maus erschlagen konnte. Das dort war selbst ein Albtraum, böser noch als Dunkelherz! Angst legte sich mit kalten Fingern um ihr Herz.

Sie starrte noch immer mit rußgeschwärztem, tränenüberströmtem Gesicht in das Flammeninferno, als Raul sie rief. Sobald sie seinem Blick begegnete, stieg die Panik in ihr auf, denn etwas Seltsames, Furchterregendes, etwas Unbeschreibliches lag darin, hatte sich in den sanften, lindgrünen Augen ihres Jungen ausgebreitet und nichts von ihm zurückgelassen. Unwillkürlich zuckte sie zurück, als er näher kam. So hatte auch Dunkelherz geschaut, als er ihr das Unsägliche angetan hatte. Die Erinnerung daran kochte in ihr hoch und verdrängte alles andere.

Angst und Panik legten sich wie ein roter Schleier über

ihre Sinne, und sie rannte, lief, so schnell sie konnte. Doch schon nach kurzer Zeit brachte das Stechen in ihrer Brust sie wieder zur Besinnung, und ihr Schritt verlangsamte sich. Mit dem Atem kehrte auch die Beherrschung wieder zurück. Sie hatte den armen Jungen einfach allein gelassen. Vielleicht brauchte er ihre Hilfe, er hatte doch sonst niemanden. Genau wie sie. Und war er nicht das Einzige, das ihr noch etwas bedeutete? Hatte sie sich nicht geschworen, auf ihn Acht zu geben, als wäre er ihr eigener Sohn? Sie trug die Verantwortung für ihn, und was hatte sie getan? Ihn bei der erstbesten Gelegenheit in Stich gelassen. Einige Augenblicke lang zögerte sie im Widerstreit der Gefühle: die Angst vor dem, was in seinem Blick gelegen hatte, auf der einen Seite und das stechende Gefühl, dass sie ihr Kind im Stich gelassen hatte, auf der anderen. Schließlich wandte sie sich um und folgte seinen Spuren.

Besorgt beobachtete sie, wie Raul sich der nackten Frau näherte. Die Fremden, mit denen er sich zusammengetan hatte, waren ihr unheimlich und ein weiterer Grund, warum sie es vermied, sich ihm zu zeigen. Nach einigem Suchen hatte sie seine Spur gefunden und war ihm gefolgt, heimlich und mit schlechtem Gewissen. Sie konnte sich selbst nicht erklären, warum sie sich nicht zu erkennen gab. Aber eine unbestimmte Furcht hinderte sie daran. Es war ein wenig die Art, wie er ging, leicht gebückt, und dabei leise, mit kehliger Stimme Selbstgespräche führte. Der Blick, mit dem er nachts mit in den Nacken geworfenem Kopf zu den Sternen starrte. Und dass er nicht mehr zu schlafen schien, seit jener unheimlichen, von seltsamen Lauten erfüllten Nacht, in der er vor dem Zeichen auf dem Boden gesessen hatte, in dessen Mitte etwas Unbeschreibliches gewesen war, so furchtbar, dass sie den Blick hatte abwenden müssen und bittere Galle auf den Boden gespuckt hatte.

Alles das hatte sie bewogen, sich ihm nicht zu nähern. Andererseits war sie auch unfähig, ihn zu verlassen, ihn seinem

Schicksal preiszugeben. Hin und her gerissen von ihren Gefühlen, wusste sie nichts Besseres, als ihm weiter zu folgen. Und nun war er zu diesen Leuten gestoßen, liederliche und falsche Menschen, so viel war ihr klar. Einmal hatten sie sie fast entdeckt, als sie auf einen trockenen Zweig getreten war! Wenn er sich nur vor ihnen in Acht nahm. Oder mussten sie sich vor ihm in Acht nehmen? Sie vermochte es nicht zu sagen.

Als er bei dem nackten Weib angelangte, wandte sie schamvoll errötend den Blick ab. Erst das Schreien der Frau und das Schimpfen der beiden hinzukommenden Männer ließ sie überrascht aufsehen. Und was dann geschah, sollte sie Nacht für Nacht in ihren Träumen verfolgen, sie schweißgebadet aufschrecken lassen. Sie sah, wie ihr Junge diese Menschen dahinmetzelte, mit Worten und Gesten ihre Körper zum Platzen brachte, über sie herfiel, sie mit Feuerlanzen bei lebendigem Leib verbrannte, wie die Blitze aus seinen Augen ihre Gesichter verschmorten. Wie er der Frau die Augen ...

Im Grauen gebannt, verfolgte sie das Blutbad, bis die Schreie endlich verstummten und Ruhe einkehrte. Raul stand zwischen ihnen, schwer atmend, mit ihrem Blut besudelt. Ein sanftes, zufriedenes Lächeln lag auf seinen Lippen. Da erstarrte etwas in ihr, denn sie begriff, dass von ihrem guten Jungen nichts mehr übrig war. Vielleicht hätte sie ihn retten können, aber sie hatte versagt. Und nun war er gestorben, ohne dass sie es bemerkt hatte. Die Tränen strömten über ihr Gesicht, als sie die bittere Wahrheit erkannte und begriff, dass von ihren Mutterpflichten nur noch eine, die härteste, geblieben war: nun auch seinen Leib zur Ruhe zu betten.

Von da an wartete sie nur auf eine Gelegenheit, ihr Messer in sein Herz zu stoßen. Aber Raul und sein neuer Begleiter schienen unermüdlich, sie hetzten durch den Wald, in Richtung des Gebirges. Die Wege wurden immer schlechter und steiniger, und sie war, halb verhungert und übermüdet, am Ende ihrer Kräfte. Wäre da nicht das Ziel gewesen, wenigs-

tens die letzte ihrer Pflichten zu erfüllen, wäre sie wohl schon längst zusammengebrochen. So aber folgte sie den Spuren der beiden in der Hoffnung, dass sich ihr eine Gelegenheit böte, das Versäumte nachzuholen. Mehr als einmal fragte sie sich, was das Wesen, das einmal ihr Junge gewesen war, wohl vorantrieb auf seinem blutigen, unheilvollen Weg. Und sie wünschte sich, dass sie diesen bald würde beenden können. Dann zerfetzte der erste Pfeil mit schmerzhafter Wucht ihr Fleisch, und sie fiel nieder. Ihre Hoffnung schwand.

Jetzt blickte sie in die großen, grünen Augen, sah ein unstetes Flackern darin, irgendetwas zwischen Schmerz und Wahnsinn. Und alles, was sie fühlte, war Furcht.

Langsam ließ Raul die Hände sinken. Sein Gesicht war ebenso tränenüberströmt wie das Jeschinkas. Ungläubig verengten sich seine Augen. »Du bist mir gefolgt, um mich zu töten«, flüsterte er, und seine Stimme hatte alle Fröhlichkeit verloren. Ein trockenes Schluchzen schüttelte Jeschinkas Brust, und sie barg das Gesicht in den Händen. Raul fühlte sich, als hätte ein eisiger Pfeil sein Herz durchbohrt. Wie erstarrt betrachtete er die Frau, die stets wie eine Mutter für ihn gewesen war und nun, da sie vor ihm kauerte, eher einem jungen, verzweifelten Mädchen zu gleichen schien.

»Wie kannst du nur glauben, dass ich diese schrecklichen Dinge getan habe?« Fassungslos schüttelte er den Kopf. »Es war Mey, er hat all das Furchtbare angestellt. Aber man kann ihm nicht wirklich böse sein, er meint es doch letzten Endes gut und gibt auf mich Acht. Soll ich ihn deswegen verstoßen? Wieso hast du ihn nicht gesehen? Warum denkst du, dass ich an allem schuld bin?« Er hob den Kopf und sah den Narren mit merkwürdig ernstem Blick neben sich stehen.

»Mey! Komm her!« Raul zog Jeschinka die Hände vom Gesicht und drehte ihren Kopf hart in die Richtung des Narren. »Hier! Siehst du ihn nicht? Das ist der Übeltäter! Los, Mey, gib es zu, sag meiner Mutter, dass ihr Blick sie getrogen hat!« Aber der Narr grinste nur, und Jeschinka starrte Raul ohne ein Zeichen des Verstehens an.

»Es muss der Wahnsinn sein«, murmelte Raul, »sie ist irrer, als ich geglaubt habe. Vermutlich wollte ich es einfach nicht wahrhaben, weil ich sie so liebe. Aber Sildans Quälereien müssen ihr mehr von ihrem Verstand geraubt haben, als ich dachte. Das ist die Erklärung.« Tröstend strich er über ihre eiskalte Stirn. »Wie konntest du nur daran denken, mich zu töten, wie konntest du!« Unwillkürlich krallten sich seine Finger in ihre Haut und hinterließen dunkelrot glühende Striemen darauf. Aber Jeschinka merkte es nicht einmal, so sehr hatte die Angst sie im Griff. »Wie konntest du!« Er senkte den Blick, und eine Träne fiel auf ihre zitternde Hand. Dann hob er den Kopf.

»Du bist krank, verwirrt, wahnsinnig. Aber ich weiß, dass du mich immer noch liebst. Deine Krankheit hat dich fehlgeleitet, deine Sinne vergiftet. Ich werde den Meister beizeiten fragen, wie wir dich heilen können. Ich bin mir sicher, er weiß eine Lösung. Und dann wird alles gut.« Er atmete tief durch. »Ich vergebe dir!«

Seine Arme legten sich um ihren starren Körper, und er drückte sie an sich. »Ich vergebe dir!« Zu seinem Erstaunen kniete sich Mey ernst hinter Jeschinka und umarmte sie ebenfalls, sodass sie zu dritt eng umschlungen beieinander knieten.

»Ich vergebe dir!« Ein sanftes Lächeln legte sich auf seine Lippen. Das Knacken, mit dem ihr Genick brach, war laut und trocken.

Kapitel 6

»M ey! Was hast du getan?«

Andiel, der um die Biegung gespäht hatte, damit er notfalls rasch eingreifen konnte, entschied, dass es besser war, schnell wieder nach vorne zu blicken, als der Knabe wie von Sinnen schrie und tobte. Gewiss war es klüger, sich unauffällig zu verhalten und abzuwarten, bis seine Wut verraucht war. Manchmal fragte er sich, ob er nicht doch einen tödlichen Fehler begangen hatte, sich dem verrückten Jungen anzuschließen. Aber er spürte, dass von Raul eine Aura der Macht ausging, etwas von jener unbeschreiblichen Ausstrahlung, für die er schon seit jeher ein Gespür hatte. Die manche stärker und andere kaum wahrnehmbar in sich trugen und die ihren Träger so schnell verlassen konnte. Raul aber besaß sie in solchem Übermaß, dass er, Andiel, keinen Augenblick an den Phantastereien von einem Thron, von Heerscharen und einem mächtigen Reich gezweifelt hatte. Was auch immer den Jungen in dieses götterverlassene Gebirge am Hintern Sumus trieb, was auch immer er dort zu finden hoffte, es war überaus *mächtig*. Und Andiel war süchtig nach dieser süßen Essenz der Macht, seit er sie einmal als Heerführer Borbarads gekostet hatte. Es war nur eine kleine Truppe gewesen, die er in der Schlacht um die Trollpforte hatte führen dürfen. Aber es hatte gereicht, um die Gier nach mehr in ihm zu wecken, und als er die großen Anführer ihre menschlichen und nichtmenschlichen Truppen in den Kampf hatte hetzen sehen, da hatte er gewusst, dass auch er eines Tages so etwas tun wollte, irgendwann und irgendwie. Und sein Schicksal hatte ihn gefunden, in Gestalt dieses wahnsinnigen Knaben. Irgendwann würde er unter dem Zeichen seines neuen Herrn, dem Widderbanner, in die Schlacht ziehen, und die vielleibigen Bestien würden seinem Befehl gehorchen. Er musste nur lange genug überleben.

Das Schreien und Schluchzen hinter ihm war verstummt. Bedächtig machte Andiel ein paar Schritte zurück, sodass er den Weg und seinen jungen Herrn wieder im Blick hatte. Offensichtlich war Rauls Wut abgeklungen. In einige Baumstämme am Wegrand waren tiefe Kerben geschlagen, Blätter und Zweige in blindem Zorn abgefetzt. Einige Büsche brannten mit stinkender Flamme, und eine Föhre sah aus, als wäre der Blitz in sie eingeschlagen. Zudem zog sich ein tiefer, einen Schritt breiter Riss durch den Felsboden, der zuvor eindeutig noch nicht da gewesen war. Raul saß auf dem Boden, die tote Frau im Arm, und wiegte sie, das lange rote Haar wie ein Vorhang vor seinem hässlichen Gesicht. Nun, zumindest hatte der Bengel sich nicht selbst wehgetan. Unschlüssig, was er am besten tun sollte, blieb Andiel stehen.

»Mein treuer Heerführer!« Die Stimme des Jungen klang brüchig. Er sah nicht einmal auf.

»Was kann ich für Euch tun, Herr?«

Einen Augenblick herrschte Schweigen. Dann die leise Frage: »Was hast du gesehen? Sag es mir. Und sei ehrlich.«

Andiel beschloss, dass es wohl in der Tat das Beste war, die Wahrheit zu sagen, zumal er nicht genau wusste, was Raul hören wollte. »Ihr habt die Frau umarmt und ihr dann das Genick gebrochen«, sagte er daher schlicht.

Offensichtlich war es die falsche Antwort, denn Raul

zuckte zusammen, als hätte ihn ein heftiger Schlag getroffen.

Doch er sagte nur: »Lass uns noch eine kleine Weile allein.«

Gehorsam wandte Andiel sich wieder ab und verschwand um die Biegung. Dort ließ er sich seufzend vor einem Findling am Wegesrand nieder. Er hoffte nur, dass dieses Spiel nicht wieder unsäglich lange dauern würde, denn die Dämmerung war bereits hereingebrochen, und es würde bald dunkel werden.

»Mey, was geht hier vor sich?« Kraftlos strich Raul die wirren Haarsträhnen aus Jeschinkas Gesicht, aus dem die Augen noch immer angstvoll starrten, wenngleich ihr Blick nun gebrochen war. Der Junge hob den Kopf und sah den Narren an, der ungewöhnlich still und ernst vor ihm stand.

»Keiner sieht dich, nicht ein Mensch hat dich je erkannt. Alle meinen sie, ich wäre allein unterwegs, ich würde das tun, was deine Hände vollbracht haben. Kannst du mir das erklären?«

Aber Mey sah ihn nur unverwandt an, und ein düsteres Feuer glomm in seinen violetten Augen.

»Keiner sieht dich«, wiederholte Raul. Unvermittelt ließ er den leblosen Körper fallen und sprang auf, um rastlos hin und her zu gehen. »Was soll das bedeuten? Dass sie alle blind sind? Oder dass du lediglich Ausgeburt meiner Phantasie bist, eine Illusion, eine Wahnvorstellung? Du hinterlässt keine Spuren, bist niemals hungrig, schmutzig oder müde. Und ich darf dich nicht berühren. Andererseits hast du andere berührt, hast sie getötet. Was also bist du? *Was in aller Welt bist du?* Rede mit mir, Narr, gib mir Antwort! Oder bin ich wirklich wahnsinnig, und alles ist nur Einbildung? Irrsinn?«

Zu seinem Entsetzten lachte Mey. Und seine Stimme troff vor Hohn, als er antwortete:

»Hast endlich du erkannt den Wahn?
Sieh die Wahrheit, stelle dich:
In der Not hast du gerufen,
Und folgsam kam ich aus
Deinem Innersten heraus,
Denn deine Worte mich erschufen;
Und was ich tat, hast du getan,
Denn ich bin du, und du bist ich!«

»Was sagst du? Ich soll all das gewesen sein? Mir willst du deine blutrünstigen Verbrechen zuschreiben? Was gaukelst du mir vor, Narr?«, flüsterte Raul heiser. »Du hast gemordet und getötet, du allein! Ich habe es mit eigenen Augen gesehen. Meinst du etwa, ich falle auf deine Lügen herein?«

Aber Mey sah ihn nur kalt und verächtlich an. Eine eisige Hand griff nach Rauls Herz. »Wer bist du? Wie ist dein Name?«

»Jedem Tropf in jedem Reich
Ist mein Name wohl bekannt,
Und sie meiden ihn, sich grausend!
Denn stecke ich auch in dir drin,
Weil eins, mein Freund, ich mit dir bin,
Hab der Brüder ich doch tausend,
Und unser Name ist sich gleich:
Wahnsinn werden wir genannt!«

Zitternd wich Raul zurück. »Der Wahnsinn? Du willst mir sagen, du bist der Wahnsinn? *Mein* Wahnsinn?«

Höhnisch vollführte Mey eine höfische Verbeugung, dass die Schellen nur so klirrten.

»Aber ... das kann nicht sein! Du bist doch wirklich! Ich sehe dich deutlich vor mir, meine Augen können mich doch nicht so narren!«

»Du allein tust mich beschwören,
Gibst mir Sprache, Aussehen,
Stimme, Kleidung und Gesicht,
Geboren hat dein Wahnsinn mich,
zu helfen, zu erfreuen dich.
Denn du erträgst ihn anders nicht!
Willst du meine wahre Stimme hören?
Lausch in dich, dann wirst verstehen!«

Mey lachte hämisch, und eine düstere Gewissheit kam über Raul. Tief in seinem Innern hallte ein Echo in der Leere, das ihm zuflüsterte, dass es die Wahrheit war – eine Wahrheit, die er selbst schon lange kannte. Dass er in ihr unverhülltes, grausames Antlitz blicken musste, weil die Zeit dafür reif war. Und er hörte tief, tief in seinem Innern eine Stimme flüstern, unerträglich hoch und dröhnend zugleich, die stetig und unaufhörlich Worte wisperte, deren Sinn an seinem Verstand fraß und deren Wahrheit scharf an seinem Herzen schnitt. Und er erkannte die Stimme, die seltsam gestelzten Worte, die ordinären, kaum verständlichen Phrasen. Es war Meys Stimme und gleichzeitig war es die seine.

Raul hob die zitternde Hand und versuchte das, was ihm in den vergangenen Tagen nie gelungen war: er streckte sie, um den Narren am Arm zu packen. Doch seine Finger griffen ins Leere, denn da war nichts, was er hätte berühren können, obwohl Mey noch immer vor ihm stand, ihn unverwandt angrinste, den Kopf schelmisch zur Seite gelegt. Die andere Hand hakte nach, versuchte verzweifelt, etwas zu greifen, zu umschließen, aber die Finger berührten nur das eigene Fleisch, und als Rauls Knie nachgaben und er schluchzend zu Boden ging, erkannte er, dass der Wahnsinn schon vor langer Zeit von ihm Besitz ergriffen hatte und nichts so war, wie es schien. Er wusste nicht einmal mehr, ob es ein Schrei der Verzweiflung war, der aus seiner Kehle drang, oder ob es nicht vielmehr das irre, kreischende Lachen des Narren war, das *er selbst* hervorstieß und das die Sterne vom Himmel zu holen schien.

Kapitel 7

Es gab keinen Grund, aus der beruhigenden Stille der Schwärze ringsumher aufzutauchen. Und er wollte es auch gar nicht. Als ihn die violett glühenden Augen fanden, krümmte er sich wimmernd zusammen, die Hände in abwehrender Haltung erhoben. Er wollte nicht, und er konnte nicht mehr. Es sollte aufhören, alles, hier und jetzt. Die Schmerzen, die Enttäuschungen, die Erkenntnis, die eigene Verderbtheit.

Aber Mey ließ nicht von ihm ab. »*Warum wehrst du dich so dagegen?*«

Überrascht hob Raul den Kopf, als er die Stimme des Narren hörte, die nun weich und einfühlsam klang, wie das Wiegenlied einer Mutter für ihr Kind. »Seit wann sprichst du denn so ... so verständlich?«, entfuhr es ihm unwillkürlich.

Der Narr lächelte. »*Jetzt, wo du mich als das erkannt hast, was ich bin, nämlich ein Teil von dir, jetzt verstehst du mich richtig. Auch wenn etwas in dir sich noch immer weigert, mich anzunehmen, so bin ich dir doch nicht mehr fremd. Und deshalb akzeptierst du mich, zumindest ein kleines bisschen von mir ...*«

Raul entfuhr ein ungläubiges Knurren.

»*Warum fürchtest du dich vor mir?*«, fragte Mey stirnrunzelnd, »*jetzt, wo wir uns endlich nahe gekommen sind? Siehst du denn nicht, dass sich nichts geändert hat? Nichts, außer dass du auf dem Weg der Erkenntnis ein Stück vorangegangen bist.*«

»Nein, kaum etwas ist anders«, spottete Raul bitter, »außer dass ich ein blutrünstiger Mörder und dazu noch völlig wahnsinnig bin. Und dass mein Irrsinn mir eine Bestimmung vorgegaukelt hat, die nicht existiert!«

»Das ist nicht wahr, und das weißt du!«

»Ich weiß in der Tat überhaupt nicht mehr, was wahr ist und was nicht!«

»Das Wesentliche ist, dass deine Bestimmung nicht vorgegaukelt war. Bedenke, nicht von mir hast du sie erfahren, sondern vom Meister selbst. Und ein Teil Wahnsinn steckt in jedem, glaube mir, da kenne ich mich aus.« Der Narr kicherte und fuhr dann fort: *»Bedenke, die ganze Zeit hast du dir gedacht, dass diese Leute es verdient haben zu sterben. Warum? Weil sie sich dir in den Weg gestellt haben. Weil sie die Erfüllung deiner hohen Bestimmung verhindern wollten. Sie haben es verdient zu sterben, und sie haben ihren Tod selbst verschuldet. Ob nun ich Hand angelegt habe oder du, was spielt das für eine Rolle? Oh, du wirst bald genügend Finger und Klauen haben, die dergleichen für dich erledigen, wenn dich das so quält. Aber erinnere dich: Es hat keinen unverdient getroffen. Sie hatten alle eine Wahl, sogar diese Frau, die vorgab, dich zu lieben, aber nur auf deinen Tod aus war.«*

Raul musste zugeben, dass Meys Worte einleuchtend und logisch klangen. Sie hatten alle den Tod verdient, denn sie hatten sich gegen ihn gewandt und so versucht, das Schicksal auszutricksen. Und der Meister selbst hatte ihm versichert, dass der Thron auf ihn wartete, dass er seine Heerscharen in den Krieg führen musste und dass er, Raul, allein dazu fähig sei. Er und sonst keiner. Und er glaubte den Worten dieses seltsamen Kindes.

»Wer ist der Meister?«, fragte er Mey neugierig. Der Narr lachte und schüttelte den Kopf so heftig, dass die Schellenhaube fast herunterrutschte.

»Du wirst es bald erfahren, denn du wirst ihn in Kürze wieder sehen! Jetzt aber musst du Stärke zeigen und weiter

gehen. Bald ist der Weg zu Ende, dann warten allein Macht und Ruhm auf dich, und die dummen Zweifel werden vergessen sein. Erkenne, dass dich nichts und niemand aufhalten kann!«

Mit klopfendem Herzen begegnete Raul Meys Blick. Es war schwer zu glauben, dass der Narr nicht wirklich existierte, sondern nur ein Produkt seiner Phantasie war. Nein, seines Wahnsinns. »Ich bin wahnsinnig«, flüsterte Raul ängstlich.

Mey schnaubte. »*Mein lieber Freund, der Unterschied zwischen dir und den anderen ist nur der, dass du deinen Wahnsinn erkannt hast und dabei bist, ihn als Teil deiner selbst anzunehmen. Damit bist du ihnen wieder ein Stück voraus, und es macht dich nur noch stärker und unangreifbar, glaube mir. Die Angst der Toren, die mich leugnen, zeugt nur von ihrer Ignoranz. Denn wisse, ich werde dich nie verlassen, immer bei dir sein. Niemals wird meine Stimme verklingen, niemals werden Einsamkeit und Hilflosigkeit dich finden, denn ich bin mit dir und gebe auf dich Acht. Nicht einmal der Tod wird uns scheiden!*« Und wieder lachte der Narr, so laut und herzhaft, dass Raul nichts übrig blieb, als einzustimmen. Langsam verschwand die Verzweiflung und machte einem neuen, stärkeren Gefühl Platz. Einem Gefühl, dass zu Mey gehörte.

Andiel hörte Raul lachen, und etwas daran jagte ihm, den sonst nichts so leicht schrecken konnte, einen kalten Schauer über den Rücken. Wenig später kam der Junge um die Ecke und grinste ihn schelmisch an.

Der Jäger sprang auf und fragte misstrauisch: »Alles in Ordnung, Herr?«

»Oh, mein treuer Heerführer, es ist alles in bester Ordnung. Lass uns weitergehen, denn ich weiß, du harrst ungeduldig darauf, dein Kommando anzutreten, und ich will dich nicht länger als nötig warten lassen. Bald werden wir am Ziel sein.«

»Wie Ihr wünscht!« Unverzüglich schulterte Andiel seinen Bogen und machte sich daran vorauszugehen, wie sie es die ganze Zeit gehalten hatten. Aber Raul hielt ihn auf.

»Ich glaube, es ist besser, wenn ich jetzt vorangehe. Ich erinnere mich an den Weg.«

Gehorsam ließ ihn der Jäger vor. Zwei Krähen kreisten unweit über ihren Köpfen und stießen plötzlich ein Stück hinter ihnen hinab. Der tote Leib der Frau war ein Festschmaus, der sich in dieser kargen Gegend gewiss nicht alle Tage bot. Andiel rückte seinen Rucksack zurecht. Er würde sich seine Kräfte gut einteilen müssen, denn der Junge schien tatsächlich die Nacht durchmarschieren zu wollen. Blieb nur zu hoffen, dass sie sich in dieser vermaledeiten Gegend nicht den Fuß brachen.

»Kommst du?« Raul wandte sich zu ihm um, und der Jäger hätte schwören können, dass die Augen des Jungen für die Dauer eines Herzschlags in der Dunkelheit violett gefunkelt hatten.

Kapitel 8

Der Segen der alveranischen Schlange und ihrer elf göttlichen Geschwister möge allzeit auf Euch und den Euren ruhen! Nehmt dies als ein kleines Zeichen unserer Dankbarkeit für die traviagefällige Gastfreundschaft.« Ein helles Klingeln ertönte, als die Münzen aus Lea Elidas Beutel in die Hand des Bauern wechselten, dessen Gesicht ein freudiges Strahlen überzog. »Die Zwölfe mit Euch!«

»Und mit Euch, Hochwürden, und mit Euch!« Der Bauer verbeugte sich hastig und ebenso seine Frau, die vor Verlegenheit kein Wort herausbrachte und unsicher die Hände in die schmutzige Schürze krampfte – raue, schwielige Hände, die arg gezittert hatten, als sie ihnen den Rucksack mit Brot, Äpfeln und einem frisch gebackenen Kuchen gefüllt hatte und die doch so sanft die zwei kleinen Kinder umfassten, die sich hinter ihren Rockschößen verbargen und die Fremden aus großen Augen musterten. Besucher waren hier mehr als selten.

Sie verließen das bescheidene Bauernhaus, in dem sie die letzten Nächte verbracht hatten. Altheas Fuß hatte sie genötigt, eine längere Rast einzulegen; selbst die Novizin hatte eingesehen, dass sie mit dem inzwischen bläulich verfärbten Bein unmöglich den Weg in die Berge überstehen würde.

Und seltsamerweise hatte das Drängen in ihrem Innern ein wenig nachgelassen, und so hatten Verstand und auch Gefühl dem Verbleib in der freundlichen Kate zugestimmt. Sie hatten die Tage genutzt, um viel zu schlafen, sich auszuruhen und den weiteren Weg zu besprechen.

Zwar hatte es nur ein Strohlager für sie gegeben, und die Mahlzeiten hatten aus einfacher Gemüsesuppe und selbst gebackenen Brotfladen bestanden, aber Althea war sich sicher, dass sie selbst in Alveran keine schöneren Nächte hätte verbringen können. Warm und weich war es gewesen, sie hatte sich sicher und behütet gefühlt und so gut geschlafen wie lange nicht mehr.

Schließlich hatte sich auch die Verstauchung gebessert, und als sie heute den Stützverband angelegt hatten, hatte Althea zum ersten Mal seit vier Tagen den Fuß wieder voll belasten können. Auch Hochwürden Welfenhaag hatte die Pause offensichtlich gut getan, sie sah erholt aus und hatte am Morgen doch tatsächlich lauthals aufgelacht, als Wolf unter einem Haufen Stroh aufgetaucht war und sie mit seiner rauen Zunge wachgeschleckt hatte.

»Weiter gen Osten?«, fragte Lea Elida fast ganz beiläufig.

Die Novizin nickte bedächtig. »Ich glaube, wir sind auf dem richtigen Weg. Zwar bin ich hier noch niemals zuvor gewesen, und ich weiß auch nicht, wohin es eigentlich geht. Aber das Ziehen in mir lässt nach, und das bedeutet wohl, dass wir nicht allzu falsch liegen.« Sie zuckte mit den Schultern. »Sicher weiß ich es natürlich nicht.«

»Seltsam, sich auf ein vages Gefühl verlassen zu müssen«, sagte Lea Elida mit gerunzelten Brauen und gab Wolf, der gelangweilt neben ihr her trottete, einen leichten Klaps auf den Rücken, woraufhin dieser blitzschnell von ihrer Seite wich und den Weg vor ihnen entlangfegte. »Ohne Karte, ohne rationalen Hinweis einem Pfad zu folgen, den man nicht einmal sehen kann ...«

Althea wusste nicht, was sie entgegnen sollte. Plötzlich wurde ihr mit schneidender Schärfe bewusst, dass alles von ihr abhing. Wenn sie sich verliefen oder dort vor ihnen nichts, aber auch rein gar nichts war, hätte sie sich komplett lächerlich gemacht. *Göttin, dann vergrabe mich in einem Loch und komme niemals wieder raus,* schwor sie sich lautlos.

»Dort vorn kommen wir an einen Weiler«, sagte die Geweihte mit plötzlichem Ernst, »das heißt, es war einmal ein Dorf. Es ist vor langer Zeit abgebrannt, und seither meiden die Einwohner diese Gegend, denn viele Männer, Frauen und Kinder fanden damals in den Flammen den Tod.«

»Wie schrecklich«, kommentierte Althea pflichtbewusst. Sie überlegte, ob sie die Draconiterin mit der Frage herausfordern sollte, ob das auch auf der Karte gestanden hatte, die diese angeblich vor ihrem Aufbruch studiert hatte.

»Königsgau war sein Name.«

»Königsgau«, wiederholte Althea. Lea Elida sah sie aus zusammengekniffenen Augen an. Offensichtlich erwartete sie eine Reaktion, aber Althea wusste beim besten Willen nicht, welche. Sie hatte den Namen niemals zuvor gehört; so furchtbar war die Tragödie nun wiederum auch nicht, dass sie im hesindianischen Hort unterrichtet wurde.

Die beiden gingen weiter und kamen an den Ruinen des Dorfes vorbei. Einige Mauerreste waren noch zu erkennen, jedoch war alles von wildem Wein und dichten Efeuranken überwuchert. Es sah aus wie ein verwunschener Ort, an dem sich Feen und Elfen gute Nacht sagten.

Die fruchtbare Asche musste ein wunderbarer Nährboden sein, erinnerte sich Althea an die ausführlichen

Vorträge Lujada di Scappanunzios zu diesem Thema. Obgleich sie die Pflanzenkunde nie besonders interessiert hatte, bedauerte sie es nun, dass sie nicht wusste, wie man die kleinen gelben Blüten nannte, die hier überall wuchsen. Vielleicht kannte sich Lea Elida damit aus?

»Nein, tut mir Leid. Ich habe sie noch nie zuvor irgendwo gesehen, aber ich bin auch keine Expertin in der *herbaria!*« Sie kniete sich nieder und betrachtete eine der Pflanzen näher. »Sechsblättrig.« Ein seltsamer Glanz trat in ihre Augen. »Sie sind sehr schön, nicht wahr?«

Pflichtbewusst nickte Althea. Sie fand die Blumen eher unscheinbar. Da war der Brunnen schon interessanter, eines der wenigen Dinge, die noch immer intakt waren. Sie ging näher; jemand hatte Holzplanken über die Öffnung gelegt, vermutlich um zu verhindern, dass jemand hineinfiel. Schwarze Schmauchspuren verunzierten die hellen Steine. Althea strich über das modernde, feuchte Holz.

»Geh weg da, Thea!«

Sie fuhr herum, aber da war nur Lea Elida, die noch immer bei den Blumen kniete und sie nun erstaunt ansah. Dabei war die Stimme des Jungen so klar und deutlich gewesen, als hätte er direkt neben ihr gestanden.

»Alles in Ordnung?«, fragte die Geweihte, und ihre grauen Augen verengten sich alarmiert.

»Ja.« Altheas Stimme klang heiser, und sie musste sich räuspern. Mit einem Mal erfüllte sie unendliche Traurigkeit, und sie spürte Tränen in ihren Augen brennen. Einsamkeit stieg in ihr hoch wie dichter, alles erstickender Nebel über dem Fluss, drohte sie zu ersticken, und wieder quälte sie das Gefühl des Verlustes. Sie vermisste etwas und wusste noch nicht einmal, was es war. »Können wir weiter? Ich möchte weg hier!«

Lea Elida stand auf und streckte ihr in einer spontanen Geste, die sie selbst zu überraschen schien, die Hand entgegen. Die Novizin ergriff sie, und es war ein kleiner Trost, den festen Händedruck der Geweihten zu spüren.

Kapitel 9

Kurze Zeit später lagen die Ausläufer der roten Sichel direkt vor ihnen. Sie befanden sich auf einer Passstraße, die in das Gebirge führte, und der Wald rechts und links des Weges wurde immer lichter. Althea hatte eine Schneise bemerkt, die vom Dorf aus in den Wald führte; offensichtlich war das Feuer dorthin weitergezogen. Lea Elida schlug jedoch vor, dem Pfad zu folgen, und die Novizin konnte dem nur beipflichten. Obgleich der Aufstieg auf dem engen, holprigen Pfad nicht gerade einladend wirkte, schien es ihr der richtige Weg zu sein. Tatsächlich gestaltete sich das Weiterkommen überaus mühselig. Der Pfad wurde offensichtlich nicht gerade häufig begangen, denn Felsbrocken erschwerten das Weiterkommen, und tiefe Schlaglöcher zwangen zu größeren Umwegen. An manchen Stellen lag das Geröll knöchelhoch, und sie mussten sich an die Felswände klammern, um Halt zu finden. Zudem schien gerade heute die Sonne unerbittlich auf sie herab, und bald waren sie wieder nass geschwitzt und von Staub überzogen.

Lea Elida hatte ihre liebe Mühe, einerseits darauf zu achten, dass Althea sich nicht wieder verletzte, andererseits den missgelaunten Wolf vor größerem Schaden zu bewahren. Obwohl seine Ballen bereits wund gelaufen waren, hatte er sich zähnefletschend geweigert, als sie ihm Lederfetzen um die Pfoten hatte binden wollen.

Immerhin hatte er es geduldet, dass sie ihn über einige besonders unwirtliche Wegstellen hinweg gehoben hatte, auch wenn sein Stolz sehr darunter litt, wie er ihr durch tief gekränkte Blicke vermittelte. Der Weg führte steil nach oben, und erst nach etwa zwei Stunden ließ die Steigung nach, als sie sich auf dem höchsten Grat des Felsausläufers befanden. Keuchend hielten sie inne und sogen die klare Luft tief in die schmerzenden Lungen. Über ihnen zog ein Falke in Schwindel erregender Höhe seine Bahnen. Zu ihrer Rechten türmten sich die Felsmassive der roten Sichel, eines höher als das andere. Sie lagen in schroffer, majestätischer Imposanz seit Urzeiten nebeneinander; ihre wolkenumspielten Gipfel blickten gen Alveran, scherten sich nicht um das kurzlebige Gewimmel zu ihren Füßen. Vor den Wandernden aber lag ein weitläufiger, lang gezogener Talkessel, im Süden nur von kleineren Felsausläufern begrenzt, im Norden und Osten aber durch mächtige Steilwände geschützt. Ein schmaler Pfad war zu erkennen, der sich durch lichte Baumgruppen, wild wucherndes Gestrüpp und vorbei an zahllosen Geröllhalden schlängelte, welche die rauen Herbst- und Winterstürme von dem Bergen herab getrieben hatten. Der Weg verschwand im Westen in einer Schlucht, und auch dort türmten sich unzugängliche Felsausläufer.

»Wenn wir dem Pfad folgen, kommen wir nach Dunkelbrunn und zur Feste Hartenstein, wo der Baron seinen Sitz hat.« Lea Elida deutete auf die Felsschlucht. Als von Althea keine Antwort kam, blickte sie die Novizin an und erkannte, dass diese totenbleich geworden war und schwer atmete.

»Althea, was ist mit dir?«

Das Mädchen schüttelte den Kopf. Es dauerte einige Augenblicke, bis sie in der Lage war zu sprechen. »Wir müssen dorthin«, flüsterte sie dann und zeigte mit zitternder Hand auf die nördliche Steilwand. Lea Elida folgte ihr mit ungläubigem Blick: Dort schien nichts zu sein als dunkler, schroffer Fels.

»Das ist unmöglich! Wir können die Wand nicht erklimmen, ganz zu schweigen, dass dahinter nur weitere, noch höhere Felsen auf uns warten werden. Bei allen heiligen Erzalveraniaren, dort kommen wir niemals weiter!«

Aber die Novizin schien ihr kaum zuzuhören. Mit zusammengekniffenen Augen wandte sie sich plötzlich scharf Richtung Norden, direkt auf einen Geröllhaufen zu, der den Weg zu ihrer Linken säumte und gute anderthalb Schritt in die Höhe ragte. Ein Steinschlag der dahinter liegenden Felswand musste den natürlichen Wall gebildet haben. Lea und der winselnde Wolf folgten ihr zögernd, in lauernder Haltung, um notfalls eingreifen zu können. Das Mädchen aber kletterte unvermittelt den Wall aus Geröll, Gestrüpp und kleineren Felsbrocken hinauf.

»Althea, was soll das? Hast du ... Vorsicht!« Lea lief schneller, als die Novizin abrutschte, aber schon hatte diese sich wieder gefangen und setzte ihren Weg fort. Seufzend folgte ihr die Geweihte, bis Althea nach einigen Augenblicken rief: »Hochwürden! Das müsst Ihr Euch ansehen!« Sie stand auf dem höchsten Punkt des Steinhaufens und deutete aufgeregt gen Firun.

Lea Elida beschleunigte ihren Schritt, hinter ihr kämpfte sich ein übel gelaunter Wolf knurrend an ihre Seite. Doch der Anblick, der sich ihr bot, war mehr als überraschend:

Der Geröllwall zog sich noch ein ganzes Stück gen Norden und machte es schwierig, den Weg fortzusetzen. Dahinter aber ging es tatsächlich weiter, denn direkt auf dem Grat des Felsausläufers befand sich ein weiterer Pfad. Sie befanden sich offenbar direkt an einer alten Weggabelung; der vergessene Pfad war durch den Steinschlag versperrt worden, was scheinbar niemandem jemals aufgefallen war. Oder man hatte ihn absichtlich versperrt und versteckt, schoss es der Geweihten durch den Kopf. Vermutlich hatte seit Jahren kein menschlicher Fuß mehr den Pfad dort hinten betreten.

»Woher wusstest du von dem Weg?« Lea Elida ahnte schon die Antwort Altheas.

»Es war wohl mehr eine Intuition«, sagte diese denn auch und hob resignierend die Schultern. »Wie eine Erinnerung, die sich meiner bemächtigte. Aber die Erinnerung eines Fremden ...« Sie verstummte, und Lea hakte nicht nach. Hoffentlich würde es für all dies bald eine logische Erklärung geben.

Vorsichtig arbeiteten sie sich die andere Seite des Walls hinab und folgten dem Weg, der sie gute fünfhundert Schritt gen Firun führte und nach einer Rechtsbiegung plötzlich den Blick in ein verstecktes Seitental eröffnete, das dem vorigen in vielem glich: ein tiefer Talkessel, in allen Himmelsrichtungen von Steilwänden begrenzt, spärlich mit Büschen und Krüppelfichten bewachsen. Ein felsiges Areal, das einen schroffen und abweisenden Eindruck machte. Nur ein einziger Weg führte hinein – eine leicht zu haltende Bastion, wenn man sie richtig befestigte.

»Dort!«, sagte Althea heiser.

Als Lea die Augen zusammenkniff und auf den Punkt blickte, auf den Althea zeigte, sah sie aus der Wand einen mächtigen Vorsprung herausragen. Trotz seiner Größe war er in dem zerklüfteten Grau des Gesteins kaum zu erkennen. Und auf ihm ragte ein hoher Felsen empor, schmal und spitz wie eine Nadel und von tiefschwarzer Farbe, der erschreckend fehl an diesem Platz wirkte. War es eine Sinnestäuschung, oder waren da tatsächlich Mauerreste auszumachen, die kläglich in die Luft ragten? Ein Schauer überlief Lea Elida.

»Sollten das die Überreste einer Feste sein?«, murmelte sie zweifelnd und fragte dann die Novizin: »Wenn es dich zu diesem Ort zieht, sag mir, wie sollen wir dort hinauf gelangen? Weder ist ein Aufstieg vom Tal aus möglich, noch führt ein Weg durch die Felsen.«

Wieder zuckte Althea ratlos mit den Schultern. »Ich weiß nur, das dort ... der Ursprung ist!«

Hilflos blickte sie die Geweihte an. Lea Elida verkniff sich weitere Fragen; es war schwer, einfach zu akzeptieren, ohne hinterfragen zu dürfen. Sie seufzte leise und nickte der Novizin zu. »Lass uns zunächst ins Tal hinabsteigen. Dort können wir zumindest rasten und überlegen, was weiter zu tun ist!«

Sie machten sich an den Abstieg, der sich nicht weniger anstrengend als der Weg nach oben gestalten sollte. Es war später Nachmittag, als sie im Talkessel angekommen waren, und das Licht nahm bereits jene graublaue Färbung an, die das Nahen der Nacht ankündigte. Erschöpft suchten sie sich eine Stelle, wo sie sich zur Ruhe legen konnten, und fanden einen Felsvorsprung, der sie vor Wind und Wetter schützte. Lea Elida klaubte ein wenig Holz zusammen und entfachte ein Feuer, an dem sie sich wärmen konnten. Den Vorschlag Altheas, eine Suppe zu kochen, schlug sie ab: »Wir wissen nicht, wie lange unsere Wasservorräte reichen müssen. Ich zumindest habe hier bislang keine Quelle entdeckt, also lass uns lieber sparsam sein.« Erschöpft streckten sie die Glieder von sich, und selbst Wolf schien zu müde, um seine nächtlichen Runden zu drehen.

Althea starrte wortlos in die rotgolden lodernden Flammen. Ein Windstoß trieb den Rauch zu ihr herüber, und ihre Augen begannen zu Tränen. Sie beruhigte sich, dass es nur der Qualm war, der sie zum Weinen brachte, und nicht der Gedanke an zu Hause. Zu Hause. Lange Zeit hatte sie nicht gewusst, wo das war.

Aber nun, da sie diesen dumpfen Schmerz fühlte, wenn sie an Drachenwacht dachte, an Aveskia, Sajetschka, Jobakin und sogar an Lujada, wusste sie, wohin sie gehörte. Es war ein anderes Gefühl als das bohrende Ziehen, das sie hierher geführt hatte, aber nicht weniger intensiv. Sie seufzte. Am meisten vermisste sie die ruhige, immer ein wenig brummige Stimme ihres Ziehvaters.

»Hoffentlich ist Pater Sibelius wohlauf«, murmelte sie, ohne Lea Elida anzusehen.

»Das hoffe ich auch«, erwiderte die Geweihte.

Das war nicht unbedingt die Antwort, die Althea hatte hören wollen. Lieber wären ihr ein paar beruhigende Worte gewesen, dass der Abt sicherlich gesund und wohlbehalten in Moosgrund weilte und vermutlich gerade eine gute Flasche Wein mit Pater Parinor tränke. Aber so war Lea Elida eben. Althea konnte sich den Gedanken nicht verkneifen, dass die Draconiterin im Umgang mit Menschen nicht besonders feinfühlig war – oft viel zu direkt oder aber völlig verschwiegen. Neugierig musterte sie das Profil ihrer Begleiterin. Obwohl sie sich in den vergangenen Tagen näher gekommen waren, wusste sie kaum mehr über die Erste der Eisernen Schlange als zu Beginn ihrer Reise.

»Habt Ihr eigentlich Familie, Hochwürden? Seid Ihr verheiratet?« Eine seltsame Vorstellung, aber schließlich durchaus möglich, immerhin war die Geweihte auf ihre Art eine schöne Frau, mit ihren klaren Zügen und diesen ungewöhnlich ausdrucksstarken Augen, die das Gegenüber völlig in ihren Bann schlagen konnten.

Die Geweihte sah sie an, zunächst ein wenig überrascht, dann abweisend. Schon rechnete die Novizin damit, keine Antwort zu erhalten, da sagte Lea Elida: »Nein, ich bin nicht verheiratet. Meine Eltern starben, als Ilsur fiel, und mein Großvater bei den Kämpfen um Mendena. Und meine Schwester fiel vor nunmehr fast zwei Jahren in Freudenberg, wo sie als Gesandte der Hesindekirche an einer militärischen Aktion teilnahm.«

Erschrocken blickte Althea zu Boden. Die ganze Familie im Krieg verloren – wie furchtbar! Hätte sie nur nicht gefragt ... Andererseits hatte die Stimme der Draconiterin seltsam gleichmütig geklungen, fast, als würde sie all das nicht mehr berühren können.

»Eure Schwester war auch der Allwissenden geweiht?«, fragte Althea daher wider besseres Wissen weiter.

»Sie war ebenso Geweihte im Heiligen Drachenorden, wie ich es bin. In vielen Dingen waren wir gleich. In anderen grundverschieden.« Sie lächelte. »Wir waren Zwillingsschwestern, glichen einander wie ein Ei dem anderen. Nicht einmal unsere Eltern konnten uns auseinander halten, und wir waren unzertrennlich, bis sich nach der Weihe unsere Wege innerhalb der Kirche trennten.«

Versonnen schweifte Leas Blick in die Ferne. »Medea war immer die gütigere von uns beiden, nachgiebig und zu Kompromissen bereit. Sie lachte oft und laut, und ebenso heftig weinte sie, wenn sie traurig war. Und immer fand sie die richtigen Worte zur rechten Stunde. Wenige konnten sich ihrem herzlichen Wesen verschließen. Sie milderte meine Härte, und wo ich mit scharfen Worten zuschlug, da heilten die ihren die Wunden wieder. Wir waren wie zwei Teile eines Ganzen und nur vereint vollständig.«

»Es heißt, dass die Seelen von Zwillingen miteinander verbunden sind.«

Das ebenmäßige Gesicht der Geweihten schien im Licht der Flammen wie aus Gold gegossen, als sie langsam nickte. »Wie ich schon sagte, nur wenn wir zusammen waren, waren wir glücklich. Ich fühlte, wenn es ihr schlecht ging, und ihr ging es ebenso mit mir. Zwischen uns war ein Band, das weder Raum noch Zeit zerstören oder auch nur lockern konnten. Wenn sie fort war, sehnte ich mich nach ihr und wurde erst wieder ruhig, wenn sie mich in die Arme schloss. Als sie starb«, unwillkürlich ballte sich Leas Hand zur Faust, aber sie merkte es nicht einmal, »stockte auch mein Herzschlag für einen Augenblick; seither ist ein Teil von mir tot, unwiederbringlich verloren.« Sie sah Althea an und obwohl die Novizin erwartete, Tränen in den grauen Augen glänzen zu sehen, waren diese trocken. »Ein Herz, das gemeinsam mit einem anderen seinen Schlag aufnimmt, sollte nicht allein weiter schlagen müssen. Ich fürchte, die Leere des Verlustes und die schmerzliche Sehnsucht nach einem Wiedersehen werden erst enden, wenn auch ich vom Leben scheiden und ihr im Hain der Herrin wieder begegnen darf. Doch bis zu diesem Tag«, sie blickte auf ihre Hand, stellte überrascht fest, dass diese zur Faust geballt war, und löste sie, »warten noch einige Aufgaben auf mich. Eine davon bist du.«

Einen Moment schwieg Althea, als müsste sie erst in sich aufnehmen, was sie gerade gehört hatte. Dann fragte sie leise: »Hochwürden?«

»Ja, Althea?«

»Warum seid Ihr mitgekommen? Ich meine, warum habt Ihr Pater Sibelius und mich begleitet? Es war doch von Anfang an nur ein Hirngespinst von mir, hierher zu kommen, eine verrückte Idee, aus wilden Träumen geboren, nichts als ein vages Gefühl. Ich hatte gehofft, dass Pater Sibelius mich begleiten würde, denn er ist mein Mentor und mir wie ein Vater zugetan. Aber warum schließt sich die Erste der Eisernen Schlange einer Novizin auf deren Reise ins Ungewisse an?«

Lea blickte in den wolkenverhangenen Himmel. Was sollte sie antworten? Dass der Pater Primus sie geschickt hatte, weil sie vermuteten, Althea sei Teil einer alten Prophezeiung und könne jede Hilfe brauchen, die sie bekommen konnte? Dass sie die Novizin deshalb in großer Gefahr glaubten, aber nicht die leiseste Ahnung hatten, wie diese Bedrohung genau aussah? Oder sollte sie ihre Frage einfach abwiegeln mit dem Hinweis, dass dies eine Entscheidung der Kirchenoberen war, die sie selbst nicht zu hinterfragen habe?

»Reicht es nicht, dass ich hier bin?«, fragte sie stattdessen leise.

Ein Lächeln zuckte über die schmalen Lippen des Mädchens. »Doch«, antwortete sie, »das tut es. Und ich bin sehr froh darüber.« Sie griff nach der Hand der Draconiterin und schmiegte sich an sie.

Mit einem Anflug von Besorgnis stellte Lea fest, dass ihr die Berührung des Mädchens nicht mehr unangenehm war. Jeder gemeinsame Tag brachte die beiden einander näher, und es beunruhigte die Geweihte, dass Althea ihr immer mehr ans Herz wuchs. Zu viele Gefühle ... Dabei hatte sie sich vorgenommen, niemanden mehr so nahe an sich herankommen zu lassen. Nur wer in Gefühlsdingen stets distanziert, kühl und beherrscht war, konnte die rechte Hingabe an die Göttin leisten und gegen jegliche Versuchung der Gegenseite gewappnet sein. Sie war der Allwissenden geweiht, und all ihre Empfindungen, ihr Denken und ihr Tun mussten ihr gehören. Die Äbtissin legte sich zurück und spürte Wolf, der sich an ihre Seite schmiegte. Sinnlos, darüber nachzudenken; da war es besser zu ruhen, um den Kopf für das frei zu bekommen, was sie am morgigen Tag erwartete. Trotzdem fand sie lange keinen Schlaf, und ihre brennenden Augen blickten in die Nacht, sahen Bilder längst vergangener Tage, ohne ihnen eine Träne schenken zu können.

Neben ihr aber lag Althea, und auch sie konnte nicht einschlafen. Die Worte der Geweihten hatten sie seltsam tief berührt, fast meinte sie, den niemals endenden Verlust der Zwillingsschwester nachfühlen zu können, als würde sie selbst den grausigen Schmerz der Trennung spüren. So lag auch sie wach, und die Worte Lea Elidas hallten in ihrem Kopf nach:

Ein Herz, das gemeinsam mit einem anderen seinen Schlag aufnimmt, sollte nicht allein weiter schlagen müssen.

Kapitel 10

„Warum gerade dieser Ort?« Missmutig schob Raul mit dem Fuß einen Stein beiseite, der ihm im Weg lag. Seit Stunden drangen sie immer tiefer nach Herzogenthal vor. Die Landschaft wurde immer karger, und die Felsmassive, die vor ihnen aufragten, machten alles andere als einen einladenden Eindruck. Es war eine götterverlassene Gegend, und Raul fragte sich, was sie hier eigentlich ausrichten wollten. »Warum Herzogenthal? Es gibt wesentlich schönere Gegenden auf Dere als diese einsame und trostlose Länderei.«

Mey legte den Kopf schräg und sah ihn mit gerümpfter Nase an. »*Du wärst ein Narr wie ich, würdest du nur nach dem Schein urteilen*«, antwortete er vage.

»Drück dich gefälligst deutlicher aus«, erwiderte Raul verärgert. »Was hat es mit diesem Ort auf sich?«

»*Mächtig war hier einst der Meister, und mächtig wird er wieder sein. Ein Fürst herrschte hier, errichtete seine schwarze Feste, und er war mächtig im Namen des Meisters. Du bist sein Erbe, besteigst seinen Thron.*«

»Wie war sein Name?«, fragte der Junge neugierig nach.

»*Khell Dairon wurde er gerufen.*« Unvermittelt schlug Mey ein Rad und rief ungeduldig: »*Willst mehr du wissen, so nutze deine eigene Kraft, die Antworten zu finden, die du suchst! Ruf die uralten Geister!*« Dann sprang er in fröhlichem Zickzack vor Raul her.

Der zuckte unschlüssig die Achseln und rief dann

nach Andiel, der vorangegangen war, um den besten Weg auszukundschaften. »Wir werden hier eine Rast einlegen. Halte dort vorn Wache und lass mich ein wenig allein.«

Widerspruchslos fügte sich der Jäger. Er bezog einige Schritt von Raul entfernt Position und wechselte die Sehne seines Bogens aus.

Etwas hilflos überlegte Raul, was er nun tun konnte. Das Wissen, das der Meister ihm geschenkt hatte, war verwirrend und unüberschaubar, und es fiel ihm schwer, das zu erkennen, was ihm in dieser Situation weiterhelfen mochte. Angestrengt fühlte er in seinem Inneren nach der Kraft des Meisters und fand sie schließlich, ging in ihr auf, sodass die Worte wie von selbst von seinen Lippen drangen.

Ein leiser, kalter Wind kam auf, strich ihm das Haar aus der Stirn, riss die letzten trockenen Blätter von den dürren Bäumen am Wegesrand. Raul bemerkte es nicht einmal. Viel zu sehr faszinierten ihn die Schatten, die die Felsen auf den Weg warfen und die plötzlich schwerer, tiefer zu werden schienen, als wären sie bodenlose Abgründe, die sich vor ihm auftaten.

Mit einem kaum hörbaren Wispern vertiefte sich ihre Schwärze, schien sich zu sammeln, zu verdichten, bis sich schließlich erst ein, dann zwei und endlich drei Schemen aufrichteten, sich aus der Dunkelheit herausschälten und schließlich wie gebeugte Greise vor ihm standen, sich langsam vor und zurück wiegend. Rauls Augen schmerzten von dem Bemühen, ihre Formen einer Gestalt zuzuordnen; ihr stetiges Raunen klang wie das Rascheln verdorrten Laubes in seinen Ohren.

Obgleich er keine Vorstellung davon hatte, was er da gerufen hatte, kümmerte es Raul nicht weiter, woher diese Wesen kamen. Auch die plötzliche, eisige Stille ringsumher nahm er nur flüchtig war. Viel zu brennend interessierte ihn seine Frage.

»Khell Dairon. Berichtet mir von ihm«, befahl er und wunderte sich selbst über die Härte in seiner Stimme. »Wer war er?«

»Wer er war?«

»Ein Junge voller Fragen.«

»Erinnert ihr euch an ihn?«

»Ja! Ja!«

»Wie könnten wir ihn vergessen haben. Ich höre noch immer seine ewig fragende Stimme ...«

»Damals, vor langer Zeit, als er noch den Namen trug, den ihm seine Eltern gaben. Unter dem er den Segen der Zwölf empfing! Ein unruhiges Kind, immer auf der Suche nach Antworten.«

»Die ihm seine Eltern nicht geben konnten.«

»Oh, sein Vater war ein guter, rechtschaffener Herrscher, aber eben nur ein einfacher Mann. Woher sollte er sie nehmen, die Antworten?«

»Von wem der Junge wohl sein unruhiges Wesen hatte?«

»Erinnert ihr euch an sein Lautenspiel?«

»Oh, wie könnte ich es vergessen!«

»Niemals habe ich je wieder etwas Vergleichbares gehört. Er war beschenkt, begnadet. Schon das erste Mal, als er die Saiten berührte, schienen die Vögel zu verstummen vor Bewunderung.«

»Oder vor Neid.«

»Unerreicht war sein Spiel. Es war, als sehnten sich die Saiten nach seiner Berührung, als stiegen die Alveraniare selbst herab, um ihm zu lauschen.«

»Und nur beim Spielen der Laute schien er zufrieden, nur dann verstummte sein rastloses Fragen.«

»Ja, ich erinnere mich. Ich erinnere mich ganz genau. Und dann ...«

»Dann kam der Tag, an dem er die Harfe bekam.«

»Der Tag, der alles veränderte.«

»Woher kam sie? Wer brachte sie ihm? Oder hatte er sie gefunden?«

»Ich weiß es nicht.«

»Ich kann mich nicht erinnern.«

»Es war das letzte Mal ...«

»Das letzte Mal, dass seine Finger Saiten berührten.«

»Nur ein einziges Mal spielte er das wunderbare Instrument. Und die Harfe war wunderbar, so schön, so einzigartig. Doch kein Laut kam von ihren goldenen Saiten.«

»Und dann spielte er niemals wieder.«

»Nie mehr.«

»Aber auch seine Fragen wurden weniger. Er begann Antworten zu finden, wo auch immer. Und er wurde erwachsen. Aus dem Knaben wurde ein Mann.«

»Und was für ein Mann!«

»Keiner konnte ihm widerstehen. In seinen Augen loderte ein Feuer, das sie alle in seinen Bann schlug, und seine Worte fesselten seine Gegner, noch ehe sie es bemerkten. Er rang sie alle nieder mit der Schärfe seines Verstandes, mit der bestechenden Wahrheit seiner Worte. Er fand Verbündete unter den Großen, und seine Untertanen waren ihm mit Leib und Seele ergeben, hingen an seinen Lippen, vergötterten ihn.«

»Doch er war auch wie ein Gott, seine Gestalt groß und edel, seine Stimme wie der Klang eines betörenden Instruments. Und immer, immer fand er die rechten Worte zum rechten Zeitpunkt.«

»Es gab eine Zeit, da hätte ihm keiner widerstehen können.« »Die Edlen suchten seine Nähe, schlossen Bündnisse mit ihm, die einfachen Leute aber sonnten sich im Glanz ihres Herrschers, der ein wenig auf sie selbst abzustrahlen schien, wenn sie taten, was er befahl. Und wer an ihm zweifelte, den band er mit wenigen Worten voller Weisheit und der Größe seines Geistes noch stärker an sich als zuvor.«

»Fragte jemand danach, was aus seinem Vater und seiner Mutter wurde?«

»Sie waren alt, es war nur natürlich, dass sie vergessen wurden. Und dass ihr Leben endete.«

»Und seine Schwester?«

»War sie nicht von jeher krank und schwach gewesen?«

»Erinnert ihr euch noch daran, wie die Edlen ihm ihre Töchter brachten, wie sie ihm die Schönen und Holden regelrecht aufdrängten, bis er sich endlich eine von ihnen erwählte?«

»Niemals wieder sah ich eine prunkvollere Feier, als sie zu Ehren seines Ehebundes gehalten wurde! All die Pracht, die Künstler, die Illusionisten, es war wie in einem Märchen!«

»Sie waren aber auch ein wunderschönes Paar. Wie einem Traum entstiegen ...«

»Und alle durften den Traum mitträumen.«

»Für eine kleine Weile.«

»Oh, und dies war auch der Tag, als er sein neues Wappen erwählte! Ich weiß noch, der Jubel war wie ein Orkan, als der weiße Widder erstmals im Winde wehte!«

»Eine nette kleine Geschichte, die er inszenierte, ich sehe es noch vor mir ...«

»Der Zwischenfall mit dem Widder, der als Opfer für die Kriegsgöttin gedacht war?«

»Nur, bevor sie ihn schlachten konnten, riss er sich los und tötete dabei unglücklicherweise den Geweihten. Und dann stürmte er mit blutgetränkten Hörnern durch die entsetzte Gästeschar, geradewegs auf die arme Braut zu ...«

»Doch unser Held warf sich ihm in den Weg – oh, welch eine Entschlossenheit, welch ein Mut!«

»Er packte das rasende Tier bei den Hörnern, rang es nieder und brach ihm das Genick. Die Gäste tobten.«

»Wer war es eigentlich, der es sagte?«

»Du meinst: ›Wer kann schon solch einen edlen Widder niederringen?‹ Ich weiß es nicht mehr.«

»Wie sie jubelten, als das alte Banner eingeholt und zum ersten Mal der weiße Widder auf schwarzem Grund gehisst wurde! Und das, noch ehe die Praiosscheibe untergegangen war. Aber wie schlicht und doch trefflich seine Worte waren: ›In diesem Zeichen will ich herrschen!‹«

»Diese Worte hätten sie sich merken sollen.«

»Und nebenbei – war es nicht eine überaus beachtliche Leistung, innerhalb weniger Stunden ein solch prächtiges Banner zu fertigen?«

»Keiner fragte mehr nach einem neuen Opfer für die Kriegsgöttin. Oder nach einem neuen Geweihten.«

»Nun, im Taumel des Festes schließlich auch kein Wunder.«

»Stimmt, selten sah ich eine Orgie wie diese.«

»Aber einer erkannte bereits damals, was geschah. Erinnert ihr euch noch an seine Augen?«

»Wer könnte sie jemals vergessen? Er sah!«

»Sie erkannten sich schon damals. Sie sahen sich an, und ihre Feindschaft loderte auf wie Feuer, das mit Öl begossen wird.«

»Aber warum hat er damals noch nichts unternommen?«

»Vielleicht war es noch zu früh? Das Band noch nicht stark genug? Vielleicht mussten auch erst die anderen Menschen das wahre Gesicht entdecken?«

»Dafür haben sie jedenfalls lange gebraucht. Zu lange, wenn ihr mich fragt.«

»Dabei hat er schon kurz nach seinem Bund damit angefangen, sein Gesicht zu zeigen. Zuerst legte er den Namen ab und ließ sich nur noch unter seinem Herrschernamen rufen. Khell Dairon.«

»Narren, die sie waren. Sie hätten nur ein wenig nachforschen müssen.«

»Kein Bosparano, dieser Name. Und keine bekannte Sprache der damaligen Reiche verriet seine Bedeutung.«

»Aber wer hätte sie auch gewusst, die Bedeutung? Wer kennt schon die Sprache der Gehörnten?«

»Oh, es gab einige wenige Gelehrte, die man hätte fragen können. Aber es fragte ja keiner.«

»Und diejenigen, die fragten, hatten bald keine Ohren mehr zu hören und keinen Verstand, um zu begreifen.«

»Dann begann der Bau der Schwarzen Feste.«

»Da wunderten sich die Ersten, wie ein solch merkwürdiges Bauwerk errichtet werden konnte. Im entlegensten Winkel seines Landes, an einer derart unzugänglichen Stelle! Die hohen Türme, die seltsam vielzackigen Erker, die in Blei gefassten, dunkel schimmernden Gläser der hohen Fenster ...«

»All das war so anders als die Burgen, die ein jeder kannte. Und dann diese spitze Felsnadel, inmitten des Burghofes, von der, weithin sichtbar, sein Banner flatterte ...«

»Aber er verstand es immer wieder, ihre Besorgnis zu zerstreuen.«

»O ja, er fand stets die richtigen Worte. Selbst als er zu altern begann, so viel schneller, als es für einen Menschen üblich ist, auch dann stellten sie keine Fragen. Denn in seinen Augen loderte noch immer dasselbe Feuer, wenn er mit ihnen sprach. Auch wenn sie nun manchmal Mühe hatten, seinen Worten zu folgen, die verdrehten, nur halb ausgesprochenen Sätze zu verstehen, die so schnell von seinen Lippen huschten.«

»Sie meinten, es wäre der Schmerz gewesen, der ihn so schnell hatte altern lassen. Der frühe Verlust seines einzigen Kindes. Und dann der schreckliche Tod seiner jungen Frau. Er war wahrlich vom Schicksal geschlagen!«

»Bemitleidenswert. Doch trug er seine Last mit einer Größe, die alle bewunderten. Seine Einsamkeit und Enthaltsamkeit beeindruckten die Leute und rührten sie gleichermaßen zu Tränen. Welch treue Seele, die seiner Frau über den Tod hinaus so verbunden blieb, dass er fortan ein Einsiedlerdasein führte. Wie sehr musste er sie geliebt haben!«

»Nur diesen geheimnisvollen Berater, den er Deliratio nannte, ließ er noch an sich heran. Ihm schenkte er sein Vertrauen. Obgleich keiner diesen seltsamen Mann jemals gesehen hat, war er als weiser Ratgeber des Fürsten in aller Munde.«

»Schließlich aber begriffen die benachbarten Herrscher, dass Khell Dairon für sie zur Bedrohung wurde.«

»Spät genug. Erst als sie sahen, dass ihre Leute das Land verließen, um in seinem Reich zu leben, obwohl es dort karg war und öde.«

»Und obwohl seine Untertanen nicht länger von seiner Glorie zu zehren schienen. Denn sie waren nun hohlwangig und ausgehungert und gingen ihrem Tagwerk, wenn überhaupt, mit seltsam glänzendem Blick nach.«

»So als lebten sie in einem Traum.«

»In einem eigentümlichen, bedrohlichen Traum.«

»Es war der Traum von Khell Dairon, in dem sie lebten. Und er zog immer mehr von ihnen an. Keiner, der ihm begegnete, vermochte sich wieder von ihm zu lösen.«

»Seine Worte, seine Antworten raubten ihnen schier den Willen.«

»Oder ihre Seele.«

»Dann erhob Khell Dairon seinen Anspruch auf die umliegenden Gebiete. Er drohte nicht. Seine Forderungen waren sehr kühl und sachlich. Das Land stand ihm zu. Eben so, wie ihm die Menschen darin zustanden.«

»Wie ihm alles Land und alle Seelen zustanden.«

»Zunächst versuchten es die Edlen mit Diplomatie, mit Gesprächen. Aber sie konnten nicht gegen ihn bestehen. Manche zog er auf seine Seite. Andere wurden von immer wiederkehrenden Albträumen geplagt, litten unter Wahnvorstellungen, bis ihr Geist schließlich völlig verwirrt war.«

»Als schließlich Khell Dairons Größenwahnsinn und seine irren Pläne, immer mehr Land und Leute an sich zu binden, völlig offenbar wurden, gab es nur noch wenige, die es mit ihm aufnehmen konnten.«

»Das größte Problem war, das die einfachen Leute den Anblick Khell Dairons und seiner Schergen nicht ertragen konnten.«

»Entweder zog er sie auf seine Seite, oder er verwirrte ihren Geist, indem er seine Diener schickte.«

»Seltsame Kreaturen, die nie zuvor auf Dere gesehen worden waren.«

»Viele von ihnen schön und schrecklich zugleich.«

»Zu der Zeit, als Khell Dairon sein Grab gestaltete, war Herzogenthal bereits zu einem Ort der Faszination und des Grauens zugleich geworden.«

»O ja, sein Grab! Er gestaltete es überaus prachtvoll, ließ wertvolle Teppiche heranschaffen und lebensechte Wächter meißeln, die seinen Schlaf bewachen sollten. Manchmal schlief er sogar darin. Wie ein kleines Mädchen war er, das mit aller Sorgfalt seine Puppenstube ausstaffiert.«

»Warum er sich gerade diesen Zeitvertreib ausgedacht hatte?«

»Vielleicht amüsierte es ihn? Ebenso wie die kleinen Scharmützel, die er nun gegen seine Nachbarn focht und gegen die Kirchen der Zwölf, die gegen ihn antraten und Geweihte schickten, um die bedrohten Nachbarn zu unterstützen.«

»Khell Dairon schlug sie alle.«

»Sein Heer war zu mächtig. Die Lebenden fochten

bis zum letzten Blutstropfen, und die Kreaturen, von denen keiner wusste, ob sie jemals gelebt hatten, waren stark und furchtbar.«

»Aber manchmal erhob Khell Dairon auf dem Schlachtfeld seine Stimme und sprach Worte der Wahrheit, und dann ergaben sich viele seiner Gegner, denn sie erkannten, dass er allein Antwort auf all ihre Fragen hatte.«

»Die Übrigen aber mussten mit ansehen, wie sein Heer wuchs und wie aus dunkelgrünen Schwaden Verbündete des Grauens an seine Seite schritten und mit Stürmen von Feuer und Eis seine Feinde schlugen.«

»Und doch schien es ihm niemals um den Sieg an sich zu gehen.«

»Nein, die Seelen, die er auf seine Seite zog, waren ihm wichtig. Ihn beglückten die Geister, die er verwirrte, und die Schreie des Wahnsinns waren wie eine Symphonie, die er komponierte und genoss.«

»Keiner konnte widerstehen, und viele sahen das Widderbanner schon von allen Türmen wehen. Nicht mehr lange, und Khell Dairon würde Dere mit Krieg überziehen und alles Lebende zu seinem Wahnsinn bekehren oder aber es in den Tod treiben.«

»Und das, obgleich aus dem strahlenden Recken von einst ein ausgezehrter, gebeugter Mann geworden war.«

»Doch es kam anders.«

»Alles kam ganz anders.«

»Denn Khell Dairon hatte *ihn* vergessen.«

»Vielleicht weil der Wächter die ganze Zeit so still gewesen war? Sich nicht mehr gezeigt hatte?«

»Er schien auf einen bestimmten Tag gewartet zu haben. Saß mit all seinen Söhnen in der Burg und wartete, obwohl er genau gewusst haben musste, was vor sich ging, wer Khell Dairon war und wie er hatte erreichen können, was er erreicht hatte.«

»Wie kann es sein, dass sie seinen Namen vergessen haben?«

»Haben sie nicht Khell Dairons Namen ebenso vergessen? Obgleich er damals von allen im Augenblick des größten Schreckens geflüstert wurde?«

»Und wer hat die Namen des Wächters und seiner Söhne schon jemals wirklich gekannt?«

»Er, der schon alt war, als er erwählt wurde.«

»Er, der durch die Jahrzehnte Wache hielt im mitternächtlichen Herzogtum, niemals müde, niemals zagend und so viel länger, als die Spanne eines Menschenlebens dauern mag.«

»Und seine Söhne, die er erwählte und die rein waren wie er.«

»Die ihr Leben aufgaben, um ein neues zu beginnen, von unbekannter Dauer und doch mit nur einem Ziel.«

»Er sammelte sie unter Einhorn und Flamme, und wer sie sah, dem fuhr es direkt ins Herz, so lodernd war das Feuer ihres Glaubens, und so heiß brannte die Bestimmung in ihren Augen.«

»Gemäß den Worten des Drachen und der Offenbarung des Weisen hatte der Wächter sie vereint, und nur ihr starker und reiner Geist konnte den Verlockungen widerstehen, mit denen Khell Dairon die Seelen der Menschen verdammte.«

»Und sie besaßen das heilige Insignium, Nac' Shadim! Das Geschenk des Drachen!«

»Ja, das Amulett des ehrwürdigen Vaters, des hohen Meisters!«

»Gefertigt aus der Klaue des Drachen, mächtiges Zeichen seiner Gunst!«

»In größter Not und Dunkelheit schimmerte es golden wie die Augen des Drachen, und in der Stunde der Kälte pulsierte es heiß wie sein Herzschlag.«

»Und sie schworen auf dieses mächtige Zeichen und das Banner von Einhorn und Flamme ihren heiligen Eid!«

»Der weise Sohn der Schlangengöttin aber offenbarte dem ehrwürdigen Vater das Wissen, wie sie Stärke finden und den Versuchungen des dunklen Fürsten würden widerstehen können.«

»Und er unterwies seine Söhne, schwor sie ein auf die Gaben von Einhorn und Drache, und so warteten sie geduldig, bis ihr Tag kommen würde.«

»Und sie schützten sich auf viele Arten vor den Blicken der Diener Khell Dairons. Nur wenige wussten von ihrer Existenz. Bis ihr Tag kommen würde.«

»Und ihr Tag kam.«

»Khell Dairon aber erwartete sie.«

»An dem Tag, als ihr Horn erschallte und sich das Heer von Einhorn und Drache sammelte, da entdeckten seine Augen das Heer, und er schrie vor Zorn, weil sie sich so lange vor ihm hatten verbergen können.«

»Weil der alte, verhasste Feind wieder aufgetaucht war.«

»Er beriet sich mit seinem Ratgeber und wusste, dass er nicht würde entkommen können, dass sie ihn jagen würden, wie weit er auch fliehen mochte. Also musste er sich stellen.«

»Da flehte er seinen Herrn und viele seiner Brüder um Hilfe an; die unheiligen Tore öffneten sich weit, und ein Heer trat heraus, wie es Dere bis zu dieser Stunde nie zuvor gesehen hatte. Dann rief Khell Dairon all die Menschen, die ihm dienten, und auch sie griffen zu den Waffen.«

»Wie kann das alles vergessen sein?«

»Sie sind zu kurzlebig, viel zu kurzlebig, um zu bewahren!«

»Das ist es nicht allein! Hatte nicht der ehrwürdige Vater auch ein Bündnis mit den Dienern des Schweigsamen? Schenkte er nicht Vergessen, schnelles Vergessen?«

»Du hast Recht. Jeder, der von den Ereignissen berichten wollte, fiel dem Irrsinn anheim, und ebenso ging es einem jeden, der las, was darüber aufgeschrieben war. Also wurden die Schriften verbrannt und Vergessen all jenen geschenkt, die die schrecklichen Ereignisse überlebt hatten, einigen wenigen Menschen aus Herzogenthal und den benachbarten Ländereien.«

»Sonst hätte Khell Dairon immer weiter gesiegt, obwohl er geschlagen worden war.«

»Geschlagen. Die Schlacht ...«

»Oh, die Schlacht!«

»All das Grauen! All das Blut!«

»All der Tod!«

Die Geister verstummten urplötzlich. Rauls Kopf dröhnte. Er hatte nicht alles von ihrem Gespräch verstanden, oft war es leise wie ein Raunen gewesen, dann wieder laut und aufgebracht, wie ein brausender Sturm. Ihre Erinnerungen schienen klar und frisch und waren doch schwer verständlich für den Geist eines Menschen. Trotzdem hatte Raul noch immer nicht genug gehört. Er wollte mehr wissen, mehr über Khell Dairon, der die Feste errichtet hatte, die er selbst nun in Besitz nehmen sollte. Was hatte ihn angetrieben, was waren seine Ziele, seine Pläne gewesen? Was war aus ihm geworden? Und welche Fehler hatte er begangen?

»Erzählt mir mehr«, befahl Raul mit heiserer Stimme.

Ein unwilliges Raunen war die Antwort.

»Ihr weigert euch?« Zorn stieg in Raul auf.

Ein leises Flüstern ertönte, das er kaum verstehen konnte: »... können ... zu weit vordringen ... alte Geister wecken ...«

»Sprecht!« Wütend verengte der Junge die Augen.

Plötzlich erhob sich ein leichter Wind, blies ihm feinen Staub ins Gesicht, trug Stimmen mit sich, neue, fremde Stimmen. Leise erst, vereinzelt, dann lauter, zahlreicher werdend.

»Damnatus est!«

»… so sei verdammt für alle Zeiten, Unheiliger!«
»Geh, verlasse diesen Ort! Und kehre niemals wieder!«
»Anathema sit!«
»Sei verdammt!«
»Verdammt!«
»… und so verbannen wir dich im Namen der Hohen Herren Naclador und Nandus, im Zeichen aller heiligen Erzalveraniare und Kraft und Namens der göttlichen Allmacht der heiligen und unteilbaren Zwölfe …«

Raul zuckte zurück, als hätte er einen heftigen Schlag ins Gesicht erhalten. Das Herz schlug ihm bis zum Hals, und die immer lauter werdenden Stimmen bereiteten ihm körperliche Schmerzen, als sie wie glühende Klingen in seinen Körper zu fahren, ihn zu zerschneiden schienen.

»Zurück in den Schatten der Sterne!«
»Arcana magica inutilis erit!«
»Verdammt seist du, verdammt!«
»… und kehre nicht zurück!«
»… kehre nie zurück!«
»Niemals sollst du wiederkehren!«
»Niemals!«
»Niemals!«
»Sei verdammt!«
»Verdammt!«
»VERDAMMT!«

Panisch presste Raul die Hände an die Schläfen und sank schließlich in sich zusammen, als die Stimmen lauter und lauter in ihn eindrangen und er ihren dröhnenden, verhassten Worten nicht mehr entfliehen konnte.

Es war Mey, der dem Ganzen schließlich ein Ende setzte. Der Narr begann zu kreischen, laut, böse und seltsam vielstimmig. Obgleich es ein grauenvoller Ton war, empfand ihn Raul als Wohlklang, denn er übertönte das Schreien der Stimmen, die nun immer leiser wurden, bis sie schließlich ganz verebbten. Erst da brach auch Meys Ton ab.

Erschöpft wischte sich Raul das Blut ab, das ihm aus Nase und Ohren geronnen war. Ein besorgter Andiel näherte sich ihm. »Alles in Ordnung, Herr?«, fragte er sichtlich verstört. »Ihr habt so schlimm geschrien.«

»Es ist gut«, sagte Raul leise. Aber er fühlte sich so schwach, dass er sich insgeheim fragte, wie lange er noch würde weitergehen können. »Vielleicht kannst du uns etwas zum Abendessen zubereiten?«, fragte er daher den Jäger, der, offensichtlich erleichtert, etwas tun zu können, eifrig nickte und sich daran machte, ein Feuer zu entzünden.

Leise stöhnend lehnte sich Raul an einen Stein und sah dann Mey an, der ihn vorwurfsvoll beobachtete.

»Das hätte schief gehen können«, bemerkte Raul trocken.

»*Du weißt nicht, wie sehr*«, zischte der Narr. »*Viel zu gefährlich, so weit vorzudringen. Weckt alte Feinde. Zwar haben sie heute nicht mehr die Macht von damals, aber noch genug, um dich zu töten, wenn du sie aufstörst.*«

»Ich wollte mehr von Khell Dairon wissen«, entgegnete Raul schuldbewusst. »Er war mein Vorgänger, nicht wahr? Vom Meister erwählt, wie ich es heute bin. Und es ist seine Feste, die wir beziehen.«

»*Du weißt jetzt genug über ihn.*«

»Wirklich? Er ist gescheitert. Vielleicht kann ich aus seinen Fehlern lernen.«

»*Er hatte mächtige Feinde, weit mächtigere, als du sie hast.*« Mey funkelte ihn böse an. »*Einen ganzen verdammten Haufen Speichellecker, übelste Natternbrut, die nur auf einen Fehler von ihm lauerten. Wir hatten sie unterschätzt, das war unser Missgeschick. Diese verdammten Hurensöhne ... nur darauf aus, alles zu zerstören, was wir aufgebaut hatten. Sie haben uns aufgehalten, aber sie haben teuer dafür bezahlt.*«

Der Narr spie auf den Boden. Dann beruhigte er sich

und fuhr beherrschter fort: »*Khell Dairon war ein großer Herrscher – bis er versagt hat. Immerhin hat er noch dafür gesorgt, dass du dich heute nicht mit dieser verfluchten Bande von Bastarden herumärgern musst. Du kannst seine Nachfolge antreten, seine Herrschaft vollenden. Und ihn an Größe und Macht bei weitem übertreffen.*«

»Meinst du wirklich, ich kann ein großer Herrscher werden?«

Meys Lächeln war freudlos. »*Du bist das erwählte Herz. Wenn es jemandem gelingt, dann dir. Der Meister hat einen Narren an dir gefressen.*« Und er begann hysterisch zu lachen.

Raul runzelte die Stirn, ließ es aber auf sich beruhen. Zu köstlich roch das, was Andiel gerade über dem Feuer briet. »Ich muss mich stärken«, sagte er daher nur knapp zu Mey und rappelte sich auf, um sich zu dem Jäger zu gesellen.

Kapitel 11

Als Althea die Augen aufschlug, war das Erste, was sie sah, der schmale Rücken der Geweihten, die vor ihr saß und in das noch vom Morgennebel verhangene Tal starrte. Wolf war nirgends zu sehen. Die Novizin setzte sich auf und rieb sich die Augen.

»Guten Morgen«, sagte Lea, ohne sich umzudrehen.

»Morgen«, antwortete Althea und streckte sich ausgiebig. Ihr taten alle Knochen weh, wie sie missmutig feststellte; zudem hatte sie sich neue Blasen gelaufen. Wenigstens waren die Schmerzen am Knöchel nicht schlimmer geworden, obwohl sie tags zuvor wie Gämsen durchs Gebirge geklettert waren. Na ja. Sie grinste verhalten. Wie eine Gämse hatte sie gewiss nicht ausgesehen ...

»Hast du gut geschlafen?«, fragte Lea sie nun, ohne sich nach ihr umzudrehen.

Eine schwierige Frage. Zwar war Althea nicht von den üblichen Albträumen geplagt worden, und sie konnte sich auch noch an alles erinnern, was sie geträumt hatte, aber ob das unbedingt ein Vorteil war, wagte sie nicht zu beschwören.

»Ich habe von einer Schlacht geträumt«, erzählte sie, während sie ihre Schlafdecke zusammenrollte, »es war grausam und sehr blutig.« Unwillkürlich verfiel sie in den epischen Tonfall alter Balladen. »Ritter in grün schimmernden Rüstungen ritten auf prächtigen grauweißen Rössern, und ihr Singen lag wie ein Requiem in der todgeschwängerten Luft. Unter einem grüngoldenen Einhornbanner kämpften sie, kämpften bis zum Ende gegen Kreaturen, die geradewegs den Niederhöllen entstiegen sein mussten.« Ein Schauder überlief sie bei der Erinnerung. »Furchtbare, götterlästerliche Wesen, schreiend und geifernd! Mit langen Fängen und scharfen Klauen fielen sie in Scharen über die Männer her, die so tapfer kämpften; giftgrüne Nebelschwaden wogten über das Schlachtfeld, aus denen sich verzerrte Fratzen schälten, und ein grausiges Heulen erklang. Es war Tag und dennoch finster, denn die Wolken schienen wie von Blut getränkt und wurden von grellgelben Blitzen zerrissen; ein Sturm der Verwesung und des Todes tobte über allem. Aber obgleich sie zahlreich fielen, einer nach dem anderen, fochten die Ritter so unverzagt und mit all ihrer Kraft, bis sie die schaurigen Wesen zurück in die Niederhöllen getrieben hatten und es endlich still wurde auf dem Feld. Und bis das Banner fiel, das Banner …«

»… des weißen Widders auf schwarzem Grund.« Lea vollendete den Satz und wandte sich um. Ernst blickte sie die überraschte Althea an. »Wir haben den gleichen Traum geträumt. Den Traum, der vor hunderten von Nächten Wahrheit war.«

»Aber …«

Die Geweihte legte den Finger auf die Lippen, und die Novizin verstummte. »Für den Augenblick muss dir das genügen. Behalte die Erinnerung an diesen Traum in deinem Herzen; zu einer anderen Zeit, an einem anderen Ort, werde ich dir vielleicht mehr darüber erzählen können. Heute aber«, sie lächelte und Althea stellte fest, dass es ihr Gesicht verjüngte, dass sie plötzlich wie ein Mädchen wirkte, nicht viel älter als sie, Althea, selbst, »heute dürfen wir uns nicht mit den Geschehnissen der Vergangenheit beschäftigen, denn unsere eigene Bestimmung harrt ihrer Erfüllung. Wir haben lange genug gerastet, findest du nicht?«

Rasch klaubte die Novizin ihre Sachen zusammen, und als sie gerade fertig war, tauchte auch Wolf wieder auf, der offensichtlich seinen Morgenspaziergang beendet hatte und sie ungeduldig beobachtete.

»Ich bin so weit«, sagte Althea und machte einen möglichst entschlossenen Gesichtsausdruck, auch wenn sie nicht die leiseste Ahnung hatte, wie sie weiter vorgehen sollten. Nur eines wusste sie genau – dass ihr Ziel diese verlassene Feste war. Oder besser: die Ruine einer Feste, die gute hundertfünfzig Schritt über ihnen in der Steilwand lag.

»Vielleicht sollten wir zunächst die Wand direkt unterhalb des Gemäuers untersuchen«, schlug Lea Elida vor und drückte Althea einen Apfel, ein Stück Brot und etwas Dörrfleisch in die Hand. »Mag sein, dass sich dort ein Zugang befindet. Immerhin müssen die Bewohner der Feste ja auch irgendwie rein und raus gekommen sein.«

Doch obwohl sich schon kurze Zeit später die These der Geweihten bewahrheiten sollte, zerschlug sich zugleich ihre Hoffnung, auf diese Weise in die Burganlage zu gelangen. Wohl ließen sich auch heute noch die Umrisse eines zweiflügeligen Portals erahnen, aber irgendjemand hatte größte Sorgfalt darauf verwendet, den Zugang zu verschließen: Felsbrocken waren übereinander gehäuft und mit Geröll aufgefüllt, sodass ein hoher Wall entstanden war.

Doch nicht nur das: die Steine waren miteinander verschmolzen, waren zu mächtigen Klumpen deformiert, als wären sie durch ein überderisch heißes Feuer gewaltsam verbunden worden. Auf manchen Blöcken waren seltsame Zeichen und Symbole eingeritzt, die die beiden Frauen noch nie zuvor gesehen hatten. Es sah ein bisschen so aus, als hätte ein Gigant mit Lehm gespielt und das misslungene Werk dann achtlos fortgeworfen. Nicht ein Stein ließ sich aus dem seltsamen Wall lösen – dieses Portal würde man nie wieder öffnen können.

»Na wunderbar«, kommentierte Althea und kickte mürrisch gegen einen Felsbrocken, »hier kommen wir jedenfalls nicht weiter. Da hat sich jemand alle Mühe gegeben, uns jeden Stein in den Weg zu legen, den er nur finden konnte.«

»Sieht ganz so aus.«

Althea schnitt eine Grimasse. »Und nun?«, fragte sie frustriert.

»Bleibt uns wohl nichts übrig, als die Gegend nach einem anderen Zugang abzusuchen. Vielleicht gibt es ja noch einen Eingang für die Händler und Bedienstete oder etwas Ähnliches.« Die Geweihte warf einen prüfenden Blick die Talsenke entlang. »Du gehst nach Osten, ich nach Westen. Aber bleib in Rufweite, verstanden?«

Gehorsam nickte die Novizin. Sie hatte sich inzwischen an den rauen Umgangston der Draconiterin gewöhnt, der doch so ungewöhnlich für eine Hesindegeweihte war. Mühsam arbeiteten sie sich am Felsen entlang.

Es war nicht einfach, denn Gestrüpp und Geröll versperrten ihnen immer wieder aufs Neue den Weg. Zudem war der Fels stark zerklüftet, und mehr als einmal führte ein Gang in den Berg hinein, nur um nach ein paar Schritt als kleine Höhle zu enden.

»Habt Ihr schon etwas gefunden, Hochwürden?«, schrie Althea der Geweihten zu, die sich zusehends von ihr entfernte.

»Nein«, kam es zurück.

Plötzlich ertönte ein Prasseln; offenbar hatte sich eine kleine Steinlawine in Bewegung gesetzt. Gleich darauf wurde das Jaulen des Hundes laut.

»Wolf!« Die beiden Frauen hatten gleichzeitig gerufen und hasteten nun besorgt in die Richtung, aus der das Geräusch gekommen war.

Wolf war seinem ureigensten Gefühl gefolgt, und seine Nase hatte ihn gen Efferd geführt. Hinter einem stacheligen Busch hatte er den Eingang zu einer kleinen Schlucht entdeckt, und als er sich an dem dürren Gewächs vorbei in den Schacht hatte zwängen wollen, war der Boden mit einem Mal unter ihm weggebrochen; das Geröll war seitlich weggerutscht – und Wolf mit ihm.

Nun lag er halb begraben unter den Steinen. Das rechte Vorderbein schmerzte niederhöllisch und ebenso die rechte Schulter.

»Wolf!«

Er jaulte und kläffte laut auf, und gleich darauf war Lea Elida zur Stelle. Hastig schaufelte sie das Geröll beiseite. Das graue, staubbedeckte Fell des Hundes war blutdurchtränkt, und in seinem Vorderbein klaffte eine üble Wunde.

»Ruhig, Wolf, das haben wir gleich!«, versuchte die Geweihte ihn mit ruhiger Stimme zu besänftigen. Dann reinigte sie die Wunde mit Brand, was Wolf mit einem Grollen kommentierte. Lea schiente das Bein notdürftig mit einem Stück Holz, das ihr Althea gebracht hatte, und verband es dann sorgfältig.

»Schöne Bescherung!«, schimpfte Althea, und die Geweihte musste ihr zustimmen. »Aber seht mal, Hochwürden, was Wolf entdeckt hat!«

Lea Elida drehte sich um und folgte Altheas Blick. Ein großer Geröllhaufen hatte sich durch das Eindringen des Hundes in Bewegung gesetzt und die in Jahrzehnten aufgehäuften Gesteinsbrocken in der schmalen Schlucht beiseite geschoben. Dadurch war ein Durchgang freigelegt worden, eine kleine halbrunde Pforte, noch immer halb von einem Steinhaufen verdeckt – allem Anschein nach eine von Menschenhand geschaffene Türöffnung, die in einen Felsgang führte.

»Sieh mal einer an – was hat unsere Spürnase denn da entdeckt«, murmelte Lea Elida und schaffte den Schutt mit Händen und Füßen beiseite, um den Eingang freizulegen. Die Novizin half ihr dabei, und wenige Augenblicke später konnten sie den Gang betreten. Die beiden Frauen sahen sich an. War das der richtige Eingang? Und wenn ja, wohin würde er sie führen?

»Würdest du bitte die Laterne entzünden? Für alle Fälle?«

Althea nickte, und Lea wandte sich an Wolf. »Hör gut zu, mein Lieber!« Der Hund schlug abwartend mit dem Schwanz und stupste ihr mit der Schnauze gegen das Knie. »Du musst hier bleiben. Also: Platz und warte!« Nur zögernd legte Wolf sich nieder und sprang immer wieder auf, wenn Lea sich zum Gehen wandte. Erst als sie den Befehl nochmals energisch wiederholte, blieb er zurück. Mit leisem Winseln machte er deutlich, wie wenig ihm die Anordnung behagte, aber er gehorchte.

Lea wandte sich seufzend zu Althea um und nahm ihr dann die Laterne ab. »Danke. Na, dann wollen wir mal.« Hintereinander zwängten sie sich durch die schmale Öffnung in den Felsgang.

Doch nach wenigen Schritten war ihr Weg schon beendet, denn hier endete der Durchgang auf einem kleinen, schattigen Innenhof. Zu allen Seiten ragten die hohen Felswände empor, und in ferner Höhe konnte man das Blau des Himmels sehen. In die Wände ringsumher waren Becken gehauen und eiserne Ringe eingelassen worden. Vermutlich hatte man hier Pferde untergestellt und Proviant gelagert, um eine schnelle und gut vorbereitete Flucht aus der Burg zu ermöglichen, schoss es

Lea durch den Kopf. Dann aber sah sie *ihn*, und ihre Beine zitterten so sehr, dass sie kaum näher treten konnte.

Auf der anderen Hofseite saß ein Mann auf dem Boden, den Rücken an die hohe Felswand gelehnt. Sein hageres altes Gesicht wirkte wie aus Wachs gegossen, die Augen waren geschlossen, das graue Haar quoll unter einem prächtigen Helm hervor, fiel lang über die schmalen Schultern. Er trug Brünne und Arm- und Beinschienen aus einem dunkelgrün schimmernden Metall, das über und über mit Drachenornamentik verziert war. Nur auf der Brust prangte, golden glänzend, der Umriss eines Einhorns, das sich kampfeslustig über einer Flamme auf die Hinterbeine erhoben hatte. Der Mann war in einen dunkelgrünen Samtumhang gehüllt, hatte die behandschuhte Rechte auf den Anderthalbhänder an seiner Seite gestützt und saß nun da, als schliefe er, könnte jedoch jeden Moment die Augen aufschlagen, um sie zu begrüßen. Seine rechte Hand umschloss beschützend einen Gegenstand, den er an einem Lederriemen um den Hals trug.

»Bei allen zwölf Göttern, ihren Erzheiligen und Alveraniaren«, flüsterte Lea und schlug instinktiv das Schlangenzeichen. Althea sah sie fragend an. Aber die Geweihte schien es nicht einmal zu bemerken; mit weit aufgerissenen Augen starrte sie den Leichnam an. »Hochwürden?«, fragte Althea vorsichtig nach.

»Was? Ich ... entschuldige, aber ich ...«

Althea hatte die Erste der Eisernen Schlange noch nie zuvor so fassungslos gesehen. Da endlich bemerkte Lea ihre erstaunten Blicke, riss sich angestrengt zusammen und antwortete schließlich, nur mühsam beherrscht: »Dieser Mann harrt vermutlich schon viele hundert Jahre an diesem Ort aus. Seiner Rüstung nach zu schließen war er ein hoher Ritter aus einer Vereinigung, die im Namen Nacladors und Nandus' viel Gutes tat und die Gebote der Herrin in diesem Land durchsetzte, lange bevor es den hesindianischen Hort gab, wie er heute existiert. Wir wissen nur wenig über ihn und seine Brüder, lange zweifelten wir sogar an ihrer Existenz. Und nun sitzt er hier, gerade so, als hätte er auf uns gewartet und damit gerechnet, dass wir ihn an diesem seltsamen Ort besuchen.« Lea verstummte.

»Und was tun wir nun mit ihm?«, wollte Althea wissen.

»Zunächst werde ich ihn abzeichnen, ganz genau. Wir dürfen ihn keinesfalls berühren, wer weiß, inwieweit er konserviert ist, und dann ...«

»Dann haben wir ein Problem«, unterbrach sie die Novizin. Aber die gefürchtete Rüge der Geweihten blieb aus, vielmehr sah sie sie irritiert an. Althea trat ein paar Schritt näher, und als Lea Elida ihr folgte, erkannte sie, was die Novizin bereits entdeckt hatte.

Der Ritter saß mit dem Rücken an einer eisenbeschlagenen Holztür, die den Lauf der Zeit offenbar ebenso gut überstanden hatte wie er selbst. Ein hastiger Blick an den Wänden entlang bestätigte die böse Ahnung: Der Leichnam lehnte an dem einzigen weiteren Eingang, den die Felskammer besaß und der aller Wahrscheinlichkeit nach den Zugang zur Feste bildete.

Obwohl Pater Sibelius ein beträchtliches Repertoire an Flüchen besaß, hatte Althea ihn niemals so ausfallend fluchen hören, wie es Lea Elida in diesem Augenblick tat. Fasziniert lauschte sie den unflätigen Worten, die die Lippen der Geweihten verließen. Die Novizin konnte ihre Wut verstehen. Es gab keine Möglichkeit weiterzukommen, ohne den Leib des Ritters von der Stelle zu bewegen. Und es war zu befürchten, dass er eine Berührung nicht überstehen würde, ohne dabei beschädigt zu werden.

Angespannt fuhr sich die Erste der Eisernen Schlange mit den Händen übers Gesicht, atmete tief durch und sagte dann entschlossen: »Gut, wir haben keine andere Wahl. Wir müssen versuchen, ihn vorsichtig beiseite zu schaffen. Aber zuerst möchte ich ihn abzeichnen, so viel Zeit muss einfach sein.« Energisch setzte sie ihre Tasche ab, kramte einige Blatt Pergament und Kohlestifte hervor.

»Wenn ich Euch helfen darf, geht es schneller«, bot sich die Novizin an.

»Schön. Fang du mit dem Helm an.« Lea streckte ihr Kohlestift und ein Blatt entgegen, und angestrengt begannen sie zu zeichnen.

Es dauerte mehrere Stunden, bis sie die Skizzen zur Zufriedenheit der Geweihten vervollständigt hatten und diese sie schwer seufzend in ihrer Tasche verstaute. Dann nahm sie aus einer Gürteltasche ein Paar Handschuhe, zog sie über und näherte sich behutsam der Gestalt.

Einige Augenblicke zögerte sie, als überlegte sie voller Verzweiflung, wo und wie sie am wenigsten Schaden anrichten würde. Schließlich berührte sie vorsichtig die Schiene des linken Arms.

Althea schrie erschrocken auf, denn in atemberaubender Geschwindigkeit fiel der Leichnam in sich zusammen. Binnen einen Herzschlages war nichts von dem Alten geblieben – kein Stück Knochen, kein Fetzen Stoff, selbst Rüstung und Umhang waren vollständig zerfallen. Nicht einmal der Stahl des Schwertes hatte die Berührung überstanden. Fast schien es, als wäre er niemals hier gewesen. Von dem hohen Ritter war nichts geblieben als ein Häuflein hellgrauer Asche.

Als Lea Elida zaghaft den Arm des Leichnams berührte, spürte sie das kühle Metall durch ihre Handschuhe und hielt den Atem an. Ihr Herzschlag dröhnte plötzlich laut wie eine Trommel in ihrem Kopf, schien unendlich langsam zu sein.

Die Augen des ehrwürdigen Vaters der Societas Vigiliarum öffneten sich und strahlten sie voller Weisheit und Liebe an.

»*Lej'al'jêrim!*« Ein Lächeln. »*Der Kreis schließt sich.*«

Eine Welle von Glück und Zufriedenheit, das Gefühl, einen vor sehr langer Zeit ausgesprochenen Segen zu empfangen, überflutete die Geweihte, und als der Körper unter ihren Händen zu Staub zerfiel, wünschte sie sich mehr als alles andere, um den ehrwürdigen Vater der Heiligen Congregation weinen zu können, der hier so lange ihrer geharrt hatte.

Inmitten des Staubes aber lag unversehrt das Amulett des Ritters: ein Drache, gute zwölf Finger lang, die Flügel weit geöffnet. Zwei Diamantsplitter funkelten aus den Augenhöhlen des filigran gearbeiteten Kopfes, und das Ende des schlangenförmig lang gezogenen Leibes war scharf geschliffen, wie die Spitze eines winzigen Dolches. Lea zog die Handschuhe aus und hob das Schmuckstück behutsam auf. Obgleich es anscheinend aus Bein geschnitzt war und auch vom stumpfen, gelblichen Weiß eines Knochen war, fühlte sich der Drache seltsamerweise warm an, als wäre er lebendig.

Es überraschte Althea, dass Lea Elida weder Wut noch Enttäuschung zeigte. Stattdessen holte sie ganz ruhig einen Beutel aus ihrer Tasche, in dem sie für gewöhnlich Verbandszeug und Kräuter aufbewahrte, leerte ihn aus und füllte dann sorgfältig die Asche in das Säckchen, das sie sorgfältig verschnürte und wieder einpackte. Althea näherte sich vorsichtig der Geweihten, nicht ohne sich zu vergewissern, dass tatsächlich kein Wutausbruch mehr folgen würde – doch Lea Elida schien in der Tat seelenruhig zu bleiben. Als die Novizin bei ihr angelangt war, band sie sich gerade etwas um den Hals und steckte es anschließend in den Ausschnitt ihres Ornates. »Hochwürden?«

Lea sah sie an, als erwachte sie aus einem Traum. »Lass uns hineingehen«, sagte sie nur knapp, legte Althea die Hand auf die Schulter und drückte zu, als wollte sie ihr oder auch sich selbst durch diese Geste Mut zusprechen. Dann schob sie den Metallriegel beiseite und öffnete die Tür, hinter der die Dunkelheit ihrer harrte.

Kapitel 12

Und immer wenn du den Verband erneuert hast, musst du noch einmal nachsehen, ob er nicht zu fest anliegt. Siehst du, so!« Jiskia zeigte Salògel die Handbewegung, mit der sie den Druck der Binde überprüfte. Der Junge nickte. Er war ein guter Schüler. »Jetzt holst du dir noch frisches Wasser, dann kannst du ihm wieder kühle Umschläge auf die Stirn legen, um das Fieber zu senken.«

»Ja, Euer Gnaden, ich hole es sogleich!« Eifrig nahm der Novize die Waschschüssel und lief aus dem Zimmer. Dabei stieß er fast mit der Propräzeptorin zusammen.

»Immer mit der Ruhe, Salògel!« Ciabh ließ ihn vorbei und stellte sich dann neben die Geweihte ans Bett des Abtes.

»Und? Hat sich sein Zustand schon gebessert?«

Jiskia schüttelte bedauernd den Kopf. »Ich verstehe es nicht«, gestand sie, »ich weiß einfach nicht, wie sich die Wunde dermaßen entzünden konnte. Und warum er so sehr von Fieber und Schüttelfrost geplagt wird!« Sie hob hilflos die Hände und erhob sich vom Bett des Kranken. »Die Verletzung war halb so schlimm, als er hier ankam, und er machte auch nicht den Eindruck, anderweitig erkrankt zu sein!«

»Vielleicht die Erschöpfung? Die anstrengende Reise?«

»Unwahrscheinlich, aber es mag sein. Doch selbst dann bleibt es mir ein Rätsel, warum er nicht mehr aufwacht. Er stammelt wirres Zeug, wie: ›Nur das reine Blut‹ oder ›Fällt das Banner‹. Manchmal schreit er vor Entsetzen. Offensichtlich plagen ihn schwere Albträume.« Sie seufzte. »Ich kann nicht mehr tun, als zu versuchen, das Fieber zu senken und die Wunde sauber zu halten. Salògel hilft mir dabei.«

Ciabhs durchdringende Augen hefteten sich sorgenvoll auf das bleiche Gesicht des Abtes. Sie wurde das Gefühl nicht los, dass die plötzliche Verschlechterung seines Zustandes mit den Nachforschungen über die Congregation zusammenhing. Aber sie konnte sich dennoch keinen Reim darauf machen und hoffte inständig, dass Pater Parinor bald zurückkommen würde; sie jedenfalls war mit ihrem Bosparano am Ende. »Es ist gut, filia. Wir müssen eben warten. Warten und beten.«

Immer neu beginnt die Schlacht, wieder und wieder muss er ihn ertragen, den Anblick der qualvoll Sterbenden. Immer neu das unermessliche Grauen durchleben, das durch die Pforten der Niederhöllen vom Fürsten Khell Dairon gerufen wurde und nun ohne Gnade unter den Tapferen wütet.

Er erkennt das Gesicht des Fürsten, des alten Königs, aus dem Traum von vor hundert Jahren, und sein Lachen ist höhnisch, während Würmer aus seinem Mund kriechen und Maden aus seinen Augen. Immer wieder streicht die lange, gespaltene Zunge über den fleischigen Klumpen, der einst sein Ohr war, lodern die violetten Augen des weiß geschminkten Mannes höhnisch auf. »Hast du mich erkannt? Hast du mich endlich erkannt, du Narr?«, schreit sein schwarzer Mund, und schäumender Geifer tropft blutig über das knochige Kinn.

Dazwischen das Antlitz des sterbenden Animus, die gebrochenen Augen Honestas' und der weinende Serpentigena, der mit der steinernen Mauer in Drachenwacht verschmilzt, zur ewigen Wacht verdammt.

Der weiße Widder, der sich aufbäumt und mit rot glühenden Augen und infernalischem Gebrüll vom Banner herunterspringt, mit gesenkten Hörnern direkt auf ihn zustürmt.

Die Stimme Altheas: »Es wird doch alles wieder gut, nicht wahr, Pater?«

Und die heiseren Worte Animus': »Naclador, gib mir Kraft!«

Das Schreien des ehrwürdigen Vaters Servare, als die Schnäbel des fünfköpfigen Geiers die Gedärme aus seinem Leib zerren. Und wieder der Weißgeschminkte mit den unheilig leuchtenden Augen. »Du bist dümmer als ich dachte, Schweinchen. Ein schwaches, unwissendes, klägliches Insekt, das es nicht einmal wert ist, zertreten zu werden. Du bist überhaupt keine Gefahr für mich, ist das nicht lustig?«

Kichernd beginnt er mit den blutigen Köpfen von Animus, Honestas und Servare zu jonglieren, und als sie sich in der Luft drehen, werden die im Grauen verzerrten Gesichter zu seinem, zu Lea Elidas und zu Altheas, und das schrille Lachen steigert sich zu einem ohrenbetäubenden, infernalischen Kreischen.

Lea Elida, die auf ihn zukommt. Ihr Kopf, halb abgetrennt, baumelt zur Seite, und sie starrt ihn aus leeren Augenhöhlen an, in denen es gelb wimmelt. Mit der linken Hand zerrt sie den verstümmelten Leib Altheas wie ein ungeliebtes Stofftier am Haarschopf hinter sich her. »Hast du nicht gewusst, dass nur das reine Blut besteht?« Schwarz glänzende Käfer quellen beim Sprechen aus ihrem Mund. »Hast du das nicht gewusst?«

Sibelius erwachte von seinem eigenen Schrei.

Stöhnend schlug er die Augen auf und starrte an die weiß gekalkte Zimmerdecke. Das weiche Daunenoberbett schien wie ein Felsbrocken auf seiner Brust zu liegen, aber er fühlte sich zu schwach, um es beiseite zu schieben.

Neben ihm hockte ein kleiner Junge von vielleicht fünf, sechs Götterläufen auf dem Bettrand. Ein hübsches Kind mit roten Wangen, großen, dunkelblauen Augen und einem netten Grübchen im Kinn. Die blonden Locken fielen ihm ins Gesicht und es trug ein weißes Leinenhemdchen. Jetzt legte der Knabe den Kopf schief und blickte den Erwachenden neugierig an.

»Oh, ein kleiner Medicus an meinem Bett, wie schön«, lächelte Sibelius ihn an.

»Geht es dir jetzt besser?« Die Stimme des Kindes war glockenhell.

»Ja, viel besser«, Sibelius nickte schwach, »noch ein bisschen Ruhe, und ich bin wieder ganz der Alte. So schnell lässt sich der alte Sibelius nicht unterkriegen!«

»Ich meine, geht es dir jetzt besser, wo du weißt, was damals alles geschehen ist?«

Dem Geweihten stockte der Atem. Was war das für ein Kind? Er versuchte, sich ein wenig aufzusetzen, konnte die Kraft dazu aber kaum aufbringen. Der Knabe stieß ihn mit seinem Zeigefinger vor die Brust, und ein schneidender Schmerz durchzuckte Sibelius' Herz und ließ ihn zurück in die Kissen sinken.

»Du bleibst besser liegen«, bestimmte der Kleine voller Ernst. »Sag schon, du hast doch nun das Wissen, nach dem du gesucht hast. Du weißt, wer die Ritter waren, die dich in deinen Träumen heimgesucht haben, und auch, wie sie alle umkamen. Übrigens irgendwie komisch, nicht? Da soll deine Göttin unglaublich weise und gütig sein, und doch hat sie nichts getan, um den Tod all dieser tapferen Männer zu verhindern. Findest du das nicht komisch?«

»Wer bist du?«, stieß der Abt mühsam hervor.

»Warum ist das wichtig? Ich bin hier und möchte ein wenig mit dir plaudern, kann das nicht genügen? Wo waren wir stehen geblieben? Ach ja. Jetzt wo du weißt, dass ein ganzer Orden beim Kampf gegen einen einzigen Gegner abgeschlachtet wurde, da du gesehen hast, wie sie alle starben, geht es dir nun besser?«

»Nein!«, knurrte Sibelius. Und das entsprach der Wahrheit.

»Ein ungerechtes Spiel, meinst du nicht? Fast dreihundertfünfzig Männer, die die ganze Zeit ihres dummen, kurzen Lebens auf alles verzichtet haben, was euch Kleingeistern Freude bereitet. Und dann sterben sie einfach, verbluten, werden zermatscht wie überreifes Obst, das vom Baum fällt. Ohne Schutz, ohne Hilfe der Göttin, für die sie in den Tod gezogen sind. Nicht mal ein Zeichen haben sie bekommen.«

»Sie erhalten ihren Lohn im heiligen Hain der Herrin!«

»Ach, woher willst du das denn wissen? Wenn die Männer sie vor ihrem Tod nicht interessiert haben, warum sollte es dann hinterher anders sein? Da verdammt ihr die Gegenspieler eurer Götter, aber sag mir, ist es vielleicht nur der Neid, der euch treibt? Wer sich einem Herrn Iri ...«

»Wage es nicht, *seinen* Namen in diesen heiligen Hallen zu nennen«, fuhr Sibelius den Knaben an, ein Aufbäumen, das ihn seine ganze Energie kostete. Er spürte, wie er am ganzen Leib zu zittern anfing.

Der Kleine schüttelte tadelnd das blond gelockte Köpfchen. »Du solltest mich doch nicht unterbrechen! Das mag ich nicht. Wo war ich? Ach ja! Wer sich, wie gesagt einem Herrn – bleib ruhig, ich werde den Namen dann eben nicht nennen, wenn du solch eine Mimose bist – unterwirft, der kann auf dessen Hilfe auch zählen. Gleich ob er Wissen begehrt oder tatkräftige Hilfe, sie wird ihm gewährt werden. So wie Khell Dairon, der sich als treuer Diener erwies und alles bekam, um was er gebeten hat.«

»Und trotzdem wurde er besiegt«, flüsterte Sibelius.

»Bist du wirklich zu beschränkt, um zu begreifen, worüber wir reden, Dummkopf?«

Die feinen Brauen des Kindes zogen sich ungeduldig über den dunkelblauen Augen zusammen. »Es geht nicht um Sieg oder Niederlage. Faktum ist, dass deine kleine Göttin keinen verdammten Finger krumm gemacht hat, um ihren Dienern zu helfen. Warum ist sie eigentlich so grausam? Eine Grausamkeit, auf die jeder Erddämon neidisch sein könnte.«

»Genug«, sagte Sibelius schwach, aber das Kind ließ sich nicht stören.

»Vielleicht, weil sie heimlich das Blut liebt? Immerhin erinnere ich mich, dass sie auch schon von diesen Echsenviechern angebetet wurde, die ihr eine Menge blutige Opfer brachten.«

»Hör auf damit!«, befahl der Abt. Die Ader an seiner Stirn schwoll an. Wenigstens der Teil seines Körpers funktionierte noch. Wenn er von diesem unseligen Fieber nur nicht so verdammt geschwächt wäre!

»Oder vielleicht, weil sie ein ebenso gemeines Reptil ist? Die Schlange ist ihr Symbol, das Zeichen für Hinterhältigkeit, Grausamkeit und Tücke. Sie lähmt das Opfer mit ihrem Gift und verschlingt es erst dann mit Haut und Haaren, wenn es wehrlos ist. Vielleicht will sie sich am Verderben ihrer Diener ergötzen, weil ihr eigenes Blut kalt ist, eisig kalt wie das einer boshaften Natter?«

Brüllend fuhr Sibelius hoch und griff nach dem Kind, aber der Junge schnippste ihm mit dem Finger vor die schweißnasse Stirn, und der Abt fiel wie ein Steinblock zurück ins Bett. Sein Schädel glühte, und dort, wo das Kind ihn berührt hatte, bildeten sich Brandblasen. Noch dazu lag er nun da wie zu Stein erstarrt; offensichtlich hatte der Knabe ihn mit einem Spruch belegt.

»Ich sehe schon, du bist für logische Argumente völlig unzugänglich, was einer vernünftigen Diskussion natürlich jede Grundlage raubt.« Das Kind seufzte gelangweilt. »Kommen wir zu einem anderen Thema.« Es rutschte ein wenig herum, fand dann offensichtlich eine bequemere Sitzposition und beugte sich schließlich über den regungslosen Draconiter.

»Du bist doch so gierig nach Wissen. Nun, ich werde es dir geben, und zwar ganz ohne Gegenleistung, was hältst du davon?«

»Fahr in die Niederhöllen«, flüsterte Sibelius.

»Da komme ich gerade her«, entgegnete der Knabe ungerührt und fuhr fort: »Du weißt jetzt, dass diese närrischen Ritter ihren Gegner einmal geschlagen haben. Und du ahnst auch, dass ihr Widersacher zurückgekehrt ist, um das zu Ende zu bringen, was beim erstenmal unvollendet geblieben ist. Aber, ich bitte dich, glaubst du ernsthaft, dass du und deine zwei kleinen Gänse das aufhalten können, was einen ganzen Orden aufgerieben hat? Dazu, mein Lieber, bist du bei weitem nicht kompetent genug.«

Sibelius überlegte krampfhaft, ob dieser Bote der siebten Sphäre – denn nichts anderes war es augenscheinlich, was er hier vor sich hatte – wusste, dass Lea Elida und Althea bereits nach Herzogenthal unterwegs waren. Oder blieben sie die unberechenbare Komponente im Spiel? Offensichtlich konzentrierte sich der Feind auf ihn, aus welchen Gründen auch immer. Und vielleicht beging er den Fehler, die beiden anderen zu unterschätzen? Er durfte sich nicht verraten.

»Du schweigst? Dann fängst du also endlich an nachzudenken. Sehr löblich.« Das Kind nickte zufrieden. »Aber ich sehe noch immer Zweifel in deinen Augen. Ich will es dir also direkt sagen, damit dein geringer Verstand nicht überfordert wird: Es gibt zwei Möglichkeiten! Entweder du vertraust auf deine Göttin, die dich wie immer kläglich in Stich lassen wird, und auf deine eigenen lächerlichen Kräfte. Dann wird das, was die Societas Vigiliarum einmal zurückgeschlagen hat, mit noch größerer Macht wiederkehren und ganz Dere unter seine Herrschaft knechten. Oder du suchst dir einen neuen Verbündeten, jemanden, der dir hilft, das zu verhindern, der dir die erforderliche Macht und die nötige Kraft dazu gibt. Dann könntest du deine dämliche Kirche retten und all die armen Unschuldslämmer, die in dieser Sphäre ihr Leben verplempern.«

»Und mit meiner Seele bezahlen«, ergänzte Sibelius zähneknirschend.

Der Knabe zuckte mit den schmalen Schultern. »Und? Eine Seele für viele. Ich denke, ihr seid so heldenmütig und edel? Ist das nicht wenig gegenüber dem, was dir geboten wird, was du retten kannst?«

Er schüttelte den Kopf, dass die blonden Locken nur so flogen. »Ein Leben ist manchmal ein geringer Preis, den es zu zahlen gilt.« Seine Stimme klang wie Serpentigenas, als er dessen Worte wiederholte. »Wir können den Spruch sicher analog auch für Seelen anwenden!« Er grinste kurz, wurde dann wieder ernst. Offenbar war er mit seiner Geduld am Ende.

»Ich sehe schon, du glaubst noch immer, die Rückkehr ohne Hilfe verhindern zu können, meinst, dass du es alleine schaffst, vielleicht mit den beiden zeternden Frauenzimmern am Rockzipfel. Dann werde ich dich mal aufklären, mein Lieber!«

Umständlich beugte der Junge sich vor, bis sein Gesicht Sibelius' ganz nahe war. Der Abt schloss die Augen, um ihn nicht ansehen zu müssen, und schickte gedanklich ein Stoßgebet zur Göttin.

»Und diese Auskunft, Schweinchen, ist ausnahmsweise einmal völlig umsonst, obgleich sie überaus wertvoll ist, wie du gleich erkennen wirst«, sagte der Junge hart. »Dein Widersacher, den zu bekämpfen du dich in der Lage meinst, jener, der zurückgekommen ist und seine Herrschaft bald antreten wird ... Ach, du bist viel zu kleingeistig, um begreifen zu können, wer *er* wirklich ist, der herabstieg in eure kläglichen Niederungen. Denn siehe, ich schickte meinen treuesten Diener, die dritte Sphäre mir untertan zu machen, und keiner kann ihm trotzen! Denn höre, Verblendeter, was gegenwärtig ist nun auf Dere in meinem Namen für alle Zeit, höre und heule, denn ich sandte mein Auge und meine Zunge, meinen Willen zu vollstrecken!«

Sibelius riss die Augen auf und starrte in die des Knaben, die nunmehr in dunklem Purpur glühten.

»Nein«, flüsterte Sibelius ungläubig. »Nein!«

Die helle Stimme des Kindes wurde nun zu einem gehässigen, vielstimmigen Zischen, dessen dissonantes Schrillen an seinem Verstand zerrte: »Schrei nur, Wurm, du hast richtig gehört! Das blinde Auge, der wissende Wahn, Auge und Zunge Iribaars weilt nun unter euch! Preise die Ankunft meines treuesten und mächtigsten Dieners Mhek'Thagor!«

Sibelius fühlte, wie der Wahnsinn mit gieriger Kralle nach ihm langte. In seiner abgrundtiefen Verzweiflung blieb ihm nichts, als seine Bitterkeit und seinen Hass herauszuschreien, als er begriff, dass der Knabe Recht hatte, dass sie verloren waren, denn es gab kein Bestehen gegen Aug und Zunge des dunklen Herrn Iribaars, gegen Mhek'Thagor, seinen ersten und mächtigsten Diener – und als ihm klar wurde, dass es der vielgestaltige Blender, der Herr und Meister des verbotenen Wissens, der Antihexarion, der erzdämonische Gegenspieler Hesindes selbst war, der vor ihm saß. Gekommen, um ihn zu holen.

Kapitel 13

»Althea? Wo bist du?«

»Ich bin hier!« Aus dem Gang zu ihrer Linken kam die Antwort. Schon wollte Lea Elida ihm folgen, als ein Echo aus dem Gang zu ihrer Rechten hallte: »Hier!«

»Hochwürden?« Das schallte aus dem Gang geradeaus vor ihr.

Lea Elida hätte vor Wut alles kurz und klein schlagen können. Sie hatte die Novizin aus den Augen verloren wie eine verdammte Anfängerin. Nur einen Moment lang war sie unaufmerksam gewesen, als der Gang vor ihnen eine scharfe Rechtskurve gemacht und Lea vorsichtig um die Biegung gespäht hatte, um den Weg zu sichern. Als sie sich wieder umgedreht hatte, war die Novizin verschwunden gewesen. Eine Trittplatte, eine Drehtür in der Mauer, sie konnte es nicht sagen. Tatsache war, dass Althea wie vom Erdboden verschluckt war. Da nützten all die Kreidezeichen nichts, mit denen sie ihren Weg markiert hatte, das Labyrinth war einfach zu groß. Und Wolf, der Einzige, der das Mädchen hätte finden können, lag oben schwer verletzt. Verdammt, warum hatte sie die Kleine nicht angeseilt? Wie hatte sie nur so unüberlegt handeln können!

»Althea!«

»Ja?« – »Hier!« – »Hier, hier, Hochwürden!«, antwortete es aus drei verschiedenen Richtungen.

Lea knirschte mit den Zähnen. Auch das noch, eine

verdammte Illusion. Plötzlich erhob sich in allen drei Gängen ein grauenvoller Chor aus kreischenden Stimmen. Die Mauern warfen das Kreischen zurück, sodass sich die Stimmen überschlugen, gegeneinander ansangen in ohrenbetäubendem Lärm. Die Geweihte hielt sich die Ohren zu. »Genug!«, schrie sie, und das Crescendo schmerzhaft dissonanter Melodien verstummte. Es hatte keinen Sinn. Ihr blieb nichts übrig, als auf gut Glück einen der Gänge auszuwählen. Jeder konnte der Richtige sein.

Sie versuchte sich in Erinnerung zu rufen, woher sie gekommen waren und in welcher Himmelsrichtung das Zentrum der Ruine liegen musste. Aber es war zwecklos, zu verschlungen waren die Gänge, zu zahlreich die Abzweigungen gewesen. Schließlich folgte sie einem vagen Gefühl, das sie in den linken Gang lotste.

Die Wände der Tunnel waren zu glatt, um von Menschenhand ins harte Felsgestein getrieben worden zu sein. Lea Elida schauderte, als sie sich einen kurzen Augenblick lang vorstellte, welche Ausgeburten der Niederhöllen auf Befehl des Dämonenpaktierers dieses Labyrinth vor hunderten von Götterläufen geschaffen hatten, um den Zugang zu den geheimsten Kammern des dunklen Fürsten zu sichern.

Der Gang machte eine Biegung nach links, und Lea folgte ihm langsam, sich vorsichtig am Fels entlang schiebend, wobei sie aufmerksam nach Fußangeln und Trittfallen Ausschau hielt.

Die Schnelligkeit, mit der einen Atemzug später vor ihr und gleich darauf auch hinter ihr die Steinmauern von der Decke herunterkrachten, ließ sie aufschreien. Donnernd knallten die Felsbarrieren auf den schmalen Weg, verriegelten ihn, und binnen eines Augenblicks war Lea Elida von Fels umgeben, eingeschlossen in einer steinernen Kammer von zwei mal drei Schritt. »Hesinde steh mir bei!«, flüsterte sie mit bebenden Lippen, und das Herz pochte panisch in ihrer Brust, als sie erkannte, dass sie gefangen war.

Bald hatte sie sich die Finger auf dem harten Felsen blutig getastet, und sie musste innehalten. Sie hatte jeden Fingerbreit nach versteckten Mechanismen oder irgendeiner sonstigen Möglichkeit abgesucht, ihr Gefängnis wieder zu öffnen, zunächst mit der Spitze ihrer Basiliskenzunge, dann mit bloßen Händen. Aber Wände und Boden waren aalglatt, wie blank poliert, und sie fand nichts, wo sie hätte ansetzen können. Zunächst hatte sie noch gehofft, es wäre alles nur eine Illusion, denn sie wusste von den Fähigkeiten ihres Gegners, des vielgestaltigen Blenders und seiner Knechte, die meisterliche Trugbilder erschaffen konnten. Doch obgleich sie sich konzentrierte und schließlich auf die heiligen Liturgien zurückgriff, um das Blendwerk zu durchschauen, schien sich mehr und mehr die Tatsache zu erhärten, dass um sie herum tatsächlich massiver Fels war. Das Licht ihrer Laterne flackerte unruhig, bald würde es verlöschen.

»Wenn ich hier nicht schnell rauskomme, werde ich ersticken«, murmelte sie besorgt. Ihr Hals war bereits staubtrocken, die Lippen aufgesprungen. Es schienen Stunden vergangen zu sein, seit sie hier festgesetzt worden war. Der kalte Schweiß, der ihren Leib entlang lief, ließ sie frösteln, und sie musste mit aller Kraft gegen die Panik ankämpfen, die in ihr hochstieg und sie zu überwältigen drohte.

»Althea? Althea, kannst du mich hören?«, schrie sie unvermittelt. Aber sie erhielt keine Antwort und hatte das ungute Gefühl, dass der Fels um sie herum jeden Laut unerbittlich erstickte. Verdammt, sie saß wie eine Maus in der Falle. Was sollte sie nur tun, was? Erneut tastete sie jeden Fleck ihres Gefängnisses mit den schmerzenden Fingern ab.

Althea fuhr herum. War da nicht ein Geräusch gewesen? Der Gang hinter ihr war stockfinster und ebenso der Weg, der vor ihr lag. Das schwache Licht ihrer Laterne zauberte riesige Schatten an die Wände. Natürlich waren es nur Schatten und nicht die Fratzen hämisch geckernder Kobolde, die ungeduldig um sie herumzuckten und nur auf eine Gelegenheit warteten, ihr die langen Klauen in den Hals zu bohren.

Nichts zu erkennen da hinten. Also weitergehen. Rechts oder links? Sie hatte bereits nach wenigen Minuten die Orientierung verloren und nicht die geringste Ahnung, wo sie war oder was sie nun am besten tun sollte. Wenn sie nur zurück zu Lea Elida fände! Dabei hatte sie nur einen Blick in diese Nische werfen wollen, die zu ihrer Linken aufgetaucht war und die Hochwürden Welfenhaag offensichtlich übersehen hatte. Aber gleich nachdem sie einen Schritt in die Nische hinein gewagt hatte, hatte sich diese um hundertachtzig Grad gedreht und sie in einen völlig anderen Gang katapultiert. Und obwohl Althea mit aller Kraft versucht hatte, das Ding zurückzudrehen, war es ihr doch nicht gelungen. Zuerst hatte sie eine Weile gewartet, in der Hoffnung, die Geweihte würde sie doch noch entdecken. Aber als sie eine Zeit lang vergeblich nach dem Geräusch von Schritten gelauscht hatte, war sie weitergegangen, wobei sie sorgsam Kreidezeichen anbrachte, wie sie es von Lea Elida abgeschaut hatte.

Es schien ihr eine halbe Ewigkeit her zu sein, seit sie von der Draconiterin getrennt worden war, und das ungute Gefühl, dass sie sich mehr und mehr in diesem unendlichen Gewirr aus verwinkelten Gängen verirrte, ergriff von ihr Besitz. Das Labyrinth musste riesig sein, denn sie hatte bislang kein einziges ihrer Kreidezeichen wieder gefunden und auch keines von Hochwürden Welfenhaag.

»Vielleicht wischt sie ja jemand wieder weg?«, schoss

es ihr durch den Kopf. Sie schauderte. Der Gedanke daran, dass ein grässlicher Gnom hinter ihr her schlich und hämisch grinsend ihre Zeichen mit der pelzigen Hand fortwischte, gefiel ihr ganz und gar nicht.

Also, links oder rechts? Da weder Verstand noch Gefühl ihr einen Hinweis gaben, entschied sie sich für die gleiche Methode, die sie auch die Male zuvor angewandt hatte: Sie warf das Silberstück hoch in die Luft, fing es wieder auf und klatschte es auf ihren Handrücken. Zahl. Also links. Sie sah sich nochmals misstrauisch um, hatte noch immer das vage Gefühl, dass da etwas hinter ihr war, dann folgte sie dem Gang. Er glich den vorherigen aufs Haar, dunkel, glatt behauen und hoch. Und ohne ein Kreidezeichen an der rechten Wand. Seufzend malte sie ihr großes A auf den Fels. Lange würde die Kreide ohnehin nicht mehr reichen. Sie setzte ihren Weg fort, ohne auch nur im Entferntesten zu wissen, wohin er sie führen würde.

»Ich will hier raus, verdammt! Althea! Hilf mir, bitte! Hilf mir!« Lea Elida schlug mit den Fäusten gegen die Wände, bis sie bluteten. Panik tobte wie eine Feuersbrunst heiß und zerstörerisch in ihrem Kopf, sie war zu keinem klaren Gedanken mehr fähig.

»Ich will hier raus!«

Ihre Stimme klang heiser, überschlug sich, der Hals schmerzte, als hätte man sie gezwungen, Sand zu schlucken. Sie schlug mit dem Kopf gegen die Wand, einmal, zweimal, dreimal, bis der dröhnende Schmerz sie wieder zur Besinnung brachte. Stöhnend sank sie zu Boden. Sie konnte sich nicht erinnern, wann sie das letzte Mal so die Kontrolle über sich verloren, sich so sehr in ihrer Angst verloren hatte. Schon vor Stunden war die Lampe erloschen, und sie vermochte nichts mehr zu erkennen. Die Chancen, aus ihrem dunklen, stickigen Kerker zu entkommen, wurden mit jeder

Stunde geringer. Nur ein Wunder konnte sie noch retten.

»Du wirst hier sterben«, flüsterte sie. Aber die Worte, die ihr Mund formte, konnten Verstand und Herz noch nicht begreifen. Hier? Allein und schmählich, wie ein dummes, kleines Kaninchen, das in eine alte verrostete Falle gelaufen war und nun elend verreckte? Hier verenden, so bitter und einsam, wie man es nicht einmal seinem ärgsten Feind wünschte? Nicht im Kampf für den Glauben, nicht bei der Verteidigung der Gebote der alveranischen Schlange, nicht im Kreise der geliebten Ordensgeschwister im Bett oder am Schreibpult? Hier, am Ende Deres in einem uralten Labyrinth einer unbedeutenden Gebirgsbaronie?

Und das Schlimmste daran war, dass sie kläglich versagt, ihre Aufgabe nicht erfüllt hatte, denn sie konnte Althea nun nicht mehr beschützen vor dem, was dort im Herzen der tödlichen Fallen und verschlungenen Irrwege ihrer harrte. Das Versprechen, das sie Sibelius und dem Pater Primus gegeben hatte, konnte sie nicht halten. Die Novizin war auf sich allein gestellt und somit zum Scheitern verdammt, verloren, so wie sie, Lea, es jetzt schon war. Und ihr blieb nichts, als in diesem Felsgrab auf ihr unausweichliches Ende zu warten.

Obwohl sie dagegen ankämpfte, entrang sich ein Schluchzen ihrer brennenden Kehle. Und obwohl sie versuchte zu beten, waren es immer die gleichen Worte, die von ihren Lippen wichen: »Du hast versagt, du bist verloren. Du wirst hier sterben. Sterben. Sterben!«

Vorsichtig lugte Althea um die Ecke. Sie war an einer Kreuzung angelangt, und der Gang, der von links kam und nach rechts weiterführte, war wesentlich breiter als der, aus dem sie gekommen war. Trotzdem zögerte sie, etwas in ihr sträubte sich, diesen Weg zu gehen. »Sei kein dummes Huhn!«

Eigentlich hatte sie sich Mut zusprechen wollen, aber ihre Worte hallten unangenehm laut nach, und wie schon so oft sah sie sich ängstlich um, ob ein Verfolger sie entdeckt hatte. Doch es war niemand zu sehen. Ein breiterer Gang, das war doch wunderbar! Dann war sie nach dem stundenlangen Herumirren in diesem Albtraum aus Sackgassen und verschachtelten Gängen endlich auf dem richtigen Weg – entweder nach draußen oder geradewegs in das Herz dieses Labyrinths hinein. Sie schluckte trocken, dann zuckte sie mit den Schultern und bog nach rechts ab.

Der Gang war etwa drei Schritt breit und fast genauso hoch. Er schien Althea riesig im Vergleich zu den engen und niedrigen Tunneln, durch die sie bisher geirrt war. Links und rechts prangten Fackelhalter in kurzen Abständen an den Wänden; jeder von ihnen hatte die Form einer Eisenklaue. Etwa alle zehn Schritt waren Feuerbecken in den Boden eingelassen, wie aufgerissene Mäuler gestaltet, die durch die dicke Rußschicht längst verloschener Flammen eigenartig faulig wirkten.

Als sie etwa fünfzig Schritt hinter sich gebracht hatte, schrillte plötzlich ein markerschütterndes Kreischen durch den Gang. Zu Tode erschrocken, presste sich Althea an die Wand, warf gehetzte Blicke nach links und rechts, unfähig festzustellen, woher das Geräusch tatsächlich gekommen war. Atemlos lauschend stand sie da, aber es war jetzt wieder so still, als hätte sie sich das Kreischen nur eingebildet. Als sie sich wieder ein wenig beruhigt hatte, fiel ihr Blick auf die gegenüberliegende Wand, und eine Gänsehaut kroch ihr über den Rücken. Ein Relief furchtbarster Fratzen war dort eingemeißelt, unsäglich entstellte Körper, die, ineinander verschlungen, ein grausiges Ornament bildeten. Völlig entartete menschliche Gestalten erdrosselten sich selbst mit ihren vielfach gespaltenen Zungen, anderen wuchsen zahllose Köpfe, ohne Augen und mit riesigen Mündern, und auf ihren Häuptern schlängelten sich Nattern, die ihnen tausend Wunden bissen. Unzählige lagen mit herausquellenden Augen zu Füßen einer betörenden Frauengestalt, deren Kopf aus zwei Gesichtern bestand, einem schönen und einem grausigen, und daneben goss ein Jüngling aus einem Füllhorn Würmer in die gierigen Mäuler. Dort fraß ein falkenköpfiger Riese genüsslich aus dem Schädel eines Mannes, ein verstümmeltes Einhorn schrie schmerzerfüllt unter den Schlägen einer vielarmigen Echse, und ein deformierter Gnom mit mächtigen Fledermausschwingen schwenkte triumphierend gekrönte Häupter in seinen Klauen, deren Antlitze im Wahn verzerrt waren.

Althea keuchte voller Ekel und drückte sich unwillkürlich fester an die Wand, an der sie noch immer lehnte – bis sie sich der Erhebungen bewusst wurde, die sich unter ihrem Körper empor wölbten. Entsetzt sprang sie beiseite und betrachtete angewidert die Stelle, an der sie gerade noch gelehnt hatte. Waren auf der rechten Gangseite Reliefs eingemeißelt, so hatte man die linke Seite mit Hochreliefs verziert, die stets das gleiche Motiv zeigten, das sich in perfider Perfektion immer und immer wiederholte: zahllose Augen, kindskopfgroß, starrten Althea an, musterten sie mit kaltem, lidlosem Blick, verfolgten all ihre Bewegungen mit nimmermüder Aufmerksamkeit. Sie schluckte. Es machte ihr Angst. Es mussten tausende dieser steinernen Augen sein, die sie da schamlos angafften. Und das Verrückteste war, dass sie das Gefühl hatte, jedes einzelne von ihnen würde sie beobachten und ihr mit seinem Blick folgen.

»Stell dich nicht so an, das sind nur leblose Steinwände. Dir kann nichts passieren!«, machte sie sich Mut und hielt ihre Laterne etwas höher. Jetzt, wo sie auf die

Bilder aufmerksam geworden war, verliehen die dunklen Schatten am Rande des Lichtkreises den Figuren ein beängstigendes Eigenleben, so als wären diese gerade noch rechtzeitig erstarrt, bevor das Licht sie erreichte und Altheas Blick sie traf. Tapfer biss sich Althea auf die Lippen und ging weiter. Es war ein schlechter Augenblick, um Angst zu haben. Wenn sie doch nur Hochwürden Welfenhaag wieder fände!

»Domina! Dea! Mater omniscent! Mens indeficient! Qui es conditor omnium sapientiam! Ostende nobis misericordiam tuam et salutare tuum da nobis!«

Die Worte, die unaufhörlich von den trockenen Lippen wichen, waren nur mehr ein heiseres Krächzen. Lea Elida saß zusammengesunken in einer Ecke ihres düsteren Gefängnisses und starrte mit brennenden Augen in die Dunkelheit. Es mussten Tage vergangen sein, seit sie eingeschlossen worden war, denn obgleich sie jegliches Zeitgefühl verloren hatte und seltsamerweise weder Durst noch Hunger spürte, merkte sie doch, wie ihr Körper immer schwächer wurde. Mittlerweile konnte sie sich vor Entkräftung kaum noch bewegen, geschweige denn stehen. Auch an ihren Nägel erkannte sie, dass sie lange, sehr lange schon hier festsaß, denn entweder waren diese mit unnatürlicher Geschwindigkeit gewachsen oder sie befand sich eben tatsächlich bereits viele Tage in ihrem Gefängnis.

Seltsam, ja unerklärlich genug, dass sie noch immer am Leben war, dass die Luft, wenngleich sie modrig und muffig war, nicht zu Neige ging. Zunächst hatte sie die Hoffnung gehegt, doch noch eine Öffnung zu finden, hatte mit angefeuchtetem Finger nach einem winzigen Lufthauch gespürt. Aber auch diese Hoffnung hatte sich zerschlagen, und nun, nach Stunden – Tagen? – der Verzweiflung und des Schreiens, hatte sie sich endlich damit abgefunden, dass ihr Weg hier zu

Ende war. Sie hatte die goldene Liturgienstola umgelegt, das Buch der Schlange umfasst und mit den Gebeten begonnen. Und obwohl ihre Hände zitterten, hatte ihr Herz sich beruhigt und war nicht länger von Panik überwältigt.

Trotzdem schweiften ihre Gedanken wieder und wieder ab, zu Sibelius, zu Wolf, zu Althea. Ob sie noch am Leben waren? Lea wünschte sich in diesem Augenblick sehnlichst, weinen zu können. Um die Novizin, die dort draußen allein war, um die Brüder der Societas, die hier ihr Leben gelassen hatten, und um sich selbst, um ihren schmachvollen, einsamen Tod und um die Menschen, denen sie noch so viel hatte sagen wollen und es nicht vermocht hatte. Aber ihre Augen waren trocken, so trocken, als hätten sie nie eine Träne geweint.

Stöhnend richtete sie sich ein wenig auf. Ihre Glieder waren unglaublich steif geworden, sie konnte sich kaum noch bewegen. Es war fast, als weigerte sich ihr Körper, seinen Dienst zu tun. Gedankenverloren stellte sie fest, dass ein seltsamer Geruch in ihre Nase drang. Ein ekelhaft süßlicher Duft, ein Gestank, den sie zu oft schon gerochen hatte: der Odem des Todes. Schlagartig war sie wach, wurden die vernebelten Sinne klar. Es stank nach Verwesung! Wie konnte das sein? Angstvoll hob sie den Arm zum Gesicht, um den Gedanken zu verbannen, der in ihrem Kopf wütete wie ein waidwundes Tier, ihn ad absurdum zu weisen. Allein, sie konnte sich nicht bewegen, ihr Leib war zu steif.

Kalt und starr ... wie eine verdammte Leiche. Nein, nein! Ihr Verstand weigerte sich zu akzeptieren, was sich ihr hier offenbarte. Sie war nicht tot, noch nicht, sie war noch voll und ganz bei Bewusstsein, und doch wurde ihr Körper starr wie der eines Toten? Roch ihre Haut, ihre trockene, spröde, rissige Haut nach faulen Eiern und schrumpfte zusammen, sodass es aussah, als wüchsen ihre Nägel? Bei allen Mächten des Lichts, wie konnte das sein? Was war das für ein Albtraum, was für eine niederhöllische Tücke, die sie da heimsuchte?

Sie verweste! Sie verweste bei lebendigem Leibe!

»Naclador, gib mir Kraft!«

Der Schrei brach unvermittelt ab, als ihre vertrockneten Stimmbänder mit einem leisen Sirren unter der Belastung rissen.

Kapitel 14

»Verdammt!«, fluchte Raul und schlug mit der geballten Faust gegen die Felswand. »Ich hätte es wissen müssen.«

Der Jäger wich ein paar Schritte zurück, damit der Junge seinen Zorn nicht an ihm ausließ. Sie waren die letzten Tage und Nächte fast unaufhörlich durchgelaufen, hatten kaum etwas gegessen, geschweige denn geschlafen. Andiel, der einiges gewohnt war, war mit seiner Kraft am Ende angelangt, und er fragte sich, wie dieser hagere Junge das alles durchstehen konnte. Zwar sah Raul aus wie der leibhaftige Tod, die Narben hellrot auf der fahlen Haut, die Wangen eingefallen und die Augen so rot unterlaufen, dass sie fast zu bluten schienen. Aber dafür, dass er nie schlief und unermüdlich marschierte, wirkte er eigentlich noch recht frisch, und er selbst, Andiel, bot vermutlich auch keinen wesentlich besseren Anblick. Es war ein Wunder, dass sie noch keine Schlucht hinabgestürzt waren oder sich beim Klettern die Beine in einer Spalte zerquetscht hatten. Der Gebirgspfad – wenn man ihn denn mit viel Wohlwollen so nennen wollte – schien sie quer durch das Felsmassiv zu führen, und er war mehr als unwegsam. Oft mussten sie über Geröllhalden oder herabgestürzte Findlinge klettern, und Andiel hätte schon mehr als einmal aufgegeben. Doch Raul folgte dem Weg mit traumwandlerischer Sicherheit, und es war immer irgendwie weitergegangen. Bis jetzt.

Sie hatten eine kleine Schlucht durchquert, und nun ragten rechts und links neben ihnen steile Felswände viele Schritt über ihre Köpfe empor. Der ideale Platz für einen Hinterhalt, wie Andiel unbehaglich dachte. Aber wer sollte ihnen hier, am Ende Deres, schon auflauern?

Dann tauchte direkt vor ihnen diese Mauer auf, ein Felsen, ebenso hoch und steil wie die Wände rechts und links des Pfades, der den Weg wie ein gewaltiger steinerner Keil abriegelte. Man hätte ihn für eine Laune der Natur halten können, aber riesige, wenngleich halb verwitterte Zeichen waren in die Wand eingekerbt, die Andiel unwillkürlich zusammenzucken ließen. Abgesehen davon, dass er nicht lesen konnte, hatte allein ihr Anblick an diesem götterverlassenen Ort etwas überaus Bedrohliches. Besonders das Zeichen eines Einhorns, das sich wütend über einer Flamme aufbäumte, erfüllte ihn mit einer unerklärlichen Furcht.

»Verdamm mich«, wütete Raul indes weiter, »wo habe ich meinen Verstand gelassen? Natürlich haben diese Bastarde die Wege versperrt, die direkt zur Feste führen, und natürlich haben sie sämtliche Kraft darauf verwendet, die Schwarze für alle Zeiten unerreichbar zu machen. Natürlich haben sie den Weg zu *meiner* Feste blockiert. Allein«, er senkte seine Stimme, und ein Grinsen verzerrte das narbenbedeckte Gesicht, »es hätte ja auch sein können, dass sie nicht mehr dazu gekommen waren, dieses Werk zu vollbringen. Waren doch so sehr mit Sterben beschäftigt. Aber«, er runzelte die Stirn, und das böse Lächeln verschwand, »wie soll es nun weitergehen? Umkehren und einen anderen Pfad ausprobieren kommt nicht infrage, wir sind schon fast am Ziel. Und wer weiß, was sie mit den anderen Wegen gemacht haben.«

Erleichtert atmete Andiel auf. Er würde diese Reise nicht überleben, wenn sie noch länger als drei, vier Tage dauerte. Schon jetzt schrien seine tauben, geschwollenen Beine, dass er sich doch bitte in eine Schlucht werfen solle, damit sie endlich Ruhe hätten, und sein schmerzender Magen stimmte dem begeistert zu.

Der Knabe senkte derweil den Kopf und bewegte lautlos die Lippen, so wie er es in den letzten Tagen oft getan hatte. Es schien fast, als würde er sich mit einem unsichtbaren Freund beraten. Doch dann warf er Andiel unvermittelt einen Seitenblick zu, der diesem das Herz stocken ließ. Offensichtlich ging es in diesem unheimlichen Gespräch um ihn. Er schluckte trocken.

»Es würde mir Leid tun, ihn jetzt schon aufzugeben! Ich glaube, er hat das Zeug, ein guter Heerführer zu werden.«

»*Pah*«, Mey verzog das Gesicht, »*gute Heerführer gibt es wie Sand am Meer, wie Sterne am Himmel! Es ist nichts Besonderes an ihm.*«

»Ich weiß nicht«, Raul blickte den Jäger an, der regungslos dastand und darauf wartete, was er weiter tun sollte. »Er ist zäh, hat die letzten Tage nicht ein einziges Mal gejammert. Und er ist fähig, davon bin ich überzeugt. Abgesehen davon hat er mir bereits seine Loyalität bewiesen. Schließlich hätte er auch versuchen können, mich zu töten, als ich seine Gefährten richtete. Aber stattdessen hat er mir Gefolgschaft geschworen und diesen Schwur bis heute treu erfüllt.«

»*Er ist dir treu, weil er deine Macht spürt. Und weil er daran teilhaben will. Fielest du, so würde er dich ohne Reue verlassen, um sich einen neuen Herrn zu suchen. Und er würde jedem dienen, so wie er dir jetzt dient.*«

Widerwillig musste Raul dem Narren Recht geben. Andiel hatte nie einen Hehl daraus gemacht, warum er ihm folgte. Und wenn Raul Schwäche zeigen würde, dann würde der Jäger ihm ohne Zögern in den Rücken fallen, wenn es zu seinem Vorteil gereichte. Abgesehen davon, musste er es einfach tun, denn sie kamen anders nicht weiter, und es wurde Zeit, dass sie endlich in die Feste einzogen. Mey hatte etwas verlauten lassen, dass Feinde ihnen auf der Spur waren, und es war wichtig, die Schwarze wieder zu rüsten, bevor ihre Widersacher hierher fanden. Die Zeit wurde knapp.

»Der Bruder des Meisters wird einen Preis für den Dienst verlangen. Und wir brauchen seine Hilfe«, sagte Mey eindringlich, *»also sollten wir nicht länger zögern und das Opfer bringen, das gebracht werden muss.«* Er kicherte. *»Ein besserer Preis als deine Seele ist seine Seele!«* Und er schlug mit scheppernden Schellen ein Rad.

»Eigentlich«, erklärte Raul, »erfüllen wir meinem treuen Heerführer damit ja seinen Herzenswunsch. Wir geben ihm sozusagen seine Bewährungsprobe. Er wird ein mächtiges, sehr mächtiges Wesen führen, und wir werden sehen, ob er gut genug dafür ist.«

Mey riss amüsiert die Augen auf und kreischte vor Lachen.

Offensichtlich war der Junge zu einem Entschluss gekommen, denn er wandte sich ihm zu. »Mein Heerführer! Es ist der Tag gekommen, dir das erste Wesen meiner Scharen anzuvertrauen, das du für mich führen sollst.«

Andiel stieß überrascht ein Pfeifen aus. Mit wirklich vielem hatte er gerechnet, aber nicht damit. »Mein erster Soldat?«, fragte er ungläubig, und in seinem Magen breitete sich ein wohlig-warmes Kribbeln aus.

»Und was für einer«, bestätigte Raul lächelnd, »ein Wesen, mächtig und gewaltig, das uns durch die Lüfte tragen soll, bis hin zu meiner Feste. Das nur die Stärksten und Mutigsten lenken können und jene, die eine eiserne Hand und einen ebensolchen Willen ihr Eigen nennen. Kannst du das von dir behaupten, bist du Manns genug, dieses Wesen für mich zu führen?«

Die Gier fuhr in Andiels Glieder wie ein Donnerschlag. »Ja, Herr, das bin ich!«, stieß er hervor, und seine Augen leuchteten wild.

Zufrieden nickte Raul. »Dann sei es so. Ich werde mich jetzt für einige Zeit zurückziehen. Sorge dafür, dass ich nicht gestört werde. Es ist sehr schwierig, dieses Wesen zu rufen, und jeder Fehler könnte uns das Leben kosten … Und mehr«, fügte er nach kurzem Zögern hinzu. »Ich brauche meine ganze Kraft, meine ganze Konzentration, und ich muss mich genau an das erinnern, was mich der Meister gelehrt hat. Es wird nicht einfach werden, und es wird etwas Zeit brauchen. Also warte hier!«

Die Eindringlichkeit der Worte beeindruckte Andiel, und er nickte nur stumm und gehorsam, wenngleich die Vorfreude seine Hände feucht werden ließ.

Raul zog sich von der Wand zurück, ging tiefer in die Schlucht hinein und kauerte sich schließlich hinter einem herabgefallenen Findling nieder. Bald war sein heiseres Murmeln zu hören, das in der Schlucht widerhallte wie unnatürlich lautes Rascheln von trockenem Laub. Auch Andiel ließ sich an der Felswand nieder und versuchte, sein erregt pochendes Herz zu beruhigen. Er war gespannt, an welcher Kreatur er seine Fähigkeiten beweisen durfte. Oh, er würde sie ohne Zweifel bezwingen, und wenn es das Letzte war, was er täte.

Die Stunden vergingen, und Andiel musste eingenickt sein, denn als er den Kopf hob, um zum Firmament zu blicken, war das leuchtende Blau der Mittagsstunde dem dunklen Purpur der Abenddämmerung gewichen. Das Kreischen, das ihn aufgeschreckt hatte, schien direkt vom Himmel zu kommen, aber es dauerte einen Augenblick, bis er den schwarzen Punkt wahrnahm, der aus unglaublicher Höhe zu ihnen herabstieß und erneut diesen schrillen Schrei ausstieß, der das Herz des

Jägers vor Furcht erbeben ließ. Nur mühsam konnte er sich davon abhalten, hinter einen Felsen zu springen, den Kopf in den Armen zu bergen, damit er es nicht sehen, nicht mehr hören brauchte. Stattdessen erhob er sich und biss sich auf die Lippen, damit ihn der stechende Schmerz die Fassung wiedererlangen ließ.

Der Junge kam auf ihn zu, und Andiel erschrak, als er ihn sah, denn Raul wirkte nur mehr wie die Parodie eines Menschen, ein bis aufs Skelett abgemagertes Wesen mit eingefallenen Wangen und schwarzen Augenhöhlen, in denen es violett funkelte. Die Anrufung der Kreatur musste ihn unglaublich viel Kraft gekostet haben, und so wie es aussah, war der Knabe nicht mehr allzu weit von der völligen Selbstzerstörung entfernt. Doch Andiels Gedankengang nahm ein abruptes Ende, als die Kreatur ihren Sturzflug beendet hatte und mit einem finalen Kreischen in der Schlucht landete. Dem Jäger stockte der Atem. Dergleichen hatte er bereits gesehen, bei der Trollpfortenschlacht, nur aus weiter Entfernung zwar, aber das Entsetzen und das Chaos, das diese Wesenheit verbreitete, hatte auch er fühlen können. Und nun stand sie vor ihm, keine drei Schritt entfernt, und ihre Augen, die wie glühende Kohlen waren, bohrten sich in sein Herz. Es war eine geflügelte Schlange, deren dunkelgrün geschuppter, metallisch glänzender Leib nun unruhig über den Steinboden scharrte. Gut fünf Schritt mochte sie lang sein, und ihre ledrigen Schwingen bebten ungeduldig, als dem mit furchtbaren Fängen bewehrten Maul ein Fauchen entwich.

»Bist du bereit, mein Heerführer?« Die erschöpfte, doch zugleich schneidende Stimme Rauls konnte nur mit Mühe das Zischen der Kreatur übertönen. »Bist du stark genug?«

O ja, er war stark. Welch eine grandiose Herausforderung! Er würde dieser kleinen Schlange schon zeigen, wer ihr Herr war. »Ja«, brüllte er, »ja!« Nur mühsam formten sich die Worte, das Tosen seines Blutes machte das Denken fast unmöglich. »Wie?«, fragte er atemlos.

Mit überraschender Kraft packte Raul ihn und zog ihn zu der Schlange, die zu Andiels Überraschung den Leib flach auf den Boden presste, sodass sie auf ihren Rücken steigen konnten. Sie setzten sich direkt hinter den mächtigen Kopf, der wie eine faszinierende und gleichermaßen entsetzliche Kreuzung aus Schlange und Drache wirkte. Vor ihnen ragte ein spitzes, grünschwarz schillerndes Horn aus dem Nacken des Wesens. Raul atmete flach und, wie es schien, unter größter Anstrengung. Hin und wieder entwich ihm ein gequältes Wimmern, was er nicht einmal zu bemerken schien. Die Adern an seiner Stirn pulsierten blau, als er langsam Andiels linke Hand nahm, seinen Heerführer noch einmal ansah und auf sein Nicken hin dessen Handfläche auf das Horn legte. Schon wollte der Jäger es umfassen, als ihm Raul unvermittelt und mit ganzer Kraft auf den Handrücken schlug, sodass die Hand von dem grün schillernden Dorn durchbohrt wurde. Im selben Augenblick, als der Junge aufseufzte und sein Gesicht einen befreiten Ausdruck annahm, mischte sich Andiels Schrei mit dem Kreischen des Karakils.

Der Schmerz, der ihn durchfuhr, war unerträglich. Die Knochen in seiner Hand waren in tausend Splitter zersprungen, das Horn aber schien aus purem Feuer zu sein, das sich nun sengend heiß, gleichzeitig aber kalt und schwer durch sein Fleisch fraß, während sein Blut dunkelrot am Hals der Kreatur hinabfloss. Doch das Schlimmste war, dass er nun auf eine widernatürliche Art mit dem Vieh verbunden zu sein schien und dessen dämonischen, unbändigen Hass in sich lodern spürte, von seiner Lust zu töten überschwemmt, von der Wut über die Demütigung der Anrufung innerlich zerfetzt wurde. Gepeinigt stöhnte er auf.

Wie von weitem hörte er Rauls Stimme. »Konzentriere dich! Wo ist dein eiserner Wille, wo deine Kraft, Heerführer?«

Mühsam versuchte Andiel aus der Woge aus Pein und Schmerz aufzutauchen, obgleich er das Gefühl hatte, aus unzähligen inneren Wunden zu bluten. Beherrschen. Nur langsam wurde ihm der Sinn dessen klar, was der Junge gesagt hatte. Er sollte dieses Wesen beherrschen. Die Wut über seine Schwäche ermöglichte es ihm langsam, die Kontrolle zu gewinnen, auch wenn sich die Kreatur aufbäumte und mit all ihrer niederhöllischen Kraft gegen ihn ankämpfte. Doch es gelang ihm.

»Wohin?«, fragte er heiser, und der Triumph darüber, dass sich das Wesen seinem Befehl beugte und sich mit einem Schlag der stumpfen, dornenbewehrten Flügel in die Luft erhob, schmeckte bitter wie das Blut seiner aufgebissenen Lippen.

Kapitel 15

Lea Elida betete unaufhörlich, obwohl kein Laut mehr aus ihrer Kehle drang. Ihr kalter, toter Körper bewegte sich langsam vor und zurück, wiegte sich zu einem unhörbaren Rhythmus, in dem ihr stummes Gebet dahinfloss. Es hatte sie all ihre Willenskraft gekostet, den Wahnsinn zurückzudrängen, der nach der grausigen Erkenntnis hohnlachend in ihrem Kopf Einzug gehalten hatte, und es war ihr nur gelungen, indem sie sich mit allem, was noch an Ratio in ihr gewesen war, zur Meditation gezwungen hatte, bis sie schließlich ihren Geist der Göttin zu nähern und ihn von diesem faulenden Käfig, der ihr Körper war, zu trennen vermochte.

Nur so hatte sie die Schmerzen ertragen können, die mit einem Mal wie ein tosender Orkan über sie hereingebrochen waren, als ihr Blut sich gesenkt hatte, nach unten geflossen war. Auch ohne hinzusehen wusste sie, dass die Unterseite ihrer Beine nun blaurote Flecken aufwies; zu oft hatte sie die Leichenflecken schon an den Leibern der Toten gesehen.

Aber auch das ging vorüber, und als die Totenstarre von ihr abließ und sie feststellte, dass sie sich wieder ein wenig bewegen konnte, hatte sie sich gezwungen, nicht darüber nachzudenken, was weiter mit ihr geschah, wie sie es aushalten sollte, bei lebendigem Leibe zu verdorren und schließlich zu verrotten, ohne dem Irrsinn anheim zu fallen; sie ahnte, dass es ihr auf

Dauer nicht gelingen würde. Nur ihr eiserner Wille konnte die Regung unterdrücken, den Schädel immer und immer wieder gegen die Felswand zu schlagen. Ihr Wille und das Wissen darum, dass genau das es war, was der vielgestaltige Blender, der hohe Meister des Wahnsinns, mit seiner grausamen Falle bewirken wollte.

Irgendwann waren nur mehr die Worte der Gebetssequenzen in ihrem Kopf; der Rest versank in einem grauroten, pulsierenden Nebel, der alles ringsumher in sich verschlang. Sie hielt sich an den Worten fest wie ein Ertrinkender an einer Planke, klammerte sich mit aller Kraft daran, waren sie doch das Einzige, was ihr geblieben war und sie noch ein wenig vor der Raserei bewahren konnte. Und immer wieder sandte sie die Bitte an den hohen Drachen der Göttin, immer wieder die Worte ›Naclador, gib mir Kraft‹, das Leuchtfeuer einer verlorenen Seele, gen Alveran.

Das Klirren von Metall auf Stein riss sie aus ihrer Trance. Verstört richtete sich der Blick ihrer brennenden Augen in die Richtung, aus der das Geräusch kam. Trotz der Dunkelheit konnte sie die Umrisse erahnen und tastete unwillkürlich nach dem Gegenstand, den sie wahrnahm. Es war ihre Basiliskenzunge, der Dolch, den jeder Draconiter zur Weihe erhielt. Fast zärtlich strich sie über die fein geschwungene Klinge, spürte das Schlangensymbol, das darin eingraviert war. Sie sah die Waffe in allen Einzelheiten vor sich, das matt schimmernde, dunkle Metall und den mit dunkelgrünem Leder umwickelten Griff. Die Erinnerung an den Tag ihrer Weihe stieg in ihr hoch, so lange her und doch unvergessen. Das stundenlange Knien auf dem glatten Marmor, das überwältigende Brausen der Choräle, das samtige Grün ihres ersten Buchs der Schlange, das ihr feierlich in die Hände gelegt wurde. Und das Antlitz von Pater Primus, als er ihr die Basiliskenzunge ausgehändigt hatte, mit stolzem Lächeln und doch einem

Ausdruck von Trauer und tiefem Mitgefühl in den Augen.

Es war nur der Hauch eines Stöhnens, der über ihre Lippen kam, dabei hätte sie jetzt so gern geschrieen, ihrem Kummer und ihrem Schmerz mit klagendem Wehgeschrei Luft gemacht. Warum? Warum nur?

Ihre trockenen Hände umfassten die Klinge fester, spürten, wie sie die Handfläche durchdrang und vom Blut feucht wurde.

Blut? Wie konnte das sein? Wenn ihr Körper tot und das Blut bereits abgesunken war, dann durfte sie nicht mehr bluten! Hoffnung flackerte jäh in ihr auf, aber ihr Herz blieb stumm, fing nicht in froher Erwartung zu schlagen an, und die Regung erlosch so schnell, wie sie gekommen war. Sie zwang sich erneut zur Ruhe und versuchte beherrscht Resümee zu ziehen. Es gab zwei Möglichkeiten: Entweder, diese Falle war doch eine Illusion. Aber sie hatte bereits alles in ihrer Macht Stehende versucht, den Trug zu beenden oder zu durchdringen und hatte es doch nicht zuwege gebracht. Dann also war dieses Blendwerk ebenso tödlich wie die Wirklichkeit.

Oder die Kraft der geweihten Klinge vermochte es, ihren verwesenden Körper endgültig zu töten. Dann würde ihr Geist frei werden, wenn der Dolch ihr Herz durchdränge, und sie dürfte auf das Rauschen von Golgaris Flügeln hoffen, der sie übers Nirgendmeer in die zwölfgöttlichen Paradiese tragen würde. Und Götter, das war alles, was sie sich noch wünschte! Nicht für alle Ewigkeiten in diesem vertrockneten Körper gefangen zu sein, sondern Erlösung zu erfahren, vor dem Wahnsinn fliehen zu dürfen, der in der Dunkelheit lauerte, sie schon bald wie ein reißender Wolf anfallen und zerfleischen würde. Und sie würde nicht mehr lange widerstehen können, sie war mit ihrer Kraft am Ende!

Ein rasselndes Schluchzen drang aus ihrer Kehle, als sie die Basiliskenzunge mit beiden Händen umfasste und die Spitze der Klinge unter ihre linke Brust richtete, genau dorthin, wo vor kurzem noch ein trotziges, starkes Herz geschlagen hatte. *Requiem eternam dona mihi, Domina!* Und sie schloss die Augen.

Grübelnd starrte Althea in die Finsternis. Es wäre sicherlich vernünftiger, auf dem Hauptweg zu bleiben. Dieser unglaublich enge Gang, der links abzweigte und irgendwie noch dunkler als die anderen zu sein schien, würde bestimmt nicht nach draußen führen. Andererseits war es unglaublich verlockend, endlich von dem grausigen Relief wegzukommen und von diesen allgegenwärtigen Augen, die einen heftigen Verfolgungswahn in ihr auslösten. Hatte sie vorher schon hin und wieder das Gefühl gehabt, beobachtet zu werden, so schrak sie nun immer häufiger unvermittelt zusammen, warf gehetzte Blicke hinter sich und wurde allmählich zermürbt von der Gewissheit, dass etwas unglaublich Böses sie im Blick behielt. Allein aus diesem Grund war es schon eine überlegenswerte Alternative, in dieses Gängchen abzubiegen. Unentschlossen kramte sie die Münze hervor, um das Schicksal entscheiden zu lassen. Wieder warf sie die Zahl, und so bog sie mit einem Gefühl der Erleichterung nach links ab.

Schon nach wenigen Schritten ließ das Gefühl nach, beobachtet zu werden. Sie hob die Laterne etwas höher, um besser sehen zu können; es war wirklich ganz unglaublich dunkel hier. Und irgendwie roch es ziemlich muffig. Eine Biegung nach rechts, eine nach links, wieder eine nach rechts. Wenn es nur nicht so eng wäre, man konnte sich kaum bewegen. Noch mal rechts. Es war vielleicht doch keine so gute Idee gewesen, diesen Weg zu wählen. Links. Der Gestank wurde immer schlimmer, oder bildete sie sich das ein? Doch lieber umkehren? Rechts. Erschrocken schrie sie auf und konnte gerade noch innehalten, sonst wäre sie in das riesige Spinnennetz gelaufen, das vor ihr den Weg versperrte. Klebrige weiße Fäden, so dick wie Schiffstaue, spannten sich zu einem komplizierten Gewebe, in dem undefinierbar verwobene Klumpen und schwärzliche Fleischreste hingen, die bestialisch stanken. Auf der anderen Seite des Netzes aber meinte Althea einen gut anderthalb Schritt breiten Schatten zu erahnen, der sich jetzt leise regte; gierig glänzten acht grünliche Augen auf. Angeekelt wich die Novizin zurück, drehte sich um, um davonzulaufen, aber da glitten hunderte und aberhunderte winziger Spinnen an hauchdünnen Fäden von der Decke herab, die schwarz behaarten Beinchen wild zuckend; und sie fielen auf sie nieder, krochen blitzschnell um sie herum, krabbelten über ihren Körper, bissen boshaft zu, um lähmendes Gift in ihr Blut zu spritzen.

Althea schrie, schlug voller Panik nach dem wimmelnden, vielbeinigen Schrecken auf ihrem Leib, warf sich an die Wand, um sie zu zerquetschen, aber es waren viel zu viele, wie eine zuckende, kratzige Decke hüllten sie sie ein. Verzweifelt schlug sie um sich, wieder und wieder, unaufhörlich schreiend, und die Welt schien über ihr zusammenzubrechen, sich aufzulösen, bis es nichts mehr gab als ihren Schrei und das zuckende Grauen rings um sie herum.

Leas Hände weigerten sich, ihre Pflicht zu tun. Zitternd hielten sie die Klinge, unfähig zuzustoßen. Dabei wäre es doch so einfach! Der letzte Ausweg aus der Falle, die letzte Hoffnung, noch Seelenfrieden zu finden, ein für alle Mal jeglichen Grausamkeiten zu entfliehen!

Trotzdem schlug sie die Augen auf, und plötzlich strömte die heiße Wut durch ihren Körper.

Folgte sie so etwa dem Willen der Göttin? Zeigte sie

so Stärke in des hohen Drachen Namen? Ihr Leben gehörte der alveranischen Schlange, nur die Göttin durfte es nehmen, sie allein. Lej'al'jêrim, flüsterte ihr Mund lautlos, die stark ist im Herzen!

Nein. Sie würde nicht unterliegen, sie würde nicht aufgeben. Verdammt, sie war die Erste der Eisernen Schlange, sie war Lej'al'jêrim! Zornig warf sie die Basiliskenzunge von sich, als wäre es eine giftige Natter. Gleichzeitig ging eine Welle der Wärme von dem Drachenamulett aus, das sie vom Wächter der Societas bekommen hatte.

Wenn es Fügung war, dass sie hier Äonen verharren musste, in einem verdorrenden Körper ewig den Wahnsinn bekämpfend, dann würde sie sich verdammt noch mal in Demut fügen! »Lej'al'jêrim!« Plötzlich hallten die Wände wider von ihrer Stimme, die laut und zornig aus ihrem Körper drang, ihr wie der triumphierende Fanfarenstoß eines siegreichen Heerführers vorkam. Wieder und wieder schrie sie ihren geheimen Namen. Und spürte mit einem Mal das harte Pochen ihres Herzens im Brustkorb, das Tosen des Blutes in ihren Adern, die wilde Hitze der Freude, die sie durchflutete. Und hörte, wie unweit vor ihr die Antwort kam: Ein hohes, lang gezogenes Heulen, gefolgt von einem fordernden Bellen. »Wolf!«

Lea Elida tastete nach ihrem Dolch, ergriff ihn, erhob sich dann vorsichtig von ihrem Platz und machte ein paar unsichere Schritte in die Richtung, aus der das Geräusch gekommen war. Ihre Beine schmerzten wie von tausend Nadelstichen, als das Blut in die Gliedmaßen zurückfloss. Schwankend folgte sie dem Bellen, und dort, wo eben noch Fels gewesen war, steinerne Wand, die sie unzählige Male abgetastet hatte, da lief sie nun einfach hindurch, zurück auf den Weg, den sie gekommen war. Wolf wartete schon auf sie. Stumm sank sie auf die Knie, ließ die stürmische Begrüßung über sich ergehen, spürte die raue Zunge des Tieres an ihrem Hals, als sie ihr Gesicht in dem weichen, warmen Fell vergrub und gierig seinen strengen Geruch einatmete, den Duft eines lebenden, atmenden Wesens. Plötzlich zitterte sie am ganzen Leib, krallte sich an dem Hund fest und konnte ihn nicht mehr loslassen. Wolf hielt geduldig still, bis ihr Körper endlich aufhörte zu beben.

Lea kraulte ihn hinter dem Ohr, dort, wo er es am liebsten mochte; genüsslich legte Wolf den Kopf schief. »Danke, mein Lieber«, flüsterte sie.

Als sie sich umsah, war ihr Gefängnis verschwunden, und der Weg führte weiter in die Dunkelheit. Eine Illusion. Eine verfluchte, beinahe tödliche Illusion. Sie gab Wolf einen Klaps auf den Rücken, stand auf und schüttelte die Laterne. Es war seltsamerweise noch Lampenöl darin. Sie hatte nicht die leiseste Ahnung, wie lange ihre Gefangenschaft tatsächlich gedauert hatte. Rasch entzündete sie den Docht und sagte dann zu Wolf, der sich gerade ausgiebig streckte: »Komm, wir müssen Althea finden.«

Er sah sie fragend an, und sie wiederholte: »Komm! Such Althea!« Da lief er los, und trotz seiner Verletzung hatte sie Mühe, mit ihm Schritt zu halten.

Etwas packte Altheas Handgelenke, und sie hörte eine Stimme und ein anderes, dröhnendes Geräusch, aber das Krabbeln ließ nicht nach. Plötzlich drang ein brennender Schmerz auf ihrer rechten Wange in ihr Bewusstsein und gleich darauf ein ebensolcher auf der linken Seite. Jemand hatte sie geschlagen. Sie klappte den Mund zu und starrte ihren Widersacher an.

»Althea! Es ist eine Illusion! Nichts von dem, was du eben gesehen hast, ist wirklich! Hörst du mich?« Es war Lea Elida, und das laute Geräusch stammte von Wolf, der sie wie von Sinnen ankläffte.

»Hochwürden!«

Mit einem Schluchzen fiel sie der Geweihten in die Arme; diese hielt sie fest umschlungen, ließ sie nicht mehr los, und Althea weinte, bis sie keine Tränen mehr hatte.

In der rechten Ecke der Sackgasse aber – denn der Gang war hier zu Ende – saß eine kleine, schwarze Spinne regungslos in ihrem fein gewebten Netz und beobachtete die Szenerie mit acht unergründlichen, grün glänzenden Augen.

»Ist ja gut!« Lea Elida strich Althea über das rot gelockte Haar. Langsam beruhigte sich das Mädchen. Wolf starrte sie an, dann setzte er sich abwartend hin.

Lea seufzte. Sie war unsagbar erleichtert, dass sie Althea gefunden hatte. Zielsicher hatte der Wolfshund seinen Weg gefunden, sie durch das Labyrinth geführt, und schließlich hatten sie das Mädchen entdeckt – ganz in der Nähe ihres eigenen Gefängnisses. Wahrscheinlich war die Kleine ständig im Kreis gelaufen. Immerhin hatte sie den Hauptgang gefunden und damit vermutlich den Weg ins Zentrum dieses götterverlassenen Irrgartens. Nun, Althea würde ihr jedenfalls nicht mehr abhanden kommen, und wenn sie das Mädchen an sich anketten müsste.

Die Novizin kam allmählich wieder zu Atem und wischte sich die Tränen aus dem dreckverschmierten Gesicht. »Ich bin so froh, dass wir wieder zusammen sind«, schniefte sie.

»Ich auch, glaub mir, ich auch«, entgegnete Lea Elida und drückte sie noch einmal an sich, bevor sie die Novizin losließ. »Komm jetzt, lass uns zurückgehen. Warum bist du denn nur in diese Sackgasse gerannt und nicht auf dem breiten Gang geblieben?«

Althea schnäuzte sich kräftig, um etwas Zeit zu gewinnen. Sie wollte nur ungern zugeben, dass sie sich vor dem Relief gefürchtet hatte, was ihr nun, im Nachhinein, geradezu lächerlich vorkam. »Ich dachte, ich hätte ein Geräusch gehört, und wollte nachsehen, ob Ihr es seid«, log sie frei heraus und wurde prompt knallrot im Gesicht.

Aber Hochwürden Welfenhaag ging nicht darauf ein. »Gehen wir!«

Althea folgte ihr, um möglichst schnell Abstand zwischen sich und diese unheimliche Sackgasse zu bringen.

Kapitel 16

»Sind diese Wände nicht ganz furchtbar?« Die Novizin versuchte es angestrengt zu vermeiden, die Ornamentik anzusehen, aber immer wieder schweiften ihre Blicke über die Furcht erregenden Bilder, die ihr aufs Neue eiskalte Schauer über den Rücken jagten.

Pflichtbewusst nickte die Geweihte. »Wirklich abstoßend. Eindeutig Symboliken, die der Domäne des Antihexarions zuzuordnen sind«, kommentierte sie ungerührt.

»Ja, ganz eindeutig«, stimmte Althea zu. Sie wünschte sich, ebenso sachlich kühl bleiben zu können wie die Geweihte, die keine Gefühlsregung mehr gezeigt hatte, seit sie auf den Gang zurückgekehrt waren. Nur wenn sie nach ihrem Hund sah, wirkte sie ein wenig besorgt, denn der hinkte immer stärker, und sie mussten langsamer gehen, damit er Schritt halten konnte. »Wäre es nicht besser, wenn Wolf wieder nach draußen ginge oder vielleicht hier auf uns warten würde, um sein verletztes Bein zu schonen?«

»Er wird uns nicht mehr allein lassen«, entgegnete Lea. Und tatsächlich hielt sich der Hund dicht neben ihr.

Als der Gang plötzlich endete, näherten sie sich einem steinernen Portal. Das zweiflügelige Tor war erst bei genauerem Hinsehen als solches zu erkennen, schien es doch für den flüchtigen Betrachter fester Bestandteil der Mauer zu sein, die es umgab. Jene Wand aber war über und über mit dünnleibigen, doppelköpfigen Eidechsen graviert, die einander mit ihren gespaltenen Zungen umschlangen und sich gegenseitig die spitzen, siebenzackigen Klauen in die teils grotesk verrenkten Körper bohrten. Im Zentrum aber, dort wo man, wenn man mit großer Anstrengung hinsah, die Umrisse des gut drei Schritt hohen, spitz zulaufenden Portals ausmachen konnte, da wandelte sich die Gravur und wurde zum erhabenen Relief, da verließen die vielgeschuppten Leiber die zweidimensionale Wand, schälten sich verbissen immer plastischer aus ihr heraus, bis im Herzstück des Tores schließlich die Kreaturen so figürlich wurden, dass man meinen konnte, die Echsen wären tatsächlich zum Leben erwacht und umschlängelten sich nun geschmeidig, glitten voll boshafter Heimtücke aus der Wand und wieder in sie hinein.

Beklommen standen die beiden Frauen vor dem schaurig schönen Werk; sie mussten den Kopf in den Nacken legen, um seine Schwindel erregende Komplexität erfassen zu können. Es war ein atemberaubendes Meisterstück, das geniale Lebenswerk eines omnipotenten Virtuosen mit dem Meißel. Eines komplett wahnsinnigen Virtuosen wohlgemerkt, wie Althea im Stillen feststellte.

»Beim heiligen Argelion, was für ein Anblick«, entfuhr es ihr. Ihre Worte hallten leblos und hohl im Gang wider.

Die Geweihte der Eisernen Schlange zog die Brauen zusammen, und ihre Mundwinkel zuckten.

»Scheint, als wären wir auf der richtigen Spur. Das muss der Hauptgang gewesen sein, der zu dem verschütteten Ausgang führt, und dieses Tor bildet aller Wahrscheinlichkeit nach den Zugang zur Feste selbst«, sagte sie leise. Wolf jaulte zustimmend, woraufhin ein grässlicher, vielstimmiger Heulgesang von den Wänden zurückprallte und ihnen wütend um die Ohren schlug. Die Geweihte hielt dem Hund, der aufgeregt bellen wollte, mit geübtem Griff die Schnauze fest, bis dieser verstummte und nur noch leise knurrend mit den bernsteinfarbenen Augen die Umgebung nach seinen stimmgewaltigen, aber geruchlosen Widersachern absuchte. Althea hatte sich erschrocken die Ohren zugehalten und bemerkte flüsternd: »Das mit dem unauffälligen Hineinschleichen hat sich jetzt vermutlich von selbst erledigt.«

Lea zuckte nur gleichmütig die Schultern und widmete ihre Aufmerksamkeit wieder der Wand vor ihnen, sobald sie sicher sein konnte, dass Wolf sich tatsächlich beruhigt hatte.

»Siehst du die Echse dort direkt im Zentrum des Tores?« Sie deutete auf ein Reptil, das sich eben aus der Wand geschält zu haben und, den Oberkörper weit zurückgebeugt, den Betrachter aus den beiden bösartig aufgerissenen Mäulern anzuzischen schien. »Fällt dir an ihr etwas auf?«

Schon wollte Althea verneinen, dann sah sie genauer hin und erkannte, worauf die Draconiterin hinauswollte. »Die Augen. Dieses Tier hat als einziges Steine als Augen, Citrinsplitter, wenn ich das recht erkenne. Und …« Die Entdeckung, die sie machte, ließ sie erschaudern, und ihre Stimme versagte. Die winzigen spitzen Zähne der beiden Köpfe glänzten dunkel, und auch auf dem gesamten Korpus des Tieres waren Flecken in rötlichem Braun auszumachen. Ob das Blut war? Wenn ja, wirkte es jedenfalls noch ziemlich frisch.

Sie warf einen Seitenblick auf Lea, aber die schien die Flecken entweder zu übersehen oder bewusst zu ignorieren, jedenfalls sagte sie: »Gut erkannt, Filia! Vermutlich müssen zwei Finger in die Öffnungen geführt werden, dem Abstand nach zu urteilen Daumen und Zeigefinger.« Die Geweihte fuhr mit den Fingern gedankenverloren über die Narbe an ihrem Hals, so behutsam, als bereitete diese ihr Schmerzen und als wollte sie die Haut durch sanftes Streicheln beruhigen. »Rechte Hand vermutlich, denn von links, was von jeher für den schwarzen Weg der Magie steht, nach rechts wären es vulgo der sechste und der siebente Finger. Sechs für den vielgestaltigen Blender und sieben als die magischste aller Zahlen an sich, würde passen«, murmelte sie abwesend.

»Augenblick mal! Ihr wollt doch da nicht etwa reingreifen?«, fragte Althea ungläubig.

Lea schreckte aus ihrem Gedankengang auf, lächelte und schüttelte den Kopf. »Natürlich nicht. Das ist ganz offensichtlich ein Portal, das zumindest von einem Paktierer geschaffen wurde, wenn nicht gar durch dämonische Macht selbst. Und ich bin eine Geweihte. Egal, ob der Mechanismus funktioniert oder nicht, er würde mich allein aus diesem Grund vermutlich nicht unerheblich verletzen.«

»Aber *ich* bin noch nicht geweiht«, ergänzte Althea und machte damit ihrer Befürchtung Luft. Vermutlich würde Lea sie jetzt gleich fragen …

Die Geweihte sah sie finster an. »Glaubst du wirklich, ich könnte das von dir verlangen? Außerdem bist du Novizin, hast also die Erste Weihe bereits empfangen. SIE hat dich zur Novizin gemacht. Vergiss das bitte nicht!«

»Und was tun wir dann, um weiter zu kommen?«

»Nun, ich schätze, wir haben ein Problem.« Lea Elida ging in die Hocke und kraulte Wolf, der unruhig mit dem Schwanz zuckte. »Lass uns ein wenig nachdenken.«

Sie fixierte die Eidechse, als wollte sie sie mit ihrem eisernen Blick zwingen, den Weg freizugeben. Naserümpfend betrachtete Althea das verschlossene Tor, das sie mitleidslos und völlig ungerührt am Weiterkommen hinderte. Wie sollten sie an diesem riesenhaften Bollwerk der Finsternis nur vorbeikommen?

Schade, dass die Leiche am Eingang des Labyrinths zu Staub zerfallen war. Sonst wäre es zumindest möglich gewesen, den Weg zurück zu suchen, ihr die Hand abzunehmen und diese dann in das Torschloss zu stecken. Obwohl Althea schon ahnte, dass Hochwürden Welfenhaag mit dieser Idee vermutlich nicht so ganz einverstanden wäre. Hm, leider hatten sie auch sonst nichts Vergleichbares, was sie hätten verwenden können. Ein adäquater Ersatz für zwei Finger, da fielen ihr spontan höchstens zwei frische Blutwürste ein, Pater Sibelius' Leibspeise. Wie auf Befehl knurrte ihr Magen laut und vernehmlich. Peinlich berührt presste sich Althea die Hand auf den Leib, was ihren leeren Magen jedoch wenig beeindruckte; er wiederholte das Knurren und schickte ein herzerweichendes Gurgeln hinterher. Ich sterbe, wenn ich nicht sofort etwas zu essen bekomme, lautete die unüberhörbare Botschaft. Lea und Wolf blickten sie an, und Althea stellte eine geradezu unheimliche Ähnlichkeit in ihren Blicken fest ...

»Du hast Hunger«, stellte die Geweihte fest. »Verzeih, ich habe vergessen, wie lange wir schon unterwegs sind. Lass mich sehen, was wir noch haben.« Und sie wühlte in ihrer Leinentasche.

Eine seltsame Regung überkam Althea, als sie Hochwürden Welfenhaag dort in aller Ruhe nach etwas Essbarem suchen sah, eine Mischung von Ungeduld und Zorn. Die Geweihte schien sich offenbar damit abgefunden zu haben, dass sie nicht weiter kamen, dass dieses verdammte Dämonenwerk ihnen den Weg versperrte und sie vielleicht noch Stunden ohne eine Lösung davor verharren mussten. Sie war doch eine Eiserne Schlange, warum war sie so übervorsichtig? So feige?

Bevor ihr plötzlicher Wagemut verebben und die Draconiterin aufschauen und sie an ihrem Vorhaben hindern konnte, machte Althea einen schnellen Schritt nach vorn und steckte Daumen und Zeigefinger der rechten Hand in die beiden Echsenmäuler. Aus den Augen des Reptils schossen grellgelbe Blitze, und die Kiefer klickten leise, als sie sich um Altheas Finger schlossen, die ein nadelscharfer Schmerz durchzuckte. Erschrocken schrie sie auf.

Als das Tier den Biss wieder löste, waren die spitzen Zähnchen blutverschmiert. Die Novizin zog ihre Hand zurück und betrachtete besorgt ihre Finger. An jedem quollen aus sechs winzigen Stichwunden feine Bluttröpfchen, die wie feine, dunkelrote Rosenknospen wirkten. Es hatte jedoch kaum geschmerzt, wie sie im Nachhinein zugeben musste.

Mit hartem Griff packte die Geweihte ihren Oberarm und riss sie hart zurück. Keinen Augenblick zu früh, den nur einen Herzschlag später sprang das Tor plötzlich nach außen auf, lösten die Echsen sich aus ihrer todbringenden Umklammerung, schlugen die mächtigen Flügel des Portals ihnen mit hundertfachem Fauchen entgegen und kamen erst kurz bevor sie an die Seitenwände des Ganges prallten, zum Stillstand. Das Tor war offen, und Althea konnte in der Dunkelheit dahinter eine breite und hohe Wendeltreppe erkennen, die nach oben führte. Doch sie hatte keine Zeit, sich dieser Erkenntnis länger zu widmen, denn Lea Elidas unerbittliche Hand ließ nicht locker und bohrte sich tief in das Fleisch ihres Oberarmes, während sie mit der anderen Hand die Basiliskenzunge an die Stirn der Novizin presste und ihren Kopf mit der Klinge nach hinten drückte.

»Tu das nie wieder!«, zischte es an Altheas Ohr.

Beklommen schluckte diese und nickte vorsichtig. Lea Elida stieß sie grob von sich, packte dann schweigend den Streifen Dörrfleisch, den sie aus ihrer Tasche gekramt hatte, und ging damit zum linken Türflügel. Die Eidechsen hatten ihre Stellung verändert und starrten den Neuankömmlingen nun mit leicht aufgerichteten Leibern in gespannter Erwartung entgegen. Der Leib der Echse, die den Öffnungsmechanismus ausgelöst hatte, war jetzt zweigeteilt, eine Hälfte auf dem linken, eine auf dem rechten Torflügel, und jeder der beiden Köpfe reckte sich neugierig glotzend dem Besucher entgegen. Lea hielt den Fleischstreifen in das linke Maul des Tieres. Mit einem kehligen Keuchen erwachte die Echse blitzschnell zum Leben, schlang behände beide Zungen um das Fleischstück, um es zu zerquetschen, während Fänge und Klauen das ihre taten, das Opfer zu zerreißen. Binnen weniger Herzschläge war das Dörrfleisch in unzählige winzige Fetzen zerlegt, und das Reptil erstarrte wieder zu steinerner Unbeweglichkeit.

»Das hätten deine Finger sein können«, sagte Lea Elida kalt.

Althea wurde übel.

Die Draconiterin aber ließ ihr keine Zeit zur Besinnung. »Du hast es doch eilig«, sie packte Tasche und Laterne, »also lass uns gehen, nachdem du das Portal nun geöffnet hast.«

Ohne auf die Novizin zu warten, schritt sie zum Tor, zögerte auf der Schwelle einen Augenblick und verzog das Gesicht, als müsste sie mit Übelkeit kämpfen, ehe sie schließlich, gefolgt von Wolf, eintrat.

Natürlich, kein Wort des Lobes oder der Anerkennung ... Immerhin hatte sie das Tor aufbekommen, also was sollte das? Althea versuchte, die eindringliche Stimme zu ignorieren, die ihr vorhielt, dass sie töricht und unüberlegt wie ein unmündiges Kind gehandelt habe, aber es wollte ihr nicht recht gelingen. Seufzend folgte sie der Geweihten. Als sie an den Fleischfetzen vorbeikam, überlief sie ein Schauder. Was war nur in sie gefahren? Unwillkürlich beschleunigte sie ihren Schritt, um zu Lea aufzuschließen. Nachdem sie die dritte Stufe passiert hatte, vernahm sie hinter sich ein leises Schaben, und als sie sich umwand, musste sie feststellen, dass die Tür sich ganz langsam hinter ihnen schloss. Die Echsen aber hatten sich an den Torflügeln festgekrallt und spähten in gehässiger Häme hinter ihnen her, Fänge und Krallen boshaft gebleckt, und der Schein der Laterne warf ihre sich windenden Schemen vielfach vergrößert an die Wände, wo sie zuckend nach ihnen schlugen.

In Leas Kopf ging es drunter und drüber. Nicht nur, dass sie überrascht und verärgert war, weil die Novizin so unüberlegt gehandelt und sie beide damit in Gefahr gebracht hatte. Nein, sie frage sich auch, wie es möglich war, dass dieses Mädchen das Portal hatte öffnen können. Zum einen hatte auch Althea bereits die minderen Weihen empfangen und hätte zumindest starke Schmerzen bei der Berührung empfinden müssen, zum anderen war sich Lea Elida fast sicher, dass nur das Blut eines Paktierers das Portal hätte beleben dürfen.

Als die Geweihte unter dem Torbogen gestanden hatte, waren für die Dauer eines Lidschlages machtvolle Bilder und Gefühle auf sie eingestürmt. Sie hatte das Tor aufspringen sehen, und ein Heer war daraus hervorgequollen, ein unbeschreibliches Heer aus vielleibigen, Gift geifernden Bestien, die in ekstatischer Gier einander mit Klauen, Tentakeln und Hörnern tiefe Wunden schlugen, denn ein jede von ihnen wollte die Erste sein, die in Blut und Todesqualen baden und die wimmernden Seelen zu ewiger Verdammnis verschlingen durfte. Und ihr grausiges, Sphären durchdringendes Kreischen, unheilige Fanfare des Untergangs, hallte als Vorbote ihrer unfassbaren Schrecknis von den steinernen Wänden tausendfach wider ...

Lea schauderte und verdrängte die Erinnerung. Tatsache war und blieb, dass der dämonische Mechanismus funktioniert hatte. Unmerklich schüttelte die

Geweihte den Kopf, sie konnte es einfach nicht begreifen. Zumal die Berührung der Basiliskenzunge, des geweihten Dolches der Draconiter, Althea nicht geschadet hatte, sie also, Naclador sei Dank, nicht dämonisch beherrscht sein konnte. Sie warf einen Blick auf das Mädchen neben sich, dem das schlechte Gewissen ins Gesicht geschrieben stand. Wieder nahm sich Lea Elida vor, noch besser auf die Kleine aufzupassen. Hier lagen zu viele Dinge im Verborgenen, lauerten nur darauf, aus dem Schatten zu springen und sie anzufallen.

»Lass uns langsam gehen, so dicht an der Mauer wie möglich«, sagte sie und schob die Novizin mit sanftem Griff etwas näher an die Mauer.

Althea sah sie aus großen grünen Augen besorgt an, woraufhin sich unwillkürlich ein aufmunterndes Lächeln auf Leas Lippen schlich. Das Mädchen seufzte, offenbar erleichtert, dass die Geweihte ihr nicht länger grollte, und folgte der Aufforderung bereitwillig. Schweigend machten sie sich daran, die Treppe zu erklimmen, deren steinerne, ausgetretene Stufen sich empor wanden, so weit das Auge reichte.

Kapitel 17

»Was haben sie dir angetan, meine Geliebte, was haben diese verfluchten Bestien dir nur angetan!«

Hass tobte in Meys Stimme.

Sie hatten die letzte Strecke binnen weniger Stunden zurückgelegt, wenngleich der Ritt auf dem unwilligen, boshaften Karakil kein Vergnügen gewesen war. Es war ein rauer, unruhiger Flug gewesen, und es hatte sie alle Mühe gekostet, den Anstrengungen der geflügelten Schlange zu trotzen, sie abzuwerfen. Trotzdem war die unglaubliche Geschwindigkeit berauschend gewesen, mit der sie durch den sternenklaren Nachthimmel gerast waren – ein wahrlich unvergleichliches Erlebnis.

Doch es war gut, dass sie nun am Ziel waren, denn Andiel war zusehends erschöpfter geworden und hatte mehr als einmal um ein Haar die Kontrolle verloren. Noch immer strömte das Blut aus seiner Hand, und Raul achtete darauf, dass es auch so blieb, war es doch wesentlicher Bestandteil ihres Paktes. Jedoch sank mit dem steigenden Blutverlust auch die Konzentration des Jägers, und kurz zuvor war es der Kreatur fast gelungen, ihren Führer zu besiegen. Aber der hatte sich ein weiteres Mal wacker geschlagen und den Kampf für sich entschieden. Trotzdem war es beruhigend, dass sie ihr Ziel nun endlich erreicht hatten. Das heißt, es war beruhigend gewesen, bis Mey die Stimme erhoben hatte. Vorsichtig blickte Raul auf die Landschaft hinab, die dort unter ihnen im silbrigen Licht des Madamals lag.

Der Blick auf das riesige und doch unzugängliche Felsplateau ernüchterte ihn. Er hatte erwartet, eine Festung dort zu finden oder zumindest die Überreste einer solchen. Aber alles, was er sah, waren einige seltsame Steinfragmente, die sich in unglaublich heißem Feuer gekrümmt hatten und zu bizarren Formen verschmolzen waren.

Nichts wuchs hier, und selbst der Regen der Jahrzehnte hatte die geschwärzten Steine nicht reinwaschen können, sodass es aus der Luft wirkte, als wäre ein grobes, schwarzes Leichentuch über den verstümmelten Körper der Feste geworfen worden. Das Tal weiter unten dagegen war schier unpassierbar, so dicht wuchsen hier die Dornensträucher, und die hellgrauen Spuren der Gerölllawinen wirkten wie grobe Narben im wild zugewucherten Gesicht. An der Nordseite des Plateaus ragte, noch weitere zwanzig Schritt entfernt, eine massive Felsnadel in die Höhe, und die Winde heulten, während sie um den dunklen Dorn herumpeitschten, als bereitete er ihnen Schmerzen. Für einen Moment erschien das Bild einer großen Flagge vor Rauls innerem Auge, ein schwarzes Banner mit einem weißen Widder mit kampfeslustig gesenkten Hörnern darauf, das auf der Spitze der Felsnadel im Wind wehte und weithin zu sehen war.

Raul wusste, dass das, was er sah, Meys Erinnerungen waren, wenn er auch nicht begriff, woher sie stammten. Was ihm jedoch mehr Sorgen machte, war die Tatsache, dass von seinem Herrschaftssitz nichts mehr übrig war; irgendjemand hatte hier ganze Arbeit geleistet. Sogar Mey schien fassungslos zu sein. Was nun? Was sollte er hier gegen seine Feinde befestigen lassen?

»*Sei unbesorgt*«, flüsterte Mey heiser, »*ihr Herz haben*

sie nicht zerstören können, es war zu stark für sie. Und es ist unversehrt! Sei unbesorgt, mein Freund.« Und er wies auf die Spitze der Felsnadel.

Tatsächlich – nun, da der Karakil herabstieß, ein wilder und unbeherrschter Anflug, erkannte auch Raul, dass der Felsen auf der höchsten Stelle eine Brüstung aufwies, gerade eben groß genug, dass ein Mann darauf stehen konnte. Und bei genauem Hinsehen schien ihm der Felsen selbst alles andere als natürlichen Ursprungs zu sein: Er war zu dunkel, zu glatt, und schemenhaft verzerrt spiegelte sich die Umgebung im faden Licht darauf wieder, wie auf einem alten, angelaufenen Spiegel. Und er schien kalt zu sein, kälter noch als die Winde, die ihn umtobten.

»*Bald*«, Meys Stimme war wie ein Raunen, und Rauls Herz schlug schneller bei seinen Worten, »*schon bald ist es vollbracht. Und dann wird der Sieg endlich unser sein!*«

»Lenke ihn dort neben den Turm, damit ich absteigen kann.«

Verdammt, das sagte sich so einfach. Andiel hatte das Gefühl, gleich auseinander zu brechen, einfach zu platzen, weil der Orkan der Schmerzen ihn schier entzwei riss. Unter Aufbietung all seiner Willenskraft zwang er die Kreatur, neben den Turm zu fliegen, und nur die Gewissheit, dass es gleich vorbei sein würde, verlieh ihm die nötige Kraft. Hasserfüllt folgte Schlange seinem Befehl, und überraschend behände sprang Raul ab, landete geschmeidig auf der kleinen Plattform. Ohne sich weiter um Andiel zu kümmern, kniete er dort nieder und untersuchte den Boden. Die Schlange aber wehrte sich wieder.

»Was ist mit mir? Wie komme ich hinüber?«

Keine Antwort. Andiel versuchte, seine Hand zu befreien, aber sie ließ sich nicht bewegen, schien mit dem Horn verschmolzen zu sein. Stöhnend gab er seine Bemühungen auf. Die Bestie bäumte sich in hämischer Freude auf, und nur mit Mühe hielt er sich oben. Zornig zwang er sie, still zu halten. Aber er hatte mit einem Mal das Gefühl, dass sie sich nur zum Schein fügte.

»Herr! Bitte, Herr, ich kann sie nicht mehr lange halten, ich muss runter von ihr!«

Furcht stieg in ihm auf, als erneut keine Antwort von dem Jungen kam. Furcht und die grausame Erkenntnis, dass es nie vorgesehen gewesen war, dass er von diesem Wesen wieder absteigen sollte.

»Raul! Verdammt, Junge, das kannst du doch nicht tun! Hilf mir, ich bitte dich!«

Angst und Erschöpfung machten ihn schwach. Und die Schlange spürte es. Ihre Häme durchflutete seine Adern wie eiskaltes Gift. Und er spürte, wie sie die Kontrolle übernahm und ihr Wille sich wie eine glühende Zange gleißend um seinen Geist schloss und zudrückte, ihn hinabzerrte. In die ewige Verdammnis.

»Raul!«

Der gellende Ruf des Jägers, sein darauf folgendes unartikuliertes Schreien, das sich mit dem triumphierenden Kreischen des Karakils mischte, all das nahm Raul bereits nicht mehr wahr, und er sah auch nicht auf, als die Kreatur ihr lange währendes, unsägliches Spiel mit ihrem Opfer begann, das ihrer Grausamkeit nun wehrlos ausgeliefert war. Zu sehr war er mit dem beschäftigt, was vor ihm lag.

Im Steinboden zu seinen Füßen erkannte er die Umrisse einer rechteckigen Falltür, in deren Mitte das Zeichen des angreifenden Widders eingraviert war. Umschlossen wurde das Symbol von einem Ring, den zwei ineinander verschlungene Nattern bildeten, deren aufgerissene Mäuler mit den winzigen spitzen Fängen sich Raul entgegen reckten.

»*Nun mach schon*«, befahl Mey ungeduldig.

Instinktiv streckte Raul Daumen und Zeigefinger der rechten Hand in die Mäuler, woraufhin diese zuschnappten und die Zähne tief in seine Haut bohrten. Gleich darauf jedoch öffneten sich die Kiefer wieder, und die Körper der Schlangen klappten mit einem leisen Schnarren nach oben, sodass sich nunmehr zwei Ringe bildeten, an denen sich, wie Raul sogleich feststellte, die Falltür mühelos öffnen ließ.

»*Willkommen, Raul! Willkommen in deinem Heim, das deine Feinde fürchten und dessen Namen sie nur ängstlich flüstern! Willkommen in der Schwarzen Feste!*«

Triumphierend schritt Mey voran und Raul folgte ihm, die Wendeltreppe hinab. Und wenn er damit gerechnet hatte, die kargen, verfallenen Reste eines alten Burggewölbes vorzufinden, so hatte er sich getäuscht.

Sein erster Schritt war ein seltsam erregendes Erlebnis, was nicht allein an der Verheißung lag, dass dies alles ihm gehören sollte, sondern auch daran, dass sein Fuß noch niemals einen Teppich betreten hatte. Welch ein unbeschreibliches Gefühl war es, auf dieses weiche, dicht gewobene Geflecht aus Scharlachrot, Kobaltblau und Goldgelb zu treten, das die überraschend breiten Stufen bedeckte, und mit der Hand den glatten, kühlen Handlauf zu berühren, der sich wie filigranes Efeu in die Tiefe rankte! Purpurne Seide verhüllte die Wände, in die mit Edelsteinen, Gold- und Silberdrähten seltsame Zeichen und Bilder eingewoben waren, die sich zu verändern, zu bewegen schienen, als Raul an ihnen vorüberging. Das sanfte Rascheln der Stoffe klang in seinen Ohren wie das aufgeregte Flüstern einer Dienerschar, die ihren Herrn nach langer Abwesenheit freudig empfing. Es war eine unwirkliche Szenerie, die im schimmernden Licht der grün leuchtenden Steine vor ihm lag, welche wie die Sterne am Nachthimmel teils in die Decke, teils in die Wände eingelassen waren, und die ihn umso mehr berührte, als sie im krassen Gegensatz zu der kargen, unfreundlichen Außenwelt stand, die er gerade erst hinter sich gelassen hatte.

»*Komm!*«, drängte der Narr, und seine Augen funkelten begierig, »*wir sind fast da! Komm!*«

»Wohin gehen wir?«, fragte Raul leise, beeindruckt von der unverhofften Pracht. Niemals zuvor hatte er dergleichen gesehen; die Schönheit dieses Ortes drohte ihn zu überwältigen.

Mey lächelte freudlos. »*In den Thronsaal!*«, antwortete er.

Kapitel 18

»Vade retro!«, flüsterte Sibelius, als die erste Ohnmacht seines Schreckens verklungen war. »Weiche von mir, Dämon!«

Der Kleine lachte. Noch immer war er von lieblicher Gestalt, aber in seinen Augen flackerte die purpurne Flamme des Wahnsinns, und unter der zartweißen Knabenhaut schimmerten ab und an dunkelgrüne Hautschuppen hervor. Als er wieder sprach, war der Klang seiner Stimme tief und hart, doch Sibelius war froh, dass sie nicht mehr vielstimmig zischte, denn er hätte diese Töne kaum noch länger ertragen.

»Hast du mich endlich erkannt? Und ist es nicht schön, mich zu sehen, zu wissen, dass ich mich so sehr um dich sorge? Wann, sag mir, hat deine Göttin an deinem Bett gesessen und dir ihr Wissen zuteil werden lassen? Sag, wann?«

Von den Wänden seines Zimmers rann eine Flüssigkeit, dickflüssig und dunkel, und Sibelius erkannte, dass es dampfendes Blut war. Gleichzeitig krochen in den Ecken der Stube fauchend Nattern mit grün glühenden Augen hervor, die Mäuler weit aufgerissen und überlange Giftfänge entblößend. Ein dumpfes Stöhnen wogte wie düsterer Nebel über den Boden, und das tausendfache Flüstern verdammter Seelen umtanzte seinen Schädel wie Motten das Licht. Stumm und unbeweglich aber saß der Knabe vor ihm, dessen Erscheinung mit einem Mal in einem milden Goldton schimmerte, und hätte Sibelius es nicht besser gewusst, dann hätte er Güte und Mitleid in den großen Augen gelesen.

Unwillkürlich entwich ihm ein Stöhnen, als die Hoffnungslosigkeit der Situation wie eine eisige Lawine über ihm zusammenbrach. Vor ihm stand der erzdämonische Gegenspieler der Göttin Hesinde selbst. Was also musste hier im Gange sein, wenn der Fürst der dunklen Domäne selbst auf den Plan trat! Er und sein mächtigster Diener, das blinde Auge, Teil des Erzdämons selbst! Welch unüberwindliche Macht hatte sich eingefunden, war zurückgekehrt, um das Werk zu vollenden, welches so viele Streiter im Namen der Herrin nicht hatten abwenden können. Sein Verstand war völlig gelähmt. Was blieb ihnen für eine Hoffnung? Sie sollten gegen den Antihexarion und seine Heerscharen bestehen? Zu dritt, wo dreihundert letztlich nicht siegreich gewesen waren, denn *er* war zurückgekehrt?

Althea! Sein Herz krampfte sich schmerzhaft zusammen. Wenn in Herzogenthal bereits Mhek'Thagor lauerte, hatte er sie in den sicheren Tod geschickt! Nicht auch sie, nicht auch noch den einzigen Menschen, der ihm noch etwas bedeutete auf Dere!

»Erkennst du endlich, dass ich die Wahrheit spreche?«

Er sah das Kind an und konnte nicht anders, als ihm Recht zu geben. »Ja«, sagte er heiser. Denn es war so. Und doch, sein entsetztes Hirn begann wieder zu funktionieren, erinnerte sich plötzlich an die magietheoretischen Vorlesungen seiner Novizenzeit, und Widerstand bäumte sich in ihm auf. »Und doch wird deine Macht nur beschränkt sein, denn dein Auge kann sich nur in einem Beschwörungskreis manifestieren und nur solange die Pforte in die siebte Sphäre mit astraler Kraft offen gehalten wird.«

Die Kammer um ihn herum versank in völliger Finsternis. Allein das Kind vor ihm war eine schmerzhaft leuchtende Lichtoase inmitten der wispernden Schwärze.

»Wir haben gut aufgepasst in der Sphärologie und Dämonologie, wie löblich!« Kalte Verachtung und Häme entstellten das kindliche Gesicht zu einer verzerrten Maske. »Aber Mhek'Thagor ist mitnichten nur beschworen, er ist herabgerufen worden auf Dere durch ein Artefakt, älter selbst als der Ursprung deiner Schlampe von Göttin.«

Im Kopf des Abtes arbeitete es fieberhaft. »Herabgerufen? Er kann seinen Astralleib nicht aufrechterhalten, ohne dass arkane Kraft ihn speist. Außer ...« Der Gedanke verschlug ihm die Sprache.

»Ja?« Amüsiert hob das Kind die linke Braue.

»Außer er hat ... einen Wirt gefunden!«

»Vielleicht bist du doch nicht ganz so dumm, wie du dich immer anstellst.«

Sibelius schüttelte den Kopf. »Kein lebend Wesen kann Auge und Zunge beherbergen, denn sie bringt den Wahnsinn und den Tod!«

»Richtig!« Der scharlachrote Blick brannte sich in sein Herz. »Und darum wird mein Diener einen Leib beziehen, den wir für ihn erschaffen haben. Einen lieblichen kleinen Körper, schön anzuschauen und leicht zu reparieren, überaus nützlich für unsere Zwecke. Eine Hülle, zusammengesetzt aus dem Besten, was wir finden konnten, unverbraucht und makellos und, wie nützlich, ganz ohne lästige Eigenschaften wie Skrupel, Mitgefühl oder Gewissen!«

Wie Schuppen fiel es Sibelius von den Augen. Heilige Herrin, das konnte doch nicht ... das durfte nicht ... Er sah den Knaben an und wusste, dass er Recht hatte.

Khell Dairon stiehlt unsere Kinder!

»O Göttin! Die Kinder!«

»Da ist Licht«, flüsterte Lea Elida plötzlich und deutete nach oben. Tatsächlich war ein kalter, bläulicher Schein direkt über ihnen zu erkennen.

»Du wartest hier, bis ich dir ein Zeichen gebe«, befahl Lea streng, »und halte Wolf fest!«

Die Geweihte schlich die Stufen hoch, und Althea krallte gerade noch rechtzeitig ihre Hände in Wolfs Fell, um ihn davon abzuhalten, Lea zu folgen. Die Draconiterin hatte sich bereits nahe an das Licht herangeschlichen und spähte nun, eng an die Mauer gepresst, um die Ecke. Offenbar lauerte ihnen jedoch zumindest dort oben keine Gefahr, denn gleich darauf winkte Lea Elida und signalisierte ihr, dass sie nachkommen konnte. Das ließ Althea sich nicht zweimal sagen.

Die Treppe mündete in einen etwa fünf auf sieben Schritt großen Raum und führte, wie durch eine Türöffnung auf der gegenüberliegenden Seite zu erkennen war, von da aus weiter nach oben. Der Lichtschein, den sie gesehen hatten, stammte von einem in die Decke eingelassenen halbrunden Stein von etwa anderthalb Schritt Durchmesser, der grell leuchtete. Althea überlegte, ob dies vielleicht eine besondere, fluoreszierende Steinsorte war oder ob möglicherweise ein permanenter Flim-Flam auf den weißblauen Steinbrocken gewirkt worden war. Leider war sie weder in Geologie besonders bewandert, noch hatte sie in Magiekunde gut aufgepasst. Sie wollte Hochwürden Welfenhaag fragen, aber die war schon damit beschäftigt, den Raum genauestens zu untersuchen, und so verkniff sich Althea vorerst die Frage. Es gab auch so noch genügend Seltsames hier zu sehen!

An den Wänden waren Regale eingelassen, die mit allerlei obskuren Gegenständen gefüllt waren. In einigen Fächern stapelten sich Wachsplatten neben Metallkesseln voll eingetrockneter Paste; Glasballons, mit dunklen, zähflüssigen Essenzen gefüllt, standen neben

Tonkrügen, die teils noch versiegelt, teils zersprungen, fast alle aber mit einer streng riechenden Kruste verklebt waren, und daneben vergammelten in mit Grünspan überzogenen Kupferschalen undefinierbare Kräuter. In Holzständern steckten verstaubte Glasphiolen, mit grob- oder feinkörnigen Pulvern und Salzen gefüllt, Metallbrocken in allen möglichen Farben und Größen lagen dazwischen, und in langhalsigen, mit dünnen Schläuchen verschlossenen Kolben waren grellbunte Flüssigkeiten zu entdecken. Überhaupt standen jede Menge Glasbehälter herum, allesamt mit einer grünen, ziemlich schleimigen Flüssigkeit gefüllt, und bei näherem Hinsehen erkannte man Dinge, die darin eingelegt waren: dunkelbraun wuchernde Pflanzen oder auch kleine Tiere, wie Vögel, Mäuse und Kröten. In einen Behälter war sogar ein kleines Kätzchen gequetscht, und Althea war sich fast sicher, dass dort, ganz hinten, eine menschliche Hand schwamm, während sie aus dem Behälter daneben zwei Augäpfel anstarrten.

Auf einem Bord gleich neben der Tür war ein reges Durcheinander von Gerätschaften zu finden: Spatel, Mörser, Tiegelchen, lange, fein geschliffene Nadeln, scharfe Messerchen, Sägen sowie Zangen in allen erdenklichen Größen und noch einige seltsam geformte Drahtinstrumente, die Althea nie zuvor gesehen hatte und deren Verwendungszweck sie sich bei aller Phantasie nicht vorstellen konnte und mochte.

In der Mitte des Raumes waren zwei lange Tafeln wie steinerne Bahren nebeneinander aufgebaut, die mit bräunlichen und gelben Flecken verkrustet waren und schwarze Rußspuren aufwiesen. Daneben ruhte auf einem dritten, etwas kleineren Tisch ein etwa zwanzig auf dreißig Halbfinger großer Foliant mit einem rosig zarten Umschlag, der eine unangenehme Vermutung in Althea hervorrief. Das Buch war mit einer groben Kette an den Tisch geschmiedet. Sie hörte Lea Elida zischend einatmen, als sie das Werk entdeckte, und mit ein paar Schritten war die Geweihte am Tisch. Althea sah, wie sie bleich wurde, und trat neben sie.

In filigran geschwungener Schrift waren Runen in den Umschlag eingebrannt worden, deren Herkunft und Bedeutung sich ihr entzogen; Lea Elida schien dagegen etwas damit anfangen zu können, denn Althea hörte sie leise auf Bosparano fluchen. Von Nahem betrachte, bestätigte sich Altheas Verdacht, denn feine Poren und Härchen waren auf dem Buchdeckel zu erkennen. Er schien tatsächlich aus Menschenhaut gemacht zu sein. Und war es eine Täuschung, oder bebte der Foliant wirklich, fast so als atmete er?

»Könnt Ihr ...« setzte sie an, aber Lea Elida ließ sie nicht ausreden. Sie fuhr zu ihr herum und drängte Althea weg von dem Buch.

»Zu niemandem ein Wort über dieses Buch, verstanden? Versprich es mir, sofort!« Die Kiefermuskulatur der Geweihten trat stark hervor, und erstaunt registrierte Althea, dass Lea Elida heftig um ihre Fassung rang.

»Ist in Ordnung, ich verspreche es ja«, beschwichtigte sie die Geweihte. »Aber dann lasst uns wenigstens weitergehen. Oder meint Ihr, wir können hier noch etwas Hilfreiches entdecken? Euer Hund fühlt sich hier jedenfalls gar nicht wohl!«

In der Tat war Wolf neben der Tür stehen geblieben und wartete nun mit eingekniffenem Schwanz und leisem Winseln darauf, dass sie diesen Ort endlich hinter sich ließen.

»Nein, wir haben wirklich keine Zeit, länger zu bleiben«, stimmte ihr Lea Elida zu, »und auch keinen Grund. Ich werde später zurückkommen und hier einmal kräftig aufräumen.« Bei den letzten Worten zog sie düster die Brauen zusammen. »Komm, Wolf!« Sie schlug leicht mit der Hand auf ihren Oberschenkel, und der Wolfshund folgte ihr. Gemeinsam verließen sie den Raum und setzten ihren Aufstieg fort. Aber als Althea einen kurzen Blick zurück warf, fand sie ihre Vermutung bestätigt. Das Buch atmete doch!

Kapitel 19

Sibelius schlug die Hände vor die Augen.

Das seltsam grelle, magische Licht lässt die Haut kränklich blau aussehen. Ein Schwall Wasser wäscht das Blut ab. Sehr gut, das Handgelenk sitzt wie angegossen. Es wird keine Narben geben, Magie heilt eben besser als hundert Nadelstiche. Die schmalen Finger der Vierzehnjährigen sind wunderbar lang und ihre zarte Handfläche noch unverdorben vom Brandzeichen einer ihrer lächerlichen Schulen. Dazu der schmale und doch von der täglichen Arbeit auf dem Feld gestärkte Arm des Zehnjährigen. Weder Samt noch Seide können Kinderhaut in ihrer Weichheit gleichkommen. Ein Bad in der Tinktur wird sie nicht nur haltbar machen, sondern sie auch fein bleichen, reinweiß wie das Blatt einer Lilie werden sie sein.

Zufrieden betrachtet er sein Werk. Er hat viel dazugelernt in den letzten Tagen und das Wissen, das er erhalten hatte, vervollkommnet. Nun, er übt aber auch ohne Unterlass, wenngleich er einige der verunglückten Versuche den gefräßigen Haustieren, die in letzter Zeit immer häufiger durch das Portal kamen, zum Fraß vorwerfen musste. Nun aber ist er ein Meister geworden, nicht mehr nur Herrscher, sondern auch Künstler, ein Demiurg!

Es wird eine wunderschöne Hülle werden, eine Zierde für das Auge und noch dazu haltbar, denn ein Leichtes wird es sein, Beschädigungen zu reparieren. Sicherlich wird es Deliratio gefallen, und endlich wird er Ruhe geben, wenn er erst eine solch hübsche Larve sein Eigen nennt. Dann werden sie sich gemeinsam dem großen Plan widmen, den Deliratio für ihn ersonnen hat. Der Plan, dem er Mutter, Schwester, Frau und Söhne opfern musste.

Sie wollten ihn nicht verstehen. Ein Herrscher kann nicht auf ein Leben oder zwei Rücksicht nehmen, das hat Deliratio ihm oft genug gesagt, und er hat wie immer Recht behalten. Er, Khell Dairon, Fürst des mitternächtlichen Herzogtums, ist nicht geboren, um wie andere Menschen zu leben und zu sterben. Er ist ein Gott und seine Bestimmung größer, als diese kleinen Seelen verstehen können. Er ist der Diamant zwischen den Sandkörnern, das müssen sie doch begreifen.

Ungeduldig wühlt er zwischen den kleinen, leblosen Körpern, findet schließlich, was er sucht. Mit Deliratios Hilfe wird er den Platz einnehmen, für den er bestimmt ist. Sein Königreich aber wird die Sphären vereinen und von solch unglaublicher Macht und Größe sein wie kein anderes zuvor. Ewig wird seine Herrlichkeit währen. Dann wird es ihnen wie Schuppen von den Augen fallen, all diesen verblendeten, nichtsnutzigen Würmern, dann werden sie ihn erkennen und ihn winselnd lobpreisen. Apropos Augen – die braunen oder doch lieber die blauen?

Sibelius' Magen krampfte sich zusammen, ein trockenes Würgen schüttelte seinen Körper, und bitter brannte die Galle in seiner Kehle.

»Ganz recht, die Kinder!« Der Knabe nickte, und ein feines Lächeln überzog sein Gesicht. »Und genau in diesem Augenblick ist Mhek'Thagor in Herzogenthal angelangt. Ist eingetroffen, um seinen neuen Leib in Besitz zu nehmen und sein Werk zu beginnen.« Der Dämon lachte, und es war wie das Kratzen von Nägeln auf einer Schiefertafel.

»Ein Reich des Wahnsinns, mein Reich! Die Niederhöllen werden sich öffnen und meine Kreaturen ausspeien, und Irrsinn wird Dere überziehen. Der Vater wird den Sohn töten und die Tochter die Mutter, denn sie erkennen einander nicht mehr. Keiner wird die Sprache des anderen mehr sprechen und kein Stein mehr auf dem anderen bleiben, trügerische Traumwelten und tödliche Realität werden sich zu einem Taumel aus Grauen vereinen, die Magie wird zügellos über das Land fegen, und in ihrem Schatten werden Daimonenkinder und Geisterreiter Elemente wie Lebewesen geißeln und pervertieren. Flut wird der Flut folgen, und Tag und Nacht werden nicht mehr sein, und die Schreie der verdammten Seelen werden mit den Hagelschauern durch die Gassen ziehen. Dere wird von so unglaublich schillernder Schönheit überzogen werden, dass die Augen zerplatzen, die mein Werk erblicken und ahnend zu erkennen meinen, was darunter lauert! Denn wie gieriger Treibsand wird euer Verderben euch mit jedem Atemzug mehr in sich aufsaugen, bis ihr schließlich daran ersticken werdet!«

Sibelius war wie erstarrt, das Grauen umgab ihn wie ein kalter Sarg. Verzweifelt suchte sein Hirn nach einem Ausweg, doch vergebens, lediglich eine Sackgasse nach der nächsten tat sich in seinem fieberhaft arbeitenden Geist auf. Was sie auch unternehmen würden, es würde zu spät sein.

Jetzt, in diesem Augenblick, geschah es, und seine geliebte Tochter war dort, wurde als Erste in Stücke gerissen, vielleicht gar ein Teil des furchtbaren Wirtsleibes werden, den der Dämon sich geschaffen hatte. Und er konnte nichts tun!

»Ich kann dir helfen.« Weich, wie blutroter Samt, erklang die Stimme des Knaben.

Schutzlos, sie war so schutzlos. Er hatte sie ausgeliefert – hätte er nur auf Lea Elida gehört und wäre nicht allein fortgegangen!

»Du kannst es verhindern.«

Sein Auge sah ihren verstümmelten Leib, die gebrochenen, dunkelgrünen Augen. »*Es wird doch alles wieder gut werden, Pater?*«

»Ein Opfer von dir, und sie sind errettet.«

Was war sein Leben wert, was, wenn der einzige Mensch, der ihm verblieb, tot oder wahnsinnig war? Was konnte ihm der Tag noch bringen, wenn er allein war und sein Herz zu Stein erstarrt?

»Eine Seele für tausend.«

Sie würde nicht einmal in den Hain der Herrin gelangen. Wenn sie in den Klauen des Dämons stürbe, wäre ihre Seele verdammt, und Golgari würde sie nicht erreichen. Wieder krampfte sich sein Herz zusammen.

»Nur ein Wort von dir.«

Verzweifelt spürte er, dass die Worte des Knaben wahr waren, spürte es im Innersten seiner Seele. Wenn er sich Iribaar verschriebe, ihm seine Seele gäbe – sein Kind wäre gerettet und auch die tausend Unschuldigen, die im Wahn Mhek'Thagors vergehen mussten.

Er war so schwach, so voller Zweifel, Ängste und Sorge. Tief in sich suchte er nach der Nähe der Herrin, nach Trost und Stärke in seinem Glauben, wie ein verlorenes Kind die Hand der Mutter suchte. Doch da war nur Leere. In dieser seiner dunkelsten Stunde ließ die Göttin ihn allein.

Er sah das Kind an, und überderisch schön schien es ihm in diesem Augenblick. Es lächelte und streckte ihm die Hand entgegen. Die rosigen kleinen Finger, direkt vor seinen Augen ... Er musste sie nur ergreifen, dann wäre dieser Albtraum vorbei. Alles würde gut werden, wie er es Althea versprochen hatte. Nicht für ihn, aber für sie. Und für all die anderen Menschen, die er vor dem Wahn des Dämons bewahren würde. Es war so leicht, es gab doch nur einen Ausweg, nur diesen einzigen. Seine Göttin hatte sich von ihm abgewandt, hatte ihn bereits verlassen. Er aber musste nicht wie sie schweigend verharren, er konnte etwas tun. Er konnte Althea retten.

Wie von selbst hob sich seine Hand der des Kindes entgegen, näher und näher. Er sah den Jungen an, und das mitfühlende Lächeln verzog sich ein wenig in den Mundwinkeln.

»*Um welchen Preis?*« Eine unbekannte Stimme, die wie ein Peitschenschlag durch seinen Kopf knallte.

»*Naclador, gib ihm Kraft!*« Fremde Worte in seinem Herzen.

Seine Finger zuckten zurück, als wäre er geschlagen worden.

»Weiche! Weiche, Dämon!« Seine Stimme war fest. Der Augenblick der ärgsten Schwärze und abgrundtiefsten Schwäche war vorüber. Niemals würde er das vielhundertfache Opfer umsonst gewesen sein lassen.

Der Dämon erhob sich, und mit einemmal ragte er hoch empor, höher und höher, und das kindliche Gesicht verzerrte, verzog, pervertierte sich, brach schließlich auf, und ein grausamer Schnabel wölbte sich hervor. Die Augen aber erstarrten im gelb glühenden, lidlosen Blick eines Falken. Aus dem nunmehr riesenhaft gestreckten, mit dunkelgrüner Schuppenschicht überzogenen Leib schnalzten sechs Arme wie gierige Tentakel, klauenartige Hände zuckten in rastloser Begierde, und mit einem entsetzlichen Kreischen bohrten sich die Worte des vielgestaltigen Blenders wie glühendes Eisen in das Herz des Geweihten:

»Dann sei es! Vertan ist der letzte Ausweg. Was nun geschieht, ist allein dir zuzuschreiben, hast allein du zu verantworten. Vergiss das niemals, Natterngezücht! Doch selbst wenn du unsere Hand heute zurückgeschlagen hast, der Wahnsinn wird dich bald umarmen, wenn im Blut der Unschuldigen du badest, dem Blut, das du vergossen hast. Dann wirst du ohnehin uns gehören, Narr! Wir können warten.«

Das schrille Lachen des Erzdämons, gleich dem triumphalen Schrei eines Falken, hallte in Sibelius' Kopf, ließ ihn fast zerspringen, sein Herz vor Furcht erbeben.

Dann, mit einem Mal, war es vorbei. Die Stube sah aus wie zuvor, und nicht einmal eine Kuhle in der Decke zeugte von dem unheimlichen Besucher.

Die Tür ging auf, und die Propräzeptorin kam herein. Ihre bernsteinfarbenen Augen leuchteten auf, als sie Sibelius bei Bewusstsein vorfand. »Alles in Ordnung, Pater? Braucht Ihr etwas?«, fragte sie mit ruhiger Stimme.

Er schüttelte den Kopf. Dann entdeckte er Spuren von verwischtem Blut unter ihrer Nase. Sie bemerkte seinen Blick. »Nasenbluten«, sagte sie knapp, »sehr ungewöhnlich. Vor einigen Augenblicken haben plötzlich alle Geweihten des Hortes heftiges Nasenbluten bekommen.« Und daraufhin war sie sofort hierher geeilt, fügte Sibelius in Gedanken hinzu.

»Es ist gut, Tochter«, antwortete er. »Ich brauche nur ein wenig Ruhe.«

»Die sollt Ihr bekommen.« Sie lächelte und schloss die Tür leise hinter sich.

Kaum war ihr Schritt verklungen, da erhob sich der Abt ächzend aus dem Bett und kniete auf dem Boden nieder. »Domina! Dea!« Tiefste Verzweiflung lag in seiner Stimme. »Ich bitte dich, steh mir bei!«

Doch noch immer war nichts als Leere in seinem Inneren.

»Herrin, verlass mich nicht!«

Tränen liefen ihm über das Gesicht. Was blieb ihm noch außer seinem Glauben? Und er öffnete sich der Göttin so tief wie niemals zuvor, bot ihr alles, was er an Glaube und Liebe in sich trug. »Herrin!«

Hilflos hob er die Hände, reckte sie wie ein Kind zu ihr empor. »Bitte!«

Ein Windstoß schlug das Fenster auf.

Der Reiter in seiner altertümlichen Rüstung wirkt seltsam fremd, neblig, wie von silbrigem Glanz umgeben und doch auch vollkommen real. Ruhig sitzt er auf seinem wunderschönen Schimmel und blickt Sibelius aus dunklen, traurigen Augen an. Das Einhorn über der goldenen Flamme glänzt fein ziseliert auf seiner Brustplatte.

Ciabh ni Tharantir, die Propräzeptorin des Hortes Moosgrund, öffnete die Tür mit einer für sie ungewöhnlichen Heftigkeit. Das Fenster der Kammer stand offen, das Bett des Abtes war leer. Es stimmte also, was der Novize ihr atemlos berichtet hatte. Hochwürden Gerdenwald war fort, ebenso wie der Fuchswallach aus ihren Stallungen.

Was war nur in den sonst immer so bedächtigen Geweihten gefahren? Und was, in aller Zwölfe Namen, ging hier eigentlich vor sich?

Kopfschüttelnd trat sie zum Fenster und schloss es sorgfältig. Sie hasste es, wenn ihre Fragen unbeantwortet blieben.

Kapitel 20

Nicht viel später tat sich zu Lea Elidas Linken wieder ein Raum auf, diesmal jedoch so plötzlich und unerwartet, dass sie Althea erschrocken gegen die Wand drückte, denn sie standen bereits direkt vor der Türöffnung, als sie diese erst als solche erkannten. Dabei besaß der mächtige Torbogen ein Ausmaß von gut drei auf fünf Schritt! Fingerdicke Angeln aus dunklem Eisen zeugten von einer schweren Tür, die den Raum einst verschlossen haben musste, doch nun waren sie verbogen und zur Seite gerissen, als wären sie aus billigem Zinn. Irgendetwas war hier wohl mit ungeheuerlicher Kraft nach draußen gedrängt und hatte dabei Tür und Angel aufgesprengt.

Vorsichtig spähte die Geweihte am Türrand vorbei in den Raum, doch die Dunkelheit war undurchdringlich, und es blieb ihr nichts übrig, als mit der Laterne vorsichtig hineinzuleuchten. Für einen Augenblick schien es, als weigerte sich die Finsternis, dem Licht Platz zu machen, als wären die Schatten lebendig und wichen nur langsam und widerwillig zurück vor dem Störenfried, der da in ihr Reich eindrang. Schließlich aber blieb der Schein der unruhigen Flamme siegreich in diesem lautlosen Kampf, und es gelang ihm, die Kammer zumindest ein wenig zu erhellen, wenngleich ihr Großteil im Dunkeln verborgen blieb.

Im seltsam trüben Licht der Laterne sah Lea Elida gekrümmte Wände, die vermutlich einen runden

Raum begrenzten. Sie waren mit großen, grob gemalten Zeichen in rotbrauner Farbe beschmiert, die wie die ungelenken Krakeleien eines Kleinkindes wirkten, aber auch in dreieinhalb Schritt Höhe und an der rußgeschwärzten Decke zu finden waren.

Dazwischen fanden sich immer wieder gelbliche und schwarze Schmauchspuren und in die Felswand eingeritzte Schriftzeichen, die vermutlich fremdartig anmutende Satzkonstruktionen bildeten. Im Schatten halb verborgen, lagen hier und dort einige deformierte Haufen, deren Konsistenz man nur schwer erkennen konnte, entzogen sie sich doch standhaft dem Licht, das diese Stellen finsterster Schwärze denn in der Tat zu meiden schien; nur hier und da blitzte ein Metallgegenstand, schimmerte ein Stück blanker Knochen, glänzte plötzlich ein schillerndes Etwas blaugrün auf. Und Scharen winziger schwarzer Fliegen stiegen, aufgescheucht durch die unerwarteten Eindringlinge, missmutig von ihrem dunklen Zuhause auf, während einige ängstliche Käfer mit einem aufgeregten Klacken ihrer winzigen Zangen vorsichtshalber das Weite suchten.

Dort aber, wo zwischen Unrat und dunklen, eingetrockneten Lachen noch etwas vom Boden der Kammer zu erkennen war, spiegelte sich das Licht in Fragmenten hellsilberner Intarsien und armdicker Linien, die einem unglaublich komplexen, verwinkelten und doch exakt ausgezirkelten Muster folgten. An den Stellen, wo sie einander kreuzten und sich zu streng symmetrischen Ecken formten, waren faustgroße Kugeln aus Hämatit und dunkeltrübem Kristall in den Boden eingelassen.

Ein eiskalter Hauch kroch über Leas Rücken und ließ sie unwillkürlich erschaudern. Wolf, der nicht von ihrer Seite wich, stellte die Nackenhaare auf, und ein kaum hörbares Grollen kam aus seiner Kehle.

»Weiter!«, beschied die Geweihte heiser, und Althea hatte nicht das geringste Bedürfnis, ihr zu widersprechen.

Hastig eilten sie die Stufen, die zusehends schmaler wurden, weiter hinauf. Ihre Beine zitterten bereits vor Anstrengung, das Blut pochte heiß und unangenehm in ihren Oberschenkeln, die Muskeln krampften sich schmerzhaft zusammen. Obwohl sie es nicht zugeben mochte, wurde Althea immer schwindliger; die steile, enge Wendeltreppe forderte ihren Tribut. Auch Wolf blieb immer mehr zurück, hinkte mühselig von Stufe zu Stufe.

Lea verlangsamte ihren Schritt, als sie es bemerkte, blieb aber nicht stehen.

»Es wäre ungut, hier auf der Treppe zu bleiben«, erklärte sie flüsternd und reichte der schwer atmenden Novizin die Wasserflasche. »Wir müssen zusehen, dass wir hier wegkommen.« Althea war zu sehr außer Atem, um antworten zu können, und nickte nur, woraufhin ihr die Draconiterin ein aufmunterndes Lächeln schenkte.

So schleppten sie sich weiter nach oben, und nach gut hundert weiteren Stufen endete die Treppe endlich auf einer Plattform, hinter der eine Tür lag, die über und über mit dunkelgrauen Eisenbeschlägen überzogen war. Ein Wappen mit aufwändiger Helmzier war in das Metall getrieben, das einen Widder mit wütend gesenkten Hörnern zeigte. Um die Tür selbst wand sich ein Relief von drei dicken, ineinander verflochtenen zweiköpfigen Eidechsen, deren schmale Häupter direkt über dem Türrahmen ruhten und die die Ankömmlinge mit steinernem Blick zu mustern schienen.

Ein leises Knurren erklang aus Wolfs Kehle. Leicht geduckt kauerte er, zum Sprung bereit, vor der Tür, die er mit gelb gleißenden Augen fixierte – sie oder das, was er dahinter mit seinen scharfen Sinnen wahrgenommen hatte. Das Nackenhaar gesträubt, die spitzen Zähne drohend gefletscht, wartete er offensichtlich nur darauf, mit der Kehle des unbekannten Feindes Bekanntschaft schließen zu dürfen.

»Vorsicht«, hauchte Lea Elida und zog mit der Rechten behutsam ihre Basiliskenzunge aus der Scheide. Langsam ging sie in die Knie, um die Laterne möglichst leise auf dem Boden abzustellen.

Kapitel 21

Als sie durch die schmale Tür in den Thronsaal traten, stockte Raul der Atem. Der große, makellos runde Saal wurde vom Licht der sternklaren Nacht erhellt, das durch die zahlreichen, mit blauem und grünem Glas verzierten Fenster fiel. Die Wände waren von riesigen Gobelins geziert, die allesamt Schlachtenszenen zeigten, und davor lehnten am Boden archaische Rüstungen aus Metall, Hartholz und Leder neben Schilden, blutgetränkten Bannern, zerbrochenen Schwertern und eisenbeschlagenen Truhen, manche halb geöffnet und vor Goldmünzen, Perlenketten und Silberpokalen überquellend. Eine imposante Ansammlung von Beutegut!

Ein aufwändiges Deckenfresko zeigte einen beleibten, grauhaarigen Mann in gold schimmernder, lilienbesetzter Rüstung, der den Kopf eines löwenhäuptigen Drachen in der einen, sein blutiges Schwert in der anderen Hand hielt und mit seinen Füßen gerade eine züngelnde Schlange zertrat. Zu seinen Füßen knieten sämtliche Raul bekannten Götter, Alveraniare und Erzheiligen, geißelten sich und huldigten ihm, während in einem lodernden, fratzendurchsetzten Feuer Ritter auf weißen Pferden und perlmuttschimmernden Drachen qualvoll verbrannten und im Hintergrund ein Widder mit gesenkten Hörnern ein Einhorn aufspießte.

Eine Inschrift aus edelsteinbesetzten Lettern verkündete: »Gloria in excelsis Deo et mangno duci Khell Dairon.« Im Zentrum des Saales aber stand unter einem Baldachin aus purpurnem, mit goldenen Lilien besticktem Samt ein mächtiger Thron aus blank poliertem Mohagoni.

Während Armstützen und Fußteil in Form von krallenbewehrten Löwenpranken geformt waren, war die Lehne des Stuhls dem Hals und Kopf eines Falken nachgebildet, der den Schnabel über die Stirn des Sitzenden senkte und dessen lidlose Citrinaugen kalt funkelten. Darüber aber ragte der geschwungene Schwanz eines Skorpions empor, dessen giftiger Stachel drohend zum Angriff erhoben war. Auf dem Thron jedoch saß eine unwirklich schöne Gestalt, ein Mensch, dessen Haut und Haar bar jeglicher Farbe war.

Mey ließ Raul keine Zeit, sich genauer umzusehen. Ungeduldig drängte er ihn nach vorn, trieb ihn vor den Thron, der hoch über ihnen aufragte. Von solch düsterer Macht war er erfüllt, dass Raul ein Schauer überlief.

Sein Blick fiel auf die Person, die, gänzlich unbekleidet, auf dem Thron saß und weder Knabe noch Mädchen war. Obgleich sie auf eine erschreckende Weise alterslos wirkte, schien sie doch andererseits noch jung zu sein, nicht viel älter als Raul selbst. Das androgyne Wesen war von einer zerbrechlichen Schönheit, die nichts Derisches mehr an sich hatte. Die Glieder waren zu vollkommen in ihren Maßen und Formen, zu perfekt aneinander gefügt, als dass sie noch menschlich gewirkt hätten, die Haut von fast blendendem Weiß und so dünn, dass man meinte, die filigranen Verästelungen der bläulich schimmernden Adern darunter verfolgen zu können. Die schlanken Finger lagen mit einer ruhigen, wie abwartenden Geste auf den Lehnen des Thrones, die hüftlangen Haare hatten die Farbe von frisch gefallenem Schnee und umschmeichelten den schmalen Oberkörper bis zur Hüfte. Auch das Antlitz war perfekter und feiner gemeißelt, als es der begnadeteste Bildhauer hätte vollbringen können, und obgleich die Lider über den großen Augen geschlossen waren, wusste Raul, dass sie nur eine Farbe haben konnten, die der Göttlichkeit dieses reinen Wesen angemessen war: ein gleißendes, helles Violett.

»Wer ist das?«, fragte er, unwillkürlich flüsternd, um den Schlaf des Geschöpfes nicht zu stören.

»*Dies*«, antwortete Mey atemlos, »*dies ist die Gestalt, in welcher der höchste Diener des Meisters über diese Sphäre herrschen wird. Geschaffen, um den Diener zu empfangen vor unendlichen Jahren, harrt sie noch immer der Empfängnis, jungfräulich unberührt. Aber nicht mehr lange, dann wird sie endlich die Augen öffnen, und wehe dem, der ihr trotzen will!*«

»Der Herrscher?« Rauls Augen verengten sich misstrauisch. »Du hast mir gesagt, ich würde herrschen! Dies wäre meine Bestimmung, meine Feste, mein Thron! Und nun ist dieses Kind hier. Was soll das, Mey? Hast du mich etwa die ganze Zeit getäuscht?«

Wütend fauchend wandte sich der Narr zu ihm um. »*Überlass mir die Rolle des Narren und sprich nicht so vorlaut!*« Dann beruhigte er sich und lächelte Raul verschwörerisch an. »*Du willst deine Rolle in diesem Spiel um Macht und Seelen erfahren? Nun, dann hör genau zu: Mey hat dich nicht belogen, er hat dir nur nicht alles gleich erzählt. Ja, du wirst herrschen, du allein wirst auf diesem Thron sitzen. Aber durch dich wird auch der erste Diener unseres Meisters herrschen, denn du bist untrennbar mit ihm verbunden, so wie ich mit dir verbunden bin und auch mit ihm. Ja, er wird durch dich in diese Sphäre kommen, dein Geist, deine Seele werden ihm den Weg bereiten. Wie du es schon seit so langer Zeit für ihn tust. Es gilt nur, die Pforten weiter aufzustoßen, dass er ganz durch dich herabschreiten kann.*«

Ohne dass er es verhindern konnte, begann Raul am ganzen Leib zu zittern. »Wo ist mein Platz in diesem Machtgefüge? Was muss ich tun?«

»*Hörst du mir nicht zu?*« Meys Stimme war so sanft und warm wie eine laue Sommerbrise. »*Wie ich schon sagte, du wirst auf diesem Thron sitzen. Nur eben nicht in deiner jetzigen Gestalt.*«

Verständnislos sah Raul den Narren an, und als er in die glühenden Augen blickte, stieg Grauen in ihm auf.

»*Dies*«, Mey wies auf das scheinbar schlafende Geschöpf, »*dies wird deine Gestalt sein.*«

Raul reagierte mit Entsetzen.

»*Schau nicht wie ein Schaf!*«, der Narr schien geradezu amüsiert zu sein. »*Statt dass du dich freust, so einen Körper zu bekommen! Tausend Mal vollkommener als die schäbige Hülle, die du jetzt dein Eigen nennst.*«

»Das kann nicht dein Ernst sein!« Raul wich panisch zurück.

»*Dein kleines Hirn begreift nicht, das war mir klar. Der Meister aber ist größer und weiser, als du dir vorstellen kannst. Glaubst du, er hätte dich ohne Grund hierher geführt, all die Mühen für nichts auf sich genommen?*« Verachtung troff aus Meys Stimme. »*Was meinst du, was dich ausmacht? Dieser sterbliche Leib, der bald verwesen und vergehen wird? Würmerfraß ist er, Asche, mit der der Wind sein Spiel treibt, bis es ihm zu langweilig wird. Das, was du bist, was dich ausmacht, deine Seele, sie ist der Schatz, um den es hier geht. Und mit ihr wirst du gemeinsam mit dem ersten Diener in diesen vollkommenen Körper einziehen, und gemeinsam, eins geworden, werdet ihr herrschen und eurer Macht wird kein Ende sein!*« Immer lauter war Meys Stimme geworden, und nun hallte sie tief und dumpf in der Kuppel wider.

»Woher weißt du das alles?«, flüsterte Raul. »Ich dachte, du bist nur ein Teil von mir – mein Wahn?«

Mey lächelte. »*Ich bin ein Teil von dir, aber mehr noch bin ich ein Teil einer anderen Macht, verschmolzen und vereint mit dir. Ich bin der erste Diener meines Herrn, und mein Herr schenkt mir das Wissen.*«

»Und wie soll das vor sich gehen? Wie soll ich meinen Körper verlassen?« Noch immer bebte Raul vor Furcht.

Es ist ganz einfach.« Der Narr deutete auf das Wesen, und als Rauls Blick der Bewegung des Armes folgte, sah er, dass ein schmaler, kaum erkennbarer Schnitt das Fleisch über der linken Brust teilte, obwohl kein Tropfen Blut zu erkennen war. Und er begriff. Alles, was dem Geschöpf noch fehlte, war ein Herz. Sein Herz.

Die Angst drohte ihn zu ersticken; er bekam nur noch mühsam Luft, keuchte wie ein Ertrinkender. Sein Herz? Er sollte diesem Wesen sein Herz geben? Und dann? Er würde tot sein, es war lachhaft, auch nur zu denken, dass er weiterexistieren könne. Seine Seele, was war denn seine Seele? Was war mit seinen Erinnerungen, seinem Geist, seinen Gefühlen? Das alles sollte in seinem Herzen bewahrt sein und einfach übergehen auf diesen neuen, fremden Leib? Und der Diener des Meisters, mit dem er angeblich schon so lange verbunden war, wer oder was war das? Was würde geschehen, wenn sie beide dort einzogen? All das ging weit über sein Verständnis hinaus, und er fühlte sich wie ein Opferlamm, das zur Schlachtbank geführt wurde und hilflos blökend vergebens damit haderte, ob das nun gut war oder nicht. Sein Blick schweifte über das Deckenfresko in seiner ganzen Pracht und Herrlichkeit und die Tränen stiegen in ihm hoch. Er hatte eine Zeit lang wirklich geglaubt, zu Höherem bestimmt zu sein. Die Dinge, die er plötzlich tun konnte, die Macht und das Wissen, die ihn wie goldenes Feuer durchflutet hatten, all das hatte ihm vorgegaukelt, dass er ein Teil von etwas war, dass es einen tieferen Grund für seine Existenz gab. Ja, sogar die vielen Tränen und bittern Stunden seiner Vergangenheit hatten einen verqueren Sinn bekommen. Nun stand er inmitten dieses bedeutungsschweren Prunks, aber sein Gesicht würde keinen Platz auf dem Fresko bekommen. Es war nur sein Herz, das sie wollten, nur sein Herz.

Doch wenn er ginge, Mey zurückließ und all dem den Rücken kehrte, was war dann? Er war so unsäglich müde, erschöpft bis ins tiefste Mark seines Leibes und seiner Seele. Und so unendlich allein. Es gab nichts, was ihn ans Leben band, und niemanden, der ihn hielt. Vielleicht gab es tatsächlich Schlimmeres, als in der wohlig schwarzen Ruhe des Vergessens und des Todes zu versinken? Wenn er ähnlich war wie der Schlaf, den er so lange schon missen musste und den er so sehr ersehnte, war er dann wirklich so verachtenswert, der Tod? Alles, alles würde an Bedeutung verlieren, und es würde endlich aufhören wehzutun, ganz tief in seinem Innersten. Und wenn Mey doch Recht hatte, ihn nicht belog, nun, dann würde er den alten Raul endgültig begraben und als neugeborener Herrscher den Thron besteigen, schön, weise und unverletzlich. Schlussendlich hatte er nichts, rein gar nichts zu verlieren.

Er nickte dem Narren zu, der ihn nicht aus den Augen gelassen hatte.

»Ich tue es.«

In diesem Moment flog die Tür auf.

Gerade noch hatte sie vor Angst gezittert, doch nun tobte in Althea ein völlig anderes Gefühl, ein überwältigendes Gefühl, das ihr das Blut ins Gesicht trieb und ihre Knie weich werden ließ: Freude. Atemlose, überwältigende, fassungslose Freude, die ihr mit ihrer Intensität fast die Sinne raubte. Ihr Herzschlag, schnell und erregt, schien plötzlich ein Echo zu finden, als wäre er Teil eines göttlichen Duetts, dessen zweite Stimme dort hinter der Tür erklang.

Und voll sehnsuchtsvoller Ungeduld, jahrzehntelang verdrängt und genährt, zwängte sie sich an der völlig überraschten Lea vorbei, stieß mit der Rechten gegen das Wappen, und die Tür flog auf, prallte nach hinten und gab den Blick auf den Raum dahinter frei.

Irritiert blickte Raul zur Tür, die so unvermittelt aufgesprungen war, und sah ein Mädchen atemlos in den Thronsaal stürmen und nach einigen Schritten abrupt stehen bleiben. Sie war fast so groß wie er, hatte die gleichen, flammend roten Haare, und die großen Augen, die ihn aus dem schmalen, übernächtigten Gesicht anstarrten, leuchteten in ebensolch hellem Grün wie die seinen.

Und ihre Blicke trafen sich.

Kapitel 22

Regen, seit Tagen nichts als dieser unaufhörliche Regen. Er trommelte auf das Schieferdach, plätscherte an den hölzernen Hauswänden herunter, prasselte gegen die geschlossenen Fensterläden. Er sammelte sich in munteren kleinen Bächen auf dem durchweichten Erdboden, der, völlig übersättigt, die Nässe nicht mehr in sich aufnehmen konnte, und floss als unaufhaltsames Rinnsal kreuz und quer über die Wiesen. Er füllte große Pfützen mit schlammigem Sud, lag auf jedem winzigen Grashalm, auf dem kleinsten Kraut und rollte über das versteckteste Baumblatt, perlte auf dem Gefieder der trägen Vögel und durchnässte schließlich selbst das dicke Fell der Schafe und Rinder, die dicht gedrängt beieinander standen. Alles war nass, grau und aufgeweicht, hatte Farbe und Form verloren. Selbst die Schaukel hing schlaff und lustlos im Baum, als hätte sie niemals fröhlich juchzende Kinder hoch in die Luft geschwungen.

Der Regen würde nie mehr wieder aufhören, davon war Raul überzeugt. Irgendwann würde er sogar ihre Hütte wegspülen, und dann würden sie bis nach Güldenland segeln, aber bis dahin würde er schon längst vor Langeweile gestorben sein. Die roten Pausbacken in die Hände gestützt, starrte der Knabe missgelaunt zwischen den Läden nach draußen und bemitleidete sich dabei ganz fürchterlich.

»Raul! Komm her Junge, setz dich zu uns. Willst du denn nicht auch eine kleine Geschichte hören?«

Raul wandte den Kopf, Groma winkte ihm einladend zu. Thea hatte es sich natürlich schon zu ihren Füßen gemütlich gemacht und war bis zur Nasenspitze in die weiche Schafswolldecke eingekuschelt, die Groma letzten Winter gewoben hatte. Neben einem Krug dampfender Kuhmilch stand eine Schale mit frisch gebackenem Kringelgebäck auf dem Tisch, und das prasselnde Kaminfeuer lud freundlich ein, vor ihm zu verweilen und sich die kalten Füße zu wärmen. Mit einemmal hatte selbst das Trommeln des Regens etwas Gemütliches an sich.

Groma lächelte ihn an, und wie immer fand Raul das ungemein faszinierend, zauberte sie doch damit plötzlich hunderte feiner Fältchen um ihre wasserblauen Augen. Er überlegte einen Moment ernsthaft, ob er nicht doch lieber hier am Fenster weiterschmollen sollte, entschied sich dann aber anders. Zumal seine Zwillingsschwester schon einen der köstlichen Kuchen in ihrem unersättlichen Mund hatte verschwinden lassen und sich anschickte, einem weiteren Stück das gleiche Schicksal angedeihen zu lassen. Ächzend kletterte Raul vom Stuhl und lief zu Groma hinüber, die ihn sorgsam in ihre Decke einwickelte und ihm dann Milchbecher und Kuchen in die Hand drückte. Zufrieden biss Raul ein großes Stück von dem verführerisch duftendem Gebäck ab, zerdrückte es mit der Zunge am Gaumen und weichte es dann mit einem Schluck Milch auf. Lecker.

»Raul krümelt die Decke voll!«, maulte Thea und tropfte dabei unachtsam etwas Milch auf ihre Schürze. Zufrieden streckte Raul ihr die Zunge raus, woraufhin sie ausholte, um nach ihm zu schlagen.

»Wollt ihr lieber streiten oder eine Geschichte hören?«, fragte Groma.

»Geschichte!«, entschied Thea sogleich, und Raul nickte gnädig.

»Aber eine unheimliche Geschichte! Was zum Fürchten! Von bösen Magiern und Monstern!«

»Nein«, widersprach seine Schwester und blitzte ihn mit ihren dunkelgrünen Augen an. »Eine schöne Geschichte! Mit Prinzen und Prinzessinnen!«

»Nur die Ruhe! Ich werde versuchen, etwas zu erzählen, was euch beiden gefällt!« Groma seufzte. Es wurde Zeit, dass das Wetter wieder besser wurde. Die Kinder waren nicht ausgelastet, saßen den lieben langen Götterlauf nur herum und waren entsprechend streitsüchtig. »Ich weiß eine schöne Geschichte, eine Mär, die mir schon meine Groma und ihr davor ihre Groma erzählt hat!«

»So alt«, sagte Thea ehrfürchtig.

»Solange es kein Weiberkram mit Küssen ist«, knurrte ihr Bruder knapp. Groma unterdrückte ein Lächeln und nahm einen Becher Milch, um ihre alten, steifen Finger zu wärmen. Dann lehnte sie sich zurück in ihrem alten, abgewetzten Stuhl und begann zu erzählen.

»Einst, vor langer, langer Zeit, da lebten in einem großen schwarzen Schloss am Meer der Sieben Winde zwei Königstöchter. Die jüngere war lieblich und gut zu allen Menschen, und jeder freute sich, wenn er sie erblickte. Die ältere aber, nicht minder schön und mit Haaren wie schwarze Jette glänzend, war böse und dachte nur an sich und ihr eigenes Wohlergehen, und schwarz wie ihr Haar war auch ihr Herz, denn es war ohne Liebe. Eines schönen Tages nun kam ein Ritter zum Schloss geritten und beide Maiden verloren ihr Herz an ihn.«

Raul seufzte laut und verdrehte entnervt die Augen, was Groma aber gekonnt zu ignorieren verstand.

»Er aber mochte sich lange nicht entscheiden, erkannte jedoch schließlich das liebe Wesen der jüngeren Schwester und versprach ihr den Traviabund. Da zürnte die ältere gar sehr und beschloss, sich zu nehmen, was sie begehrte. So bat sie voll Arglist die jüngere Schwester, mit ihr ans Meer zu gehen, um den Untergang der Praiosscheibe zu bewundern. Als sie aber am Ufer standen, da stieß die ältere Schwester die junge ins Meer, und sogleich erfassten sie die hohen Wellen und trugen sie weit aufs Meer hinaus. Die liebliche Maid weinte bitterlich und flehte die Schwester um Hilfe an. Die aber lachte nur grausam, und so zogen die Wogen die Maid aufs wilde Meer hinaus, und bald trug Golgari ihre Seele hinfort übers Nirgendmeer. Doch ihr leerer Leib wurde von der schäumenden See zurück an Land geworfen, wo ihn ein Harfner fand. Der weinte sehr, dann aber nahm er ihren Körper, fertigte aus ihren Knochen eine feine Harfe und bespannte sie mit den goldenen Haaren des Mädchens. Dann trug er die Harfe ins Schloss, um bei der Vermählung des Ritters mit der älteren Schwester aufzuspielen. Denn diese hatte mit List und Tücke den Ritter zum Traviabund mit ihr getrieben!

Doch als der Harfner das Instrument auf den Boden legte, da begannen die goldenen Saiten plötzlich zu schwingen, und die Harfe spielte allein auf, und ihr Lied erklang so voller Schmerz und Trauer, voller Leid und Sehnsucht, dass kein Herz ungerührt und kein Auge trocken blieb. Die böse Schwester aber ertrug das Spiel nicht und schrie fürchterlich in ihrer Wut, und schließlich, als der letzte Ton der Harfe verklungen war, da zersprang ihr steinernes Herz in tausend und aber tausend Stücke. So hat sie ihren Lohn bekommen, und war bald vergessen, während der jungen Tochter noch lange Zeit gedacht wurde.«

»Schön! Aber schrecklich traurig«, schniefte Thea und rieb sich die Augen, wie immer, wenn sie gerührt war. Ihr Bruder schwieg und sammelte nachdenklich die Krümel auf seiner Decke ein.

»Habt ihr den Sinn dieser Geschichte verstanden?«, hakte Groma nach.

»Hm, dass das Böse nie gewinnt? Und man dafür bestraft wird?«, fragte Thea ein wenig unsicher. Groma nickte.

»Und die Harfe?«

Groma runzelte auf Rauls Frage hin verwirrt die Stirn. »Was ist denn mit der Harfe geschehen? Was haben sie mit ihr gemacht? Wo ist sie geblieben? Es war doch eine Zauberharfe. Wer hat sie bekommen?«

Groma schüttelte leicht verärgert den Kopf. »Das ist doch völlig unwesentlich, hat mit der Geschichte nicht das Geringste zu tun. Hast du sie nicht verstanden, Kind?«

Aber Raul zog schmollend die Unterlippe vor und schüttelte stur den Kopf, dass die rostroten Haare nur so flogen.

»Die Harfe ist wichtig!«, beharrte er lautstark.

Groma seufzte. Es hatte keinen Sinn, sich mit ihm anzulegen, wenn er sich erst einmal etwas in den Kopf gesetzt hatte. Er war ein sehr eigensinniges Kind und überaus anstrengend. Oder wurde sie nur einfach zu alt? Sie überlegte verdrießlich, was wohl mit der Harfe geschehen sein könnte. Die Sage gab über solche Unwichtigkeiten natürlich keine Hinweise. Da entdeckte sie zu ihrer Erleichterung, dass goldene Sonnenstrahlen zwischen den Fensterläden durchschimmerten.

»Nun«, sagte sie sanft, »wollt ihr mir weiter zuhören oder nicht doch lieber mal nach draußen schauen, was sich da ...«

»Es hat aufgehört zu regnen!«, unterbrach Thea sie jauchzend. Und noch ehe sie bis drei zählen konnte, waren die Kinder aufgesprungen, hatten sich die Schuhe angezogen und waren nach draußen gestürmt. Groma stand auf und faltete sorgfältig die Decke zusammen. Die Kinder waren ihr Ein und Alles, auch wenn sie ihr manchmal viel abverlangten. Gedankenverloren strich sie über die Wolldecke

Vor nahezu sechs Jahren waren die Eltern der beiden umgekommen, als Räuber ihre Kutsche überfallen hatten. Sechs Jahre, doch der Schmerz um ihre Tochter und deren Mann tobte noch immer in Groma. Sie hatte Raul und Althea alle Liebe gegeben, die sie in sich trug, versuchte, ihnen Vater und Mutter zu ersetzen. Aber es war nicht einfach. Vor allem Raul entglitt mehr und mehr ihrer Führung. Sie war eine alte Frau, wollte ihre Kindeskinder liebkosen und verwöhnen. Nicht aber großziehen und all die damit verbundenen Probleme durchstehen müssen.

Dumme alte Frau, schalt sie sich im nächsten Augenblick ob ihres Selbstmitleides. Statt dass du dich darüber freust, was du hast. Anderen geht es viel schlechter als dir. Energisch schritt sie zum Fenster und riss weit die hölzernen Fensterläden auf. Die jungen Sonnenstrahlen brachen herein, blendeten sie einen Herzschlag lang. Draußen glühte und funkelte nun jeder Wassertropfen aufs Prächtigste. Wald und Wiesen schienen wie frisch poliert, und auch die Vögel hatten ihr Lied wieder aufgenommen. Im schlammigsten Matsch spielten ausgelassen ihre beiden Kinder mit drei weiteren aus dem Dorf, sie waren bereits völlig verdreckt. Ja, lächelte Groma, und ihre wasserblauen Augen strahlten, ich kann wirklich zufrieden mit dem sein, was ich habe.

Kapitel 23

»Das ist ja so gemein«, schmollte Thea und schaukelte noch ein Stück höher, bis ihre Füße fast die Zweige der alten Eiche berührten. »Alle Kinder aus dem Dorf sind zu Elfwyns Tsafest eingeladen, nur wir beide nicht. Ich hasse sie!«

»Die blöde Kuh kann uns doch egal sein«, erwiderte Raul böse und schubste die Schwester an, als sie zurückschwang. »Und die anderen genauso. Hauptsache, wir beide halten zusammen.«

Aber Thea war nicht recht überzeugt. Elfwyn war die Tochter des Bäckers, und an ihrem Tsafest gab es immer die köstlichsten Kuchen und leckersten Sachen. Ob es vielleicht daran lag, dass Raul Alrike neulich mit Kuhfladen eingeseift hatte? Oder waren sie etwa nicht eingeladen, weil sie, Thea, Alrikes Puppe auf die Heugabel gespießt hatte? Aber das waren doch alles keine Gründe, jemanden nicht zum Tsafest einzuladen. Thea verstand die Welt nicht mehr.

»Weißt du was, Thea? Wir gehen zum Bach und spielen Seeschlacht. Da können die anderen Kringel essen, bis sie ersticken, das ist viel toller.«

Thea rümpfte die Nase. »Aber Groma hat uns doch verboten …«

»Aber Groma hat …«, äffte Raul sie nach. »Willst du etwa hier bleiben und schmollen? Dann lachen sich die anderen kaputt! Oder hast du etwa Angst?«

Thea schüttelte den Kopf. »Hab ich nicht!«

»Dann komm schon!«

Thea zögerte noch einen Augenblick, sprang dann aber entschlossen von der Schaukel. Wie üblich hatte Raul Recht. Sie packte seine Hand, was er widerwillig knurrend zuließ, und dann liefen sie los, Richtung Wald.

Der Waldrand schien ihnen wie eine Reihe dunkler Riesen, die ihr struppiges grünes Haupt in die Ferne reckten. »Ist das unheimlich hier«, wisperte Thea.

»Keine Angst, ich beschütze dich.« Raul meinte es ernst. Er würde nicht zulassen, dass einer von diesen Riesen ihr etwas antäte. Außerdem hatten sich die unheimlichen Gestalten noch nie bewegt, und er war schon öfters hier gewesen. Langsam zweifelte er daran, dass sie so stark waren, wie sie aussahen. Oder schliefen sie vielleicht nur? Egal. Da vorn plätscherte das Meer der Sieben Winde in seinem Lauf, da warteten gefährliche Klippen und gewaltige Strömungen. Zeit, sich für die Schlacht zu rüsten.

Sie liefen den Bachlauf ein Stück entlang, in den Wald hinein, bis sie zu einer Stelle kamen, wo er besonders flach und breit war. Unverzüglich begannen sie ihre Sammlung von Kriegsschiffen aufzustellen. Schmale Rindenstücke, Äste und saftig grüne Blätter wurden unversehens zu einer imposanten Flotte, und als Raul einen stacheligen Firunsföhrenzweig fand und die Nadeln hier und da herausgezupft hatte, da kam sogar eine Al'Anfanische Sklavengaleere dazu.

»Ich bin der böse Borbarad, der mit seinen bösen Schiffen die tobrische See erobert«, dröhnte Raul mit tiefer Stimme.

»Und ich bin Rondra und schlage ihn zurück«, schrie Thea.

»Du kannst keine Göttin spielen«, schimpfte Raul. »Das willst du nur machen, damit du betrügen kannst, und dann sagst du wieder, Götter können alles, wenn sie wollen. Das ist echt das Letzte!«

»Ich will aber Rondra sein! Und gewinnen!«

»Nein, diesmal will ich gewinnen!«

»Das geht nicht, wenn du den Bösen spielst. Das Gute siegt immer.«

»Das ist nicht wahr!«

»Doch, ist es wohl!«

»Dann will ich die Guten spielen.«

»Nein, ich will nicht die Bösen sein.«

»Aber ich will auch mal gewinnen!«

Thea fing an zu heulen. »Du bist so fies!«

Raul warf sein Schiff weg. »Du bist doch nur ein blödes Mädchen«, schrie er sie an. »Ich hätte viel lieber einen Bruder. Der würde nicht so zimperlich sein wie du!«

Thea heulte noch lauter. Raul überlegte. Es war schwierig, sie jetzt zum Schweigen zu bringen. Sie hörte sich an wie eine Sirene, diese bösen Geisterfrauen, die die Seefahrer in die Irre lockten. Entweder er ging weg und spielte allein weiter, worauf er aber keine Lust hatte. Oder er brachte Thea dazu, wieder wie ein normaler Junge mit ihm zu spielen, so wie sonst auch. Mädchen waren so anstrengend, stellte er wieder mal fest.

»Ich hab eine Idee!« Thea horchte auf, wie sie es immer tat, wenn ihr Bruder einen Einfall hatte. »Wir spielen erst ›Hasch mich‹. Ich versuche, dich zu fangen, und wenn ich es nicht schaffe, dann darfst du dir raussuchen, wen du spielst. Wenn ich aber gewinne, darf ich wählen.«

Raul wusste, dass Thea sehr stolz darauf war, dass sie so schnell laufen konnte. Er fand aber auch, dass er eigentlich viel besser und länger laufen konnte. Thea überlegte einen Moment und legte dabei den Kopf schief.

»Na gut! Aber du musst dreimal die Götter zählen, bevor du hinter mir herkommst!«

»Zweimal!«

»Also los!«

Raul fing an zu zählen, während Thea loslief: »Praios, Rondra, Efferd …« Sie war wirklich schnell. Schon war sie zwischen den Bäumen verschwunden. Aber man hörte sie bis hierher an dem Krachen der Äste und Zweige, die unter der Last der hastenden Kinderfüße zerbrachen. Raul zählte etwas schneller, dann rannte er hinter ihr her.

»Ich krieg dich!«, rief er siegessicher.

»Kriegst mich nicht, kriegst mich eben nicht«, hörte er Thea antworten. Er sah ihren roten Schopf, wie er hin und hersprang und musste lachen, denn sie sah aus wie ein riesiges Eichhörnchen. Seine Schwester lachte auch, und bald vergaßen sie, warum sie eigentlich durch den Wald liefen. Und irgendwann wussten sie auch nicht mehr, wohin sie liefen. Rauls Gesicht pulsierte vor Hitze, seine prallen Wangen waren tiefrot angelaufen.

»Ich kann nicht mehr«, keuchte er und blieb stehen. Seine Schwester war nicht mehr allzu weit von ihm entfernt und verharrte nun ebenfalls. Ihr Gesicht hatte die Farbe ihres Haares angenommen.

»Ich hab keine Lust mehr«, beschied sie schnaufend. »Lass uns zurückgehen.« Plötzlich sah sie sich angstvoll um. »Weißt du den Weg nach Hause, Raul?«, fragte sie furchtsam.

»Natürlich«, behauptete er. Natürlich wusste er ihn nicht, aber das hätte er nie zugegeben. Er wartete, bis sie bei ihm war, und warf dann unauffällig einen Blick nach links und nach rechts, ob ihm irgendetwas bekannt vorkam. Dem war aber nicht so. Dafür entdeckte er einen weißen Stein, etwa doppelt so groß wie er, der ein paar Meter vor ihm stand. »Was ist das denn?«

Thea zuckte die Schultern. »Ich will heim zu Groma. Gehen wir, Raul?«

»Gleich! Schauen wir uns das Ding doch erst mal genauer an!«

»Na gut!« Thea fügte sich in ihr Schicksal und trottete hinter ihrem Bruder her. Der Stein war aber wirklich sehr schön. Er war von einem Kreis hoch gewachsener Bäume umgeben und stand erhaben in ihrer Mitte wie ein stolzer Krieger, die eine Hälfte von saftigem Moos bedeckt, die andere weiß und wie blank poliert in die Höhe ragend.

»Weiß und grün, das sind die Farben von Weiden«, gab Thea an. Besserwisserin.

»Ich finde, das Ding sieht aus wie der Zahn von einem Giganten«, erklärte Raul. Thea kicherte, während Raul hinschlich und den Stein vorsichtig berührte. Er war eiskalt. Bei näherem Betrachten erkannte er einige Zeichen, die in den Stein eingekerbt waren, von Wind und Regen fast ausgewaschen.

»Was siehst du da?«, fragte Thea neben ihm. »Ich hab irgendwie ein komisches ...«, meinte sie und kreischte dann hoch und laut mit ihrer schrillen Kleinmädchenstimme, denn der grasbewachsene Erdboden gab unter ihr nach, und sie rutschte mit einer Lawine aus Moos und dunkler Erde in die Tiefe.

Erschrocken warf sich Raul auf den Boden und starrte in das ausgefranste Loch, das mit einem Mal dort klaffte und in dem seine Schwester verschwunden war.

»Thea!«, schrie er panisch. Seine Stimme klang hohl in der Dunkelheit, und sein aufgeregter Herzschlag dröhnte wie eine Trommel in seinen Ohren. »Thea!«

»Ich bin hier!« Erleichtert hörte er ihre Stimme, ganz hoch und piepsig vor Angst. »Raul, hier unten ist es ganz schrecklich. Ich hab Angst! Ich glaube, das ist ein Grab.«

Ein Grab ... Wie aufregend! Und wie unheimlich! Ihn schauderte.

»Ich will raus. Hol mich hier raus, Raul!«

Tja, das würde er ja gern, nur wie? Er sah sich um, aber es war kein Ast oder etwas Vergleichbares in der Nähe, mit dem er seine Schwester hätte heraufziehen können. Ratlos kratzte er sich am Kopf. »Keine Bange, Thea! Ich hol Hilfe. Bleib ganz ruhig, ja?«

»Nein!«, kreischte sie, »geh nicht weg, lass mich nicht allein! Bitte Raul, geh nicht weg!«

»Schon gut«, beruhigte er sie, »Ich bleib ja da.« Aber wie sollte er sie dann da unten rausholen? Er konnte sie nicht allein lassen, sie hatte Angst. Da kam ihm eine Idee. »Thea, ich komm runter. Geh auf die Seite!« Er setzte sich an den Rand, der, noch bevor Raul abspringen konnte, unter ihm nachgab und mit ihm zusammen in die Dunkelheit sackte. Nach kurzem Fall landete Raul hart auf dem Hosenboden und sah direkt in das schmutzige, verheulte Gesicht seiner Schwester.

»Schöner Mist!«, sagte er, und sie grinste, offensichtlich froh, ihn zu sehen. Nun schaute er sich erst einmal genauer um. Die Höhle war nicht besonders tief, etwa zweieinhalb Schritt, schätzte Raul. Es war eine Höhle mit Lehmwänden, die mit Hölzern verstärkt waren. An den Wänden hingen außerdem Teppiche, auf denen alte, seltsam angezogenen Leute abgebildet waren, und eine Menge verrosteter Waffen und Rüstungskram lag am Boden herum. In der Mitte der Kammer stand eine steinerne, rechteckige Truhe, auf der auf einer Decke Blumen lagen, die seltsamerweise noch in den schönsten Farben leuchteten. Das Ding war aus dem gleichen Stein wie der Fels oben, fiel Raul auf, weiß und glatt poliert. Zur Rechten und zur Linken der langen Truhe standen zwei Krieger aus marmoriertem dunklem Stein. Sie waren in voller Rüstung und hielten jeweils einen mächtigen Bidenhänder vor der Brust. Es wirkte, als würden sie Wacht halten. Neben der Truhe lagen auf einem großen, ehemals wohl rotem Teppich eine Menge Gegenstände, manche aus Metall, manche aus Holz, dazwischen einige kleine Kistchen, alles in geordnetem Chaos vermischt.

»Wie kommen wir hier wieder raus?«, unterbrach Thea seine Betrachtungen.

»Wir machen eine Räuberleiter! Dann schaffst du es zumindest nach oben und kannst Hilfe holen, während ich hier warte.«

»Du willst allein hier unten bleiben?«

»Pah, ich hab keine Angst. Ich kann warten, bis du Groma geholt hast, und dann holt sie mich hier raus. Sie wird Augen machen, wenn sie sieht, was wir gefunden haben.«

»Oder sie wird mächtig böse sein«, vermutete Thea.

»Unsinn!«, widersprach Raul bestimmt. »Das ist ein großes Geheimnis, was wir hier gefunden haben. Das war bestimmt ein König, der hier begraben wurde. Die beiden Statuen bewachen ihn. Und in den Kisten sind seine Schätze drin.«

»Fass bloß nichts an, die sind bestimmt alle verflucht«, warnte Thea altklug.

»Ja ja, keine Bange. So, du musst jetzt los und Groma holen.«

»Aber wie soll ich denn aus dem Wald herausfinden, so ganz ohne dich?«

Raul überlegte kurz. »Du musst den Bach suchen, lausch genau, ob du sein Plätschern hörst. Wenn du in die Richtung läufst, wo er herkommt, dann musst du doch irgendwann am Dorf rauskommen. So einfach ist das.«

»Hört sich wirklich recht einfach an«, stimmte Thea unsicher zu. »Und wenn ich den Bach nicht finde?«

»Du musst ihn finden«, erklärte Raul bestimmt. »Und denk daran: Ich warte hier in diesem unheimlichen Grab darauf, dass du wiederkommst und mich rettest!«

»Mein tapferer Bruder!« Sie küsste ihn auf die Wange, bevor er es verhindern konnte. »Ich bin ganz bald zurück, versprochen!«

Er legte die Hände ineinander, und sie kletterte an ihm hoch, bis sie schließlich auf seinen Schultern stand. Dann zog sie sich am Rand des Erdlochs hoch und war schließlich oben. Braves Mädchen, lobte Raul sie innerlich. Manchmal war sie eben doch zu etwas zu gebrauchen. Als er ihr Gesicht da oben gegen das Sonnenlicht sah, wurde ihm nun doch etwas mulmig zumute.

»Komm bald zurück«, bat er plötzlich kleinlaut.

»Ich verspreche es!«

Sie winkte ihm zu, und dann war ihr Gesicht verschwunden und er war allein. Allein in einem dunklen Erdloch mit einem toten Fremden, zwei grimmig dreinblickenden Steinkriegern und einer Menge altem Gerümpel. Und diesen komischen Leuten auf den Teppichen ... Hatte er sich getäuscht, oder bewegte der Kerl da seine Augen und blickte ihn an? Und der Steinkrieger! Raul drehte ihm blitzschnell den Kopf zu. Hatte er nicht gerade sein Schwert bewegt? Nun stand er wieder still. Hm.

Raul atmete tief durch. Er war ein Junge, und er würde einmal ein tapferer Krieger werden. Oder ein Seefahrer, und dann würde er nach Güldenland fahren. Also würde er sich auf gar keinen Fall fürchten. Um seinen Mut zu zeigen, begann er lauthals ein Lied zu singen, das er vom alten Tremal gelernt hatte.

»Einst ging ich am Ufer des Yaquir entlang, heja o lalala ...« Seine hohe Knabenstimme überschlug sich, so laut sang er. Tremal, der zur See gefahren war, auf einem Drachenboot zusammen mit Thorwalern, der so viel Bier saufen konnte wie kein anderer im Dorf und der ihm all seine Hautbilder mit Walen und nackten

Frauen gezeigt hatte. Wenn das Groma wüsste! O ja, Tremal war sein großes Vorbild, obwohl er nur noch ein Bein hatte und das andere aus einem alten Stück Knochen bestand. Aber Tremal konnte eine wunderbare Geschichte über eine mörderische Seeschlange erzählen, die ihm das Bein abgebissen hatte, im blutigen Kampf nämlich, jawoll ja! Und natürlich hatte Tremal die Schlange trotzdem besiegt, und dann hatte er sich einen von ihren mächtigen Zähnen genommen und daraus ein zweites Bein geschnitzt. Raul hatte den Text des Liedes vergessen, und sein Hals tat ihm weh, deshalb hörte er auf zu singen. Vielleicht gab es hier ja was Interessantes zu entdecken, Zeit, sich mal genauer umzuschauen. Neugierde hatte die Angst des Jungen längst verdrängt.

Entschlossen stand er auf und lief betont gelassen, mit in den Hosentaschen geballten Fäusten, in dem alten Grab umher, sah sich einige Teppiche genauer an und fragte sich, warum die Erwachsenen nur immer so griesgrämig dreinschauten. Sie schienen wohl nicht mehr viel zu lachen zu haben. Außer Groma, die war natürlich was anderes. Allmählich aber kamen Raul Bedenken, ob sie so begeistert von seinem Fund sein würde. Immerhin waren sie gegen ihr Verbot zum Bach gegangen und dann, noch schlimmer, tief in den Wald. Raul hoffte nur, dass Thea vor Einbruch der Dunkelheit zu Hause war, sonst gäbe es noch mehr Schelte. Thea war manchmal etwas zerstreut, konnte schon sein, dass sie seine weisen Ratschläge vergessen hatte. Er zog einen rostigen Säbel aus einem Haufen Waffen und piekste die steinernen Wächter damit.

»Heh, Schurke! Ich bin Geron der Einhändige! Und das ist Siebenstreich, das beste aller Schwerter! Ergib dich oder du wirst sterben! Nimm das!« Eifrig stach er auf den grimmigen Krieger ein, bis der rostzerfressene Säbel auseinander brach. Mist, und die anderen waren alle zu schwer für ihn. Knurrend ließ Raul den nutzlosen Griff fallen und wühlte in dem Unrat herum, der hier haufenweise herumlag. Er fragte sich, was das wohl für Leute waren, die all dieses Zeug mit ins Grab genommen hatten. Das war doch völliger Blödsinn. Tote begrub man entweder allein, oder man verbrannte sie, das wusste doch jedes Kind. Schließlich konnte nur die Seele übers Nirgendmeer geschleppt werden, der Rest wäre Golgari bestimmt viel zu schwer. Raul fragte sich, ob er es wohl schaffen würde, Golgari zu überreden, seine Schleuder mitzunehmen, wenn er ihn holen kam. Was noch lange dauern würde, wie Groma auf seine Frage hin versichert hatte, und Groma wusste schließlich alles. Aber seine Schleuder würde er wirklich ungern zurücklassen, sie war einfach klasse, sein ganzer Stolz. Er hatte letzten Sommer sogar eine Taube damit erledigt! Und sie war jedenfalls auch nicht so sperrig wie die Sachen hier … Raul schüttelte über so viel Unverstand den Kopf. Da war so viel unnützer Kram! Die leeren Metallschalen, in denen Staub und irgendwelches zerfallenes Zeug lag, ein paar Kästchen, die samt Inhalt zu Staub zerfielen, als er sie berührte, und außerdem eine Menge Schmuck, der hässlich alt und fleckig aussah. Dann war da noch eine recht lustige Tonlampe mit eingetrockneten Rußflecken. Er setzte sich im Schneidersitz auf einen Teppich, rieb an der Lampe und stellte sich vor, er sei ein großer Dschinnenbeschwörer aus dem Süden, mit spitzen Ohren und goldenen Augen. Dann würde er auf seinem fliegenden Teppich nach Güldenland fahren und wohin immer er auch wollte. Irgendwann wurde ihm auch das langweilig. Wurde langsam Zeit, dass Thea zurückkam. Inzwischen hatte er jede Furcht verloren, es war einfach nur noch schrecklich langweilig. Lustlos begann er, um den steinernen Kasten herumzuschleichen. Es war ein ziemlich uninteressanter alter Steinklotz, der etwa seine Größe hatte und einen leicht gewölbten Deckel, auf dem diese komischen Blumen lagen; doch er lag zu hoch, als dass ihn Raul hätte genauer sehen können. Außerdem war noch das Tuch darüber gebreitet. Raul hütete sich, die Blumen anzufassen. Groma hatte ihm gesagt, dass gerade die buntesten und schönsten Blumen und Tiere oft giftig und gefährlich seien. Aber Moment mal, da lag doch noch etwas neben den Blumen, oder? Er stellte sich auf die Zehenspitzen und spähte mühsam auf den Deckel. Tatsächlich, irgendetwas Unförmiges! Was das nur war?

Die Neugierde ließ ihm keine Ruhe mehr. Er streckte die Hand aus und reckte sich nach dem Ding, aber er konnte es nicht erreichen, er war einfach zu klein. Erbost rümpfte er die Nase. Warte nur, dich krieg ich! Ungeduldig zerrte er an dem Tuch, und das Ding bewegte sich ein wenig. Raul zog fester, und mit mächtigem Gepolter fiel etwas auf der anderen Seite zu Boden. Gespannt lief Raul um die Ecke und blieb gebannt stehen. »Nein, wie wunderschön«, flüsterte er begeistert.

Auf dem Boden lag, vom Sturz – Götter sei Dank – völlig unversehrt, eine Harfe.

Sie war aus einem weiß schimmernden Material gearbeitet und hatte die Form eines wohlgeformten Frauenkörpers, der sich schlangengleich hintenüber zu biegen schien. Die Saiten schimmerten goldfarben, und die lange Zeit in dem dunklen, feuchten Grab schien dem Instrument kein bisschen geschadet zu haben.

»Die Harfe aus Gromas Geschichte«, rief Raul und klatschte begeistert in die Hände. »Das wird Groma aber freuen!« Freudig trat er ein paar Schritte näher, ging in die Hocke und betrachtete das Instrument mit schräg gelegtem Kopf genauer. Das Gesicht war unglaublich fein gearbeitet, das schöne Frauenantlitz lächelte und als Augen waren leuchtend fliederfarbene Steine eingelassen.

»Sie ist so schön«, sagte Raul begeistert zu den beiden Steinkriegern, die ihn streng ansahen. Noch nie zuvor hatte er etwas derart Zartes und Zerbrechliches gesehen.

Vorsichtig streckte er den Zeigefinger aus und streichelte behutsam über die glatte, makellose Frauenfigur, die den Rahmen des Instruments bildete. Dann, neugierig geworden, reckten sich seine kleinen dicken Finger nach den goldenen Saiten der Harfe und strichen zaghaft darüber.

Sie schwangen, vibrierten. Und gaben doch keinen Ton von sich.

Das Kind mit den goldenen Locken blickt von seinem imposanten Thron aus Lotos auf, und für einen Augenblick liegt Überraschung in seinen amethystfarben leuchtenden Augen, als die Harfe zum ersten Mal seit Äonen ihre fleischigen Saiten scheinbar von selbst zu einer stöhnenden Arie des Schmerzes und der Pein erklingen lässt und den schmalen Pfad durch die Sphären aufreißt. Dann beginnt es schallend zu lachen. Die vor ihm tanzenden Jungfrauen werfen sich stöhnend zu Boden, die Hände an die Ohren gepresst, aus denen dunkles Blut hervorkriecht, und das Kind greift triumphierend mit seinen alabasterweißen Fingern nach dem klingenden Instrument.

Raul war enttäuscht, strich nochmals über die gold glänzenden Saiten, diesmal heftiger, wieder und wieder. Sie vibrierten stärker, schienen stumm zu dröhnen, schwangen funkelnd hin und her. Doch kein einziger Ton drang an sein Ohr. Schade, sie war kaputt!

Plötzlich stieg ein Rauschen auf, dass sich dröhnend in einen brausenden Orkan steigerte. Es kam von oben, von draußen. Und es schien näher zu kommen. Er hob den Kopf.

Ein Sturm von loderndem Feuer braust durch die Sphären, erhebt sich im Rahja, peitscht orkanartig über das hilflose Land, lässt nichts zurück als Asche und Staub. Sein tosendes Heulen klingt wie das Klagelied hunderter verdammter Seelen, und sie schreien bitterlich ob ihrem unvergänglichen Leid. Der Feuersturm fährt über das Dorf, verbrennt Hütten wie Seelen, als wären sie nichts als Papier, das glühend zerfällt. Es verwandelt das Grün des Waldes in staubiges Schwarz, tost voran, eine tödliche Woge, umfängt ein kleines ängstliches Kinderherz, umfasst es, fährt in es ein, lässt seine Saat zurück, füllt es mit der weiß glühenden Lohe seiner Flamme und zeichnet sein Gesicht. Tobt weiter, dem Horizont entgegen.

Ein Sturm von tosendem Eis erhebt sich im Efferd, zieht wütend über das ahnungslose Land, hüllt es ein in tödlichen Schlaf, lässt jeden, der seinen Weg kreuzt, klirrend erstarren. Sein Toben gleicht einem Heerzug weißer Streiter, deren spitze kristalline Klingen singend durch die Lüfte schneiden, und nichts kann ihren brausenden Zug aufhalten. In wildem Sturm tosen die Eisreiter voran, dem Horizont entgegen.

Ungerührt reckt die uralte Blutulme ihre mächtigen Zweige in die Lüfte, der rissige Stamm von grünem Moos überwuchert, die dicken Wurzeln fest in den Boden gekrallt, um den mächtigen Stamm aufrecht zu halten und dem Erdboden die nötige Nahrung zu entringen. Unerbittlich steht sie und unbewegt, und nicht eines ihrer dunkelgrünen Blätter scheint sich zu regen, als die tobenden Widersacher aufeinander treffen, Feuer und Eis, heulend und mit aller Kraft, die ihnen von ihren Herren gegeben wurde.

Kreischend prallen sie aufeinander, Eis lässt Feuer zischend verlöschen, Feuer schmilzt Eis in kraftlose Tropfen. Doch stolz harrt, ganz in sich vertrauend, voller Schönheit die Ulme, und die Kraft und die Zerstörung der beiden Giganten heben einander auf, verschmelzen miteinander zu nichts, und wie durch ein Wunder bleibt der uralte Baum ohne Schaden, bis schließlich die tobenden Mächte versiegen, ihr grausamer Streit verebbt. Verschont aber von der tödlichen Gewalt der beiden bleibt auch das kleine Mädchen, das sich zwischen den großen, moosbewachsenen Wurzeln zusammengekauert hatte und leise vor sich hin weint.

Kapitel 24

Sie sahen einander an, und Tränen liefen über ihre Gesichter, die sich so ähnlich waren, wären nicht die furchtbaren Brandnarben auf seiner Wange gewesen. Althea lächelte, und das Lächeln setzte sich auf seinen Lippen fort.

»Raul!« Strahlend streckte Althea die Hände nach ihm aus.

Wilde Freude wallte in ihm auf, das Blut rauschte in seinen Ohren, und ein lange vermisstes Gefühl von Wärme erinnerte ihn daran, dass sein Herz mitnichten aus Stein war. Doch das Schönste war: Er erinnerte sich. Er erinnerte sich an sie! »Thea!«

Die Umrisse des seltsamen Thrones, den Baldachin, die Rüstungen, all das nahm Althea nur schemenhaft wahr. Ihre ganze Aufmerksamkeit galt dem jungen Mann, der neben dem dürren, schwarz-weiß gewandeten Narren stand und jetzt einen Schritt auf sie zukam.

Sie erkannte sein Antlitz sofort, das schmal geschnittene Gesicht mit den grünen Augen, dem langen roten Haar und dem schmalen Mund, wenn es auch erschreckend fahl und hager wirkte und blauschwarze Schatten unter den rot geäderten Augen lagen. Es war schön, ihn zu sehen, diesen hoch gewachsenen, mageren Jüngling. Ein Anblick, den sie so furchtbar lange hatte missen müssen. Und doch war es ihr, als hätte sie ihn gestern erst das letzte Mal in die Arme geschlossen. Denn sie erinnerte sich. Endlich, endlich erinnerte sie sich!

»Thea!« Seine Stimme klang brüchig, als hätte er schon lange nicht mehr gesprochen und müsste sich erst wieder mühsam daran erinnern. »Du hast so lange gebraucht, Thea!«

Unvermittelt liefen die Tränen über ihr Gesicht, ohne je wieder versiegen zu wollen, und mit einem tiefen Schluchzen machte sie ihrer Erleichterung und ihrer Freude auf seltsame Art Luft. »Raul!«

»Nicht weinen!« Tröstend hob er die Hand und kam sehnsüchtig einen weiteren Schritt näher. Dann verdüsterte sich seine Miene, er ließ die Hand sinken und wich zögernd einige Schritte zurück. »Thea, ich ...«

Ein schrilles, wütendes Kreischen holte die beiden zurück in das Jetzt, das sie für endlose Augenblicke vergessen hatten. Mey hatte sich zu ihnen umgewandt und funkelte sie aus violett glühenden Augen wütend an.

»*Nein!*«, schrie er jetzt böse und hob ebenfalls die Hand.

»Althea! Zurück! Schnell!«, rief von hinten eine Stimme, und erst jetzt sah Raul die dunkelhaarige Frau mit dem Dolch in der Hand, die hinter Thea den Raum betreten hatte, an ihrer Seite einen wütend knurrenden Wolfshund.

Auch Mey sah sie nun und kreischte, schier ohnmächtig vor Zorn, Worte in einer fremden Sprache stammelnd.

»Was soll das, Mey?«, fragte Raul verwirrt.

Aber der Narr antwortete nicht, sondern schrie wieder voller Zorn, und als er die Hand zur Faust ballte, flog die Frau zurück, als hätte ein harter Schlag sie in den Magen getroffen; kurz darauf folgte ihr der erbärmlich jaulende Hund. Dann schlug die Tür mit einem lauten Krachen zu. Mey zischte wütend: »*Schlangenbrut!*«

Die Wucht des Schlages traf Lea Elida völlig unvorbereitet. Sie prallte gegen die Wand des Aufgangs und wäre beinahe noch die steilen Stufen hinabgestürzt. Neben ihr landete Wolf, der benommen liegen blieb. Einen Moment fürchtete sie, der Schmerz in der Magengegend würde auch ihr das Bewusstsein rauben, aber sie kämpfte verbissen dagegen an, biss sich die Lippen blutig. Schließlich gelang es ihr, sich mühsam aufzurichten, und sie taumelte voran. Sie musste zurück, zurück zu Althea.

Da schnellten unvermittelt die drei Echsen aus dem Relief vor, das die Tür umgab, armdicke, steinerne Reptilien, deren Augen zum Leben erwacht waren und die sie nun wütend anfunkelten. »Schlangenbrut!«, zischte es aus ihren sechs Mäulern, als sie mit spitzen Fängen nach Lea Elida schnappten und ihre harten Schwänze gegen ihren Körper peitschten. Sie kam nicht an ihnen vorbei.

Verärgert runzelte Althea die Brauen. »Was soll das?«

»*Sie wird dich verraten*«, zischte Mey hinter ihm, »*so wie es die Frau tat, die du Mutter nanntest. Erinnere dich! Lass dich nicht wieder verletzen, stich du diesmal zuerst zu!*«

»Wer ist dieser Giftzwerg?«

Raul riss die Augen auf, und selbst der Narr schien sprachlos zu sein. »Du kannst ihn sehen?«

»Natürlich.« Sie zog fragend die Brauen in die Höhe. »Sollte ich etwa nicht?«

»Doch«, entgegnete Raul heiser, »doch, das sollst du!« Und nun, endlich, fiel er ihr um den Hals. Zitternd umklammerten sie einander, als wollten sie sich niemals wieder loslassen.

Mey zog einen Augenblick irritiert die Brauen zusammen, dann glomm Erkenntnis in seinen Augen auf. »*Ein Blut und ein Herzschlag! Deshalb kann sie sehen*«, murmelte er leise.

»Ich hab dich vermisst, mein Bruder«, flüsterte sie und strich ihm das rote Haar zurück, »obwohl ich es nicht wusste, habe ich dich die ganze Zeit so sehr vermisst, dass es wehgetan hat. Immer hat es in mir gezogen, nach dir verlangt, und jetzt bin ich zum ersten Mal seit so langer Zeit wieder vollständig. Wir wollen uns niemals wieder trennen!«

»Ja, lass mich bitte nie mehr allein, Thea!« Seine Stimme klang wie die eines kleinen Jungen. Sein bis auf die Knochen abgemagerter Körper zitterte. Was hatte er erleiden müssen? Halb verhungert, völlig verwahrlost und dann diese furchtbaren Brandnarben im Gesicht! Und all das, weil sie ihn in diesem unheimlichen Grab zurückgelassen hatte, weil er so tapfer gewesen war und sie so ängstlich.

»Ich werde alles wieder gutmachen«, versprach sie ihm flüsternd. Sibelius würde Augen machen, wenn sie zu zweit zurückkämen, wenn er erführe, was sie wirklich an diesen seltsamen Ort getrieben hatte, dass es ihr Bruder war, der sie irgendwie hergerufen hatte. Aber was suchte er eigentlich hier? Und was war mit diesem boshaften Schelm, der sie noch immer fassungslos anstarrte? Und es war Zeit, Hochwürden Welfenhaag hereinzuholen und sie aufzuklären.

»Was geht hier eigentlich vor sich?«, fragte sie scharf und löste sich von Raul, jedoch ohne seine Hand freizugeben.

Mit finsterem Blick fixierte Mey den Jungen. »*Du hast dein Wort gegeben, nun wirst du es auch erfüllen müssen.*«

Aber Raul schüttelte den Kopf. »Die Lage hat sich geändert! Meine Schwester ist gekommen, um mich zu holen. Und gerade noch rechtzeitig, wie mir scheint.«

Er drückte fest ihre Hand. »Du wirst dir ein neues Herz suchen müssen. Ich werde dort weitermachen, wo wir vor vielen, vielen Jahren aufgehört haben; ich werde mein altes Leben zurückbekommen.«

»Dein Herz?« Altheas Stimme überschlug sich. Sie blickte von Raul zu Mey und dann auf das Wesen auf dem Thron – und sie begriff. »Du zwölfmal verfluchte Bestie«, sie bebte vor Zorn, »vade retro, oder ich werde dir deinen Schädel spalten, wenn es sein muss, mit bloßer Hand.« Sie wandte sich zur Tür. »Ich werde Hochwürden Welfenhaag holen, sie wird schon wissen, was mit einer Ausgeburt der Niederhölle wie dir zu geschehen hat!«

Der Schlag riss sie von den Füßen, und hart schlug sie mit dem Kopf auf dem Boden auf.

»Thea!« Entsetzt stürzte Raul zu seiner Schwester, beugte sich zu ihr hinab.

Mey hatte die Hand nach Beendigung der Geste wieder gesenkt. Jetzt legte er den Kopf schief und starrte die Geschwister feindselig an.

»Nichts hat sich geändert!« Seine Stimme klang unglaublich tief, viel zu tief für seinen schmalen Brustkorb.

»Lass sie in Frieden«, schrie Raul ihn an. Mühsam versuchte er sich an die Dinge zu erinnern, die ihm der Meister mitgegeben hatte, die Möglichkeiten, jemandem wehzutun, ihn zu beherrschen. Aber er konnte auf das Wissen nicht zugreifen, es schien sich zu wehren, sich zu weigern, gegen Mey eingesetzt zu werden. Er konnte dem Narren nichts anhaben.

»Ihr seid so erbärmlich«, sagte Mey voller Verachtung.

Verzweifelt schlug Raul nach ihm, aber wieder ging der Schlag ins Leere, denn da war kein Körper, der ihn abfangen konnte. Währenddessen begann Althea sich heftig auf dem Boden zu krümmen. Außer sich vor Angst sah Raul, wie sie an ihren Hals langte, als versuchte sie, den würgenden Griff unsichtbarer Hände abzuschütteln; die Adern an Stirn und Hals traten unnatürlich hervor, und ihr Gesicht verfärbte sich binnen weniger Augenblicke bläulich.

»Ich werde sie töten«, sagte Mey sachlich. »*Du weißt das. Ich habe es schon oft durch dich getan, aber inzwischen kann ich sie auch ohne deine Hilfe erledigen. Und du weißt, dass ich es tun werde.*«

Die steinharten Fänge bohrten sich grausam in ihre Schulter. Lange hatte sie nicht mehr einen solch brutalen Schmerz verspürt. Während sie mit einem gezielten Tritt gegen den Hals der nächsten Echse deren Biss abwehrte, spürte sie, wie die erste ein Stück Fleisch aus ihrer Schulter riss und warmes Blut ihren Rücken herunterlief. Wolf winselte, er war noch immer nicht bei Bewusstsein. Lea duckte sich unter dem Angriff der dritten Echse weg, beugte sich nach hinten, um der zweiten auszuweichen, aber die Mäuler folgten ihr. Sie wehrte mit einem Schlag ihres Armes einen vorzüngelnden Kopf ab, aber der nächste setzte sofort nach und biss ihr in den Oberarm, ehe sie sich dagegen wehren konnte. Die Wunden schmerzten niederhöllisch, allein die Berührung mit den steinernen Körpern bereitete ihr unerträgliche Pein. Wieder zischten zwei Köpfe nach vorn; mit einem gezielten Fußtritt konnte sie den Angriff aufhalten, aber ein scharfes Stechen durchfuhr ihren Knöchel. Es war zwecklos! Sie kam nicht vorbei, sie konnte noch nicht einmal Schaden anrichten. In letzter Not versuchte sie, mit ihrer Basiliskenzunge eines der boshaft funkelnden Augen zu treffen. Und die geweihte Klinge glitt kraftvoll fast bis zum Heft in den Kopf des Reptils. Mit einem letzten Zischen zerfiel das Haupt der Echse zu grauem Staub, woraufhin der zweite Kopf jedoch noch wütender angriff. Lea hatte Mühe, ihm auszuweichen, aber der Erfolg verlieh ihr neue Kräfte, und während die dritte Echse in ihren Oberschenkel biss, bohrte sie den geweihten Dolch auch in den zweiten Kopf. Die zweite und die dritte Echse griffen nun noch schneller an, und Lea spürte, wie das Blut aus den tiefen Wunden an ihrem Körper herabfloss und sie bereits schwächer wurde. Aber sie gab nicht auf. Als die Köpfe der dritten Echse die Fänge in ihren Oberarm bohrten, hielt sie einen Augenblick still, dann holte sie blitzschnell aus und stach beiden die Augen aus. Als der zweite Kopf zersprang, fuhr ihr ein Splitter in die Stirn, und ein roter Schleier aus Blut legte sich über ihre Augen. Trotzdem griff sie weiter an, nun das letzte Reptil. »Naclador!« Sie hörte die Stimme schreien, ohne zu begreifen, dass es ihre war.

Die letzte Echse wand sich zischend, wich immer wieder aus, nun vorsichtiger geworden. Lea wurde immer langsamer. Dann blieb sie schwer atmend stehen, wartete, obwohl ihr Herz raste und alles sie zur Eile drängte. Die Echse verharrte, beobachtete Lea kalt. Unvermittelt stieß sie vor. Doch das war genau das, worauf die Geweihte gewartet hatte. Mit einem letzten Aufschrei sprang sie zur Seite, packte den Hals des Reptils und stach ihm die Augen aus. Der Weg war frei.

Lea wischte sich das Blut aus dem Gesicht, das schmerzhafte Pochen missachtend, das ihren Körper durchlief. Mit knirschenden Zähnen humpelte sie zur Tür. Hinter ihr winselte Wolf. »Komm«, sagte sie heiser zu ihm, und er richtete sich mühsam auf und schleppte sich hinter ihr her. Sie versuchte die Tür zu öffnen, aber es gelang ihr nicht. Wütend schrie sie auf, schlug gegen das Wappen. Aber die Tür blieb verschlossen. »Nein, so einfach wirst du mich nicht los!«, flüsterte Lea. Sie trat einen Schritt zurück, senkte einen Moment den Kopf, um all ihre Kräfte zu sammeln. Dann bearbeitete sie mit gezielten Tritten die Tür.

Er sprach die Wahrheit, Raul spürte, dass der Narr ihn in dieser Sache nicht täuschte. Ohne Zögern würde er alles, alles tun, um seinen Plan zu Ende zu bringen, koste es, was es wolle. Mey hob die Hand zu einer einladenden Geste in Richtung des Thrones. »*Was reden wir noch lange? Wenn du sie retten willst ... Du kennst deine Aufgabe. Ich verlange nicht mehr, als dass du sie erfüllst!*« Er legte den Kopf schief. »*Und wenn dir etwas an deiner Schwester liegt, dann solltest du das bald tun! Ich habe gehört, dass bleibende Schäden zurück bleiben können, wenn man jemandem zu lange die Luft abdrückt!*« Er kicherte albern.

Das trockene Röcheln und die weit aufgerissenen Augen seiner Schwester fuhren Raul ins Herz wie glühende Speere. Sollte er sie verlieren, wo sie sich doch gerade erst wieder gefunden hatten? Es war seine Schuld, dass sie litt, er hatte sie irgendwie hierher gerufen, und er war auch der Grund, warum Mey hier war! Er musste dem allen ein Ende setzen, und zwar schnell. Und es gab nur eine Möglichkeit, dies zu tun – er musste für sein Tun die Konsequenzen tragen.

»Lass mich wenigstens Abschied von ihr nehmen«, bat er leise.

Mey verdrehte angewidert die Augen, schien seinen Griff aber zu lockern, denn Altheas Zucken ließ nach. Er beugte sich nieder und küsste sie sanft auf die Stirn. »Vergib mir, Thea! Ich habe schlimme Dinge getan, und jetzt muss ich dafür bezahlen, muss dich verlassen. Es ist nicht gerecht, so wenig Zeit war uns gemeinsam vergönnt.« Die Tränen tropften auf ihr schweißüberströmtes Antlitz. »Bitte vergiss nicht, dass ich dich über alles liebe und immer lieben werde. Egal, was passiert.« Und nochmals berührten seine Lippen ihre Stirn. Ihr geflüstertes »Tu es nicht!« spürte er eher, als dass er es hörte.

Dann stand er auf, strich sich entschlossen das Haar zurück und atmete tief durch, das Stechen in seiner

Lunge wie das in seinem Herzen ignorierend. Meys triumphierendes Grinsen strafte er ebenso mit Missachtung wie die heftigen Schläge gegen die Tür am anderen Ende des Raumes, die plötzlich einsetzten. Nicht so Mey, der überrascht aufsah und dann mit glühendem Blick leise zu fluchen begann – und Raul hätte schwören können, dass für einen Moment so etwas wie Angst in den leuchtenden Augen des Narren glomm. Er trieb Raul mit einer ungeduldigen Geste zur Eile an. Auf einem Beistelltisch neben dem Thron lag ein Langdolch aus Vulkanglas, auf den Mey wortlos deutete.

Das Hämmern gegen die Tür wurde lauter. Gemessenen Schrittes näherte sich Raul der androgynen Gestalt und fixierte sie mit festem Blick.

»Tu es nicht!« Ihre Worte hallten in seinem Herzen wider, voller Verzweiflung.

Der Weg zum Thron war viel zu kurz, schon war er da, und es blieb keine Zeit mehr.

»Tu es nicht!«

Wieder ging alles sehr schnell. Der Narr hatte nochmals besorgt zur Tür geblickt, die unter den Schlägen in der Angel bebte. Abgelenkt von dem Dröhnen und dem wütenden Gebell des Hundes, murmelte er einige Worte, und als er sich wieder zu Raul umwandte, hatte dieser bereits gehandelt. Seine Intuition hatte Raul den winzigen Augenblick nutzen lassen, in welchem der Narr seine Aufmerksamkeit von ihm abgewendet hatte. Mit einer ausholenden Bewegung hatte er einen der Säbel von der Wand gerissen, und mit der nächsten war die Klinge bereits über den Hals des kindlichen Körpers gefahren. Der vollkommene Kopf kippte nach hinten ab, aber obwohl frisches, dunkelrotes Fleisch zu sehen war, floss kein Blut. Wie ein Berserker hieb und stach Raul nun auf den Leib ein, schnitt Glieder ab, durchtrenne Sehnen, wütete wie von Sinnen, begleitet vom fassungslosen Schreien des Narren, das so dissonant war, dass nur das Tosen des Blutrausches in seinen Ohren ihn davon abhielt, besinnungslos zu Boden zu fallen. Eine schrille Kakophonie des Schmerzes und der Wut, die bei jedem Schlag anschwoll, gerade so, als würde der Narr selbst bei lebendigem Leibe zerhackt werden, und die abrupt verstummte, als Raul, nun selbst schreiend, mit letzter Kraft durch die geschlossenen Augenlider stach und im selben Augenblick die Türe aufsprang und eine Frau in den Saal stürmte, deren Worte wie eine Fanfare durch die hohe Kuppel hallten: »Arcana magica inutilis erit!«

Mit einem Mal war es sehr still.

Kapitel 25

»Hochwürden! Nein!«
Nur mit Mühe konnte die nach Luft ringende Althea Hochwürden Welfenhaag und Wolf davon abhalten, Raul zu erschlagen beziehungsweise zu zerfleischen. Der hatte die Waffe fallen gelassen und war vor dem amorphen Fleischhaufen auf den Boden gesunken.

»Er ist fort«, sagte er immer wieder heiser, »er ist fort!« Althea kroch zu ihm, und sie umklammerten sich schluchzend.

Lea Elida steckte ihren Dolch in die Scheide und fuhr sich über das blutige Gesicht. Dann erst sah sie die beiden an, und ein Ausdruck des Verstehens legte sich auf ihre harten Züge. »Zwillinge.«

Es hörte sich an wie die einfache Antwort auf eine seit langem gestellte Frage. Wolf schmiegte sich an sie. Umständlich nestelte die Geweihte an ihrer Tasche, holte eine silberne Flasche hervor, die sie den beiden reichte. Dann sank die Draconiterin stöhnend zu Boden. Neugierig nahm Althea einen Schluck. Scharf und süß brannte sich der Honigschnaps den Weg in ihren Magen, und tatsächlich schien die Welt um sie herum wieder wirklicher zu werden und weniger zu schwanken als noch vor einem Augenblick. Auch Raul hustete kurz, als er getrunken hatte. Dann überzog ein Lächeln sein Gesicht. »Er ist wirklich weg, Thea! Wir haben es geschafft!«

Unvermittelt brach er in lautes Lachen aus und umarmte sie wiederum stürmisch. Und Althea stimmte in das Lachen mit ein.

»Darf ich erfahren, was hier los ist?« Die kalte Stimme der Geweihten beendete den unvermittelten Heiterkeitsausbruch sehr bestimmt. Bestürzt stellte Althea fest, dass die Draconiterin blutüberströmt war, das Ornat am ganzen Leib zerrissen und mit Blut getränkt. Sie sah übel aus. Trotzdem war ihre Stimme ruhig und beherrscht wie immer. »Wie ist dein Name, Junge?«

»Ich bin Raul, Altheas Zwillingsbruder.«

»Das ist mir bereits aufgefallen«, sagte Lea trocken.

»Hochwürden, ich kann mich wieder an alles erinnern, an meine Vergangenheit, meine Kindheit! Meine Großmutter! Und an meinen Bruder! Ist das nicht wunderbar?«, mischte sich Althea begeistert ein.

Aber Lea Elida blickte noch immer den Jungen an. »Ich möchte, dass du mir in kurzen Worten erzählst, was geschehen ist, seit ihr getrennt worden seid, und wie du hierher gekommen bist. Althea, beruhige dich bitte. Du wirst noch genügend Gelegenheit zum Feiern bekommen, das verspreche ich dir. Für den Augenblick aber gibt es noch einige sehr wichtige Dinge zu klären. Und obgleich keine akute Gefahr zu bestehen scheint, ist mir dieser Ort unheimlich, und ich möchte schnell fort von hier. Zumindest vorläufig, bis wir mit einigen Brüdern und Schwestern zurückkehren können. Jetzt scheint es mir am wichtigsten, die Lücken zu schließen, die eure Geschichte noch aufweist.«

Langsam nickte Raul, fast ein wenig unwillig, und begann mit leiser, erschöpfter Stimme zu sprechen, den Kopf müde an die Wand gelehnt. Lea Elida lies ihn nicht aus den Augen. Dass er einige Details, wie die Begegnung mit dem Meister, den Tod Sildans, das Ableben seiner Weggefährten und Jeschinkas sowie den Ritt auf der geflügelten Schlange ausließ, fand er nicht weiter tragisch. Schließlich wusste er nicht, ob er dieser strengen Frau im grün-goldenen Gewand vertrauen konnte. Und wenn ja, konnte er ihr davon später immer noch erzählen.

Besorgt musterte die Geweihte der Eisernen Schlange den völlig ausgemergelten Jungen, der aussah, als würde er jeden Augenblick tot zusammenbrechen. Sie hatte dem prächtigen Thronsaal kaum die gebührende Aufmerksamkeit schenken können, denn all ihre Sinne wurden hier und jetzt gebraucht. Nun, bestimmt ließ sich eine genauere Inspektion des Thronsaals nachholen, wenn es an der Zeit war, tröstete sie sich.

Der Junge hustete trocken, er hatte offensichtlich eine sehr harte Zeit hinter sich, und es würde eine ganze Weile dauern, bis er sich erholt haben würde, geistig wie körperlich. Aber das war nicht alles, was ihr zu schaffen machte. Zu vieles war noch im Unklaren, und ihr Gefühl sagte ihr, dass die Gefahr noch lange nicht gebannt war.

Während die Geschwister sich wieder umarmten, begann die Draconiterin, ihre Wunden notdürftig zu reinigen und zu versorgen. Dabei arbeitete ihr Verstand unaufhörlich. Sie war sich verdammt noch eins nicht sicher, ob dieser Junge wirklich alles sagte, was er wusste und erlebt hatte. Auch Wolf blieb angespannt an ihrer Seite, seine bernsteinfarbenen Augen blickten wachsam.

»Und dieses Wesen, dieser Narr, verschwand, sobald du den Körper zerhackt hattest?«, vergewisserte sie sich nochmals, während sie den Verband um ihren Oberarm straff zog. Raul nickte.

»Wie widerwärtig, einen künstlichen Körper zu erschaffen. Die armen Menschen, die für diesen Plan ihr Leben lassen mussten. Und womöglich ihre Seele!« Althea schauderte.

»Ein Plan von großer Schläue und Tücke«, murmelte Lea Elida, »wenn der erste Diener die dämonische Wesenheit ist, die ich vermute, dann kann sie in unserer Sphäre auf Dauer keine Gestalt annehmen. Aber jeder Wirtskörper würde innerhalb kürzester Zeit dem Wahnsinn anheim fallen und sich selbst umbringen oder andere dazu veranlassen. Kein lebendes Wesen wäre für längere Zeit unter Kontrolle zu halten, als Werkzeug zu benutzen. Schafft man dagegen einen vollkommenen, seelenlosen Körper, so kann dieser die Schale für den dämonischen Geist sein. Und das Wissen um eine solche Erschaffung, die Kunstfertigkeit, ein solches Meisterwerk zu erschaffen, verlieh der vielgestaltige Blender dem früheren Herrn dieser Burg. Doch der wurde geschlagen, bevor er sein Werk vollenden konnte und der Diener des Antihexarions auf Dere herabkommen konnte.«

Dessen Ankunft von den Rittern der Congregation unter großen Opfern im letzten Augenblick verhindert wurde, fügte sie in Gedanken hinzu. Laut sagte sie: »Und dies war offensichtlich der Versuch, den einstmals gescheiterten Plan zu vollenden.«

»Aber warum ich? Musste es ausgerechnet mein Herz sein?«, fragte Raul, und Althea fügte hinzu: »Warum haben sie nicht irgendeinen willigen Paktierer genommen? Das wäre doch wesentlich einfacher gewesen.«

Die Geweihte zuckte seufzend die Schultern. »Ich weiß es nicht. Vielleicht musste ein besonderes Band bestehen, das durch die Harfe schon vor langer Zeit geknüpft wurde. Oder sie war Teil eines bestimmten Rituals, in das Raul hineingestolpert ist und das ihn zu einer wichtigen Ingredienz gemacht hat. Es könnte auch sein, dass er eine Art Medium wurde, durch den der Dämon auf Dere …« Lea Elida hielt inne, als die beiden sie teils verständnislos, teil furchtsam anblickten. »Genau lässt sich das nicht sagen, die Dämonologie ist ein sehr komplexes und schwer durchschaubares Gebiet«, sagte sie daher abschließend. »Aber was mir keine Ruhe lässt, ist diese geheimnisvolle Harfe, die offensichtlich zumindest irgendetwas ausgelöst hat. Sie scheint ein wichtiger Stein in diesem Spiel zu sein. Ich denke, uns bleibt nichts übrig, als das Grab zu suchen, damit wir nachsehen können, ob sie noch dort ist, und wir sie gegebenenfalls sicherstellen können. Glaubt ihr beiden, dass ihr den Ort wieder finden werdet?«

Althea blickte zweifelnd, aber Raul sagte: »Das ist kein Problem. Es gibt einen Weg von hier aus zu der Totenkammer, einen komplexen Transportmechanismus. Das Grab wurde für den damaligen Fürsten angelegt und prunkvoll ausgestattet, und ihm gefiel es, gelegentlich des Nachts dorthin zu gehen, um in seinem Grab zu schlafen. Verrückter Kerl.« Raul schüttelte den Kopf. »Aber ich weiß, wie wir schnell dorthin kommen! Es gibt diesen magischen Raum, der uns dahin bringt, und ich kenne den Geheimgang und kann uns führen.«

Die beiden Frauen starrten ihn an, und der Junge hob beschwichtigend die Arme: »Mey hat mir das irgendwann gesagt. Und ich habe es mir gemerkt, das ist doch gut so, oder?«

Während Althea beruhigt nickte, pochte Lea das Herz bis zum Hals. Sie war nunmehr überzeugter denn je, dass der Dämon, oder was auch immer es war, das Raul beseelt hatte, mitnichten verschwunden war – nein, er weilte mitten unter ihnen. In diesem Knaben.

Und dass der Junge die Kenntnisse aus seinem Gedächtnis holte, glaubte sie ebenso wenig; viel eher war es vermutlich das Wissen der Wesenheit, auf das der Junge unbewusst zugriff. Abgesehen davon, dass es jeglicher Magietheorie widersprach, dass die Austreibung, das Durchtrennen eines über Jahre gewachsenen

Bandes, so einfach vonstatten gegangen wäre. Der Wirtskörper hatte noch keine Verbindung mit dem Dämon, er sollte ihn erst empfangen, und seine Zerstörung hatte nur die Wirkung, dass der primäre Plan vereitelt war. Vulgo wäre es logisch, wenn der Dämon den aufmüpfigen Knaben erst einmal in Sicherheit wöge und ihn in einem schwachen Augenblick wieder beherrschte, die Kontrolle übernähme. Vorsicht war geboten. Sie waren auf die Kenntnisse des Jungen angewiesen, und es schien Lea Erfolg versprechend, das Artefakt, mit welchem die Invocatio vorgenommen worden war, zu zerstören, denn offenbar handelte es sich hier um einen Gegenstand größter Macht. Denkbar, dass dieses Artefakt wie ein Anker in die siebente Sphäre wirkte und seine Zerstörung ausreichte, den Dämon endgültig auszutreiben. Und wenn das nichts half, blieb noch ein liturgischer Exorzismus. Ob den der Junge, der sich schon jetzt noch kaum auf den Beinen halten konnte, überstehen würde, war allerdings mehr als fraglich.

Sie schluckte, als ihr bewusst wurde, welcher Gefahr sie und ihr Schützling da ausgesetzt waren. Blieb nur zu hoffen, dass der Junge, der sich nicht einmal bewusst zu sein schien, dass er eine Bedrohung für sie darstellte, willensstark genug war, wenn der Zeitpunkt der Entscheidung kam. Lea hatte nicht die geringste Ahnung, was das Wesen in ihm im Schilde führte.

»Hochwürden?«

Die Geweihte lächelte Althea an. »Eine glückliche Fügung, dass Raul sich erinnert. Wir sollten keine Zeit verschwenden und uns gleich ans Werk machen. Ausruhen können wir uns erst, wenn alles getan ist, was getan werden muss!«

»Ich glaube, ich werde die nächsten zwei Götterläufe nur noch schlafen und essen«, ächzte Althea. »Raul, unser Zuhause wird dir gefallen! Hort Drachenwacht ist der schönste und gemütlichste Ort auf ganz Dere. Und Pater Sibelius wird sich so für uns freuen!«

»Meinst du denn, ich werde dort willkommen sein, nach all dem, was geschehen ist?«, fragte der Junge leise.

»Das wirst du. Mach dir keine Sorgen darüber«, antwortete Lea Elida, Althea zuvorkommend, mit sehr ernster Stimme. »Aber jetzt lasst uns gehen, wir haben noch etwas zu erledigen.« Sie biss sich auf die Lippen, um einen Schmerzenslaut zu unterdrücken, als sie aufstand.

Während auch die Geschwister sich stöhnend aufrappelten, sagte Althea: »Aber, Hochwürden, wisst Ihr, was mich wundert?«

Lea Elida runzelte fragend die Brauen.

»Dieser Narr, dieses Wesen, schien doch unglaublich mächtig zu sein. Er hat Raul die Macht gegeben, Magie zu wirken, und er hat mich fast erwürgt, ohne einen Finger krumm zu machen.« Unwillkürlich strich sie sich über den Hals und schluckte trocken, ehe sie fortfuhr. »Warum hat er uns nicht einfach alle vernichtet?«

»Allen Anzeichen nach ist dieses Wesen ein Diener des vielgestaltigen Blenders. Wenn es sein muss, kämpft er, doch wenn es ihm irgend möglich ist, versucht er auf anderen Wegen ans Ziel zu gelangen und meidet die offene Auseinandersetzung. Das ist die heimtückische Art der Wesen aus der Domäne des Blenders.«

»Oh, Mey hat mehr als einmal gekämpft, als wir auf dem Weg hierher waren. Er hat getötet, oft und blutig«, widersprach Raul bestimmt.

»Dann überlege, was der Grund dafür gewesen sein könnte. Hat er damit einen Plan verfolgt? Vielleicht, dich stärker unter seine Kontrolle zu bekommen, dich tiefer in die Verdammnis zu reißen, dich an ihn zu binden? Damit du zur rechten Zeit die richtige Entscheidung treffen wirst?«

Raul wurde bleich. »Er hat durch mich getötet. Und die Schuld, die ich damit auf mich geladen habe, wird niemals vergehen. Sie hat mich fast in den Wahnsinn getrieben. Die Schuld und die Einsamkeit.« Abrupt verstummte er und Althea legte ihm tröstend den Arm um die Schultern.

Die Geweihte aber sagte sachlich: »Das alles war ein Teil seines Planes. Du warst nicht mehr und nicht weniger als ein Mittel zum Zweck. Wie bereits gesagt, die Schergen des Antihexarions sind mächtig, aber sie scheuen die offene Konfrontation. Vielleicht macht gerade das sie noch gefährlicher.«

»Lasst uns gehen«, sagte Raul heiser, »ich möchte weg von diesem verfluchten Ort.«

»Wohin?«, fragte die Geweihte und sah ihn aus leicht zusammengekniffenen Augen an. Für einen Augenblick schien der Junge zu überlegen, rieb sich mit der Hand müde die rot geäderten Augen. Dann fuhr sein Kopf in die Höhe, und er schritt geradewegs auf den Thron zu. Seltsam abwesend musterte er den prächtigen Herrscherstuhl, dann stellte er sich auf die Zehenspitzen, hob die Hand und zog am Stachel des Skorpionschwanzes. Mit einem leisen Klicken rastete etwas ein, der Thron bewegte sich geschmeidig zur Seite und gab eine schmale Türöffnung frei, die in die Dunkelheit führte. Raul wandte sich um und grinste sie an. »Wenn ich bitten darf?«

Kichernd lief Althea zu ihm und ergriff seinen Arm, den er ihr anbot. Lea folgte ihnen; nur mühsam konnte sie sich dazu durchringen, die Hand vom Dolch zu nehmen. Stattdessen strich sie Wolf über das gesträubte Nackenfell. »Jetzt heißt es aufpassen, mein Freund«, murmelte sie leise, als sie über die Türschwelle trat. Wolfs leises Knurren war Antwort genug.

Kapitel 26

Sie befanden sich in einer winzigen Kammer, die gerade so viel Platz für sie alle bot, dass sie auf das verschlungene, mit stumpfsilbrigem Metall in den Fußboden eingelassene Zeichen treten mussten, in dessen Mitte ein faustgroßer Onyx prangte, durch den sich ein haarfeiner Riss zog. Er war von einem doppelten Ring aus Blutsteinen umgeben. Vier Bögen aus gedrehtem, mit komplexer Runenschrift graviertem Silberband überspannten das Ornament und trafen lotrecht über dem Onyx zusammen, direkt unter der Kammerdecke. Leas Verstand arbeitete fieberhaft. Was war das? Ein permanent gewirkter Transversalis, der im Fußboden dieses Raumes gespeichert war? Etwa eine der legendären dunklen Pforten, die bestimmte Orte durch magische Sphärentunnel verbanden? Oder doch die Stätte einer dämonischen Invocatio? Raul trat ohne Zögern in die Mitte des komplexen Musters und sah sie abwartend an.

»Das ist nicht dein Ernst«, sagte Lea Elida, und Wolf grollte zustimmend. Auch Althea schien alles andere als begeistert.

»Was?« Raul zuckte mit den Achseln. »Das ist der Transportmechanismus«, er runzelte kurz die Stirn, »der Onyx leitet die Reise durch die Sphären, und die Hämatitsteine sind die Quellen für die notwendige Astralenergie, die den permanent gewirkten Spruch speisen. Hoffentlich sind sie noch aufgeladen. Was die Silberbögen bedeuten, weiß ich nicht genau, ich glaube, sie öffnen und schließen irgendwelche Tore.«

»Kann uns dabei etwas passieren?«, fragte Althea ängstlich.

Während Raul den Kopf schüttelte, sagte Lea Elida kalt: »Oh nein, wenn der Spruch nicht richtig wirkt, besteht allenfalls die Gefahr, dass wir irgendwo zwischen den Sphären verloren gehen. Wenn es überhaupt eine Teleportationsstätte ist und nicht vielleicht doch ein besonders ausgefallener Invocationsritus.«

»Ihr wollt doch unbedingt in das Grab«, sagte Raul böse, »von mir aus müssen wir das Ding nicht benutzen.«

Noch immer zögerte die Geweihte, während Althea langsam in den Kreis trat. Lea entschied sich, ihr zu folgen, und Wolf begleitete sie, nicht ohne sie zweifelnd anzusehen. Sie setzten sich einer Gefahr aus, die Leas Magen rebellieren ließ, aber sie hatten keine Wahl. Das hier musste beendet werden, ein für alle Mal. Und die Draconiterin beruhigte sich mit dem Gedanken, dass Raul niemals seine Schwester einer bedrohlichen Situation oder gar einer dämonischen Gefahr aussetzen würde. Vermutlich.

Raul legte die Hand auf den Onyx, schloss die Augen und murmelte einige Worte. Ein blassbläuliches Feuer flammte um seine Hand auf und verschwand wieder. Dann standen sie abwartend da und beobachteten Raul, der jedoch nun selbst unsicher die Augen öffnete.

Es tat sich nichts. Sie standen noch immer in der Kammer, und nichts hatte sich verändert. Fragend sah Althea Raul an, aber der schlug nur wütend mit der Faust auf den Onyx.

»Er funktioniert nicht mehr!« Die Stimme des Jungen kippte vor Wut.

Althea seufzte, dann umarmte sie ihren Bruder beschwichtigend. »Sei nicht traurig. Wir finden auch so einen Weg zum Grab, nicht wahr, Hochwürden?«

Wider besseren Wissens nickte Lea. Sie war sich nicht so recht im Klaren darüber, ob sie erleichtert oder enttäuscht darüber sein sollte, dass diese merkwürdige Konstruktion nicht funktionierte. Zwar blieb ihnen so eine Reise durch die Sphären und die damit verbundenen Gefahren erspart. Doch dafür drohte ihnen eine mehrtägige Wanderschaft zu dem Grab des Fürsten. Sie waren alle völlig erschöpft, hungrig und verletzt, und Lea selbst spürte das heiße Pochen ihrer Wunden. Der Junge sah so erbärmlich aus, dass es ein Wunder war, dass er noch aufrecht stehen konnte, und auch Wolf leckte sich immer wieder über den Verband am Vorderbein, wie um die Schmerzen zu lindern. Nur Althea war noch unverletzt, doch auch ihr waren die ungewohnten Strapazen der vergangenen Tage anzusehen. Wie sollte sie mit den beiden Kindern einen längeren Fußmarsch überstehen? Und was erwartete sie an dem Grab? Vielleicht dämonische Wächter? Aber was war die Alternative? Zum nächsten Dorf war es weit, und es widerstrebte ihr, Raul unter Menschen zu bringen. Sie misstraute dem Frieden zutiefst und fürchtete, dass der Junge noch immer eine nicht zu unterschätzende Gefahr darstellte. Gerade in diesem Moment, als er sie mit seinen müden, blutunterlaufenen Augen fragend ansah, sträubten sich ihre Nackenhaare und sie musste sich sehr beherrschen, seinem Blick standzuhalten. Verdammt! Was, bei allen Zwölfen, sollte sie nur tun? Was war das Richtige?

»Ich kann Euch den Weg zum Grab vermutlich zeigen, wenn das so wichtig ist«, sagte Raul und strich sich erschöpft eine rote Strähne aus dem schmutzigen Gesicht.

»Hochwürden? Was sollen wir tun?«, fragte Althea.

Schmerzlich wurde Lea in diesem Augenblick klar, dass das Mädchen ihr überall hin folgen würde. Sie vertraute ihr. Nur mühsam unterdrückte die Geweihte ein gequältes Stöhnen.

»Was meinst du, Althea? Wie schätzt du die Situation ein?«, fragte sie zurück und fürchtete sich vor der Antwort, die sie schon kannte.

»Ich glaube, wir müssen in jedem Fall zuerst zu dem Grab. Dieses unheilige Artefakt muss geborgen und wenn möglich zerstört werden. Wir dürfen ihn nicht zurücklassen.« Sie sprach, wie eine Draconiterin in dieser Situation zu sprechen hatte.

Die Geweihte der Eisernen Schlange nickte langsam. Göttin, wie sollten sie das schaffen? Wo sie doch jetzt schon mit ihren Kräften am Ende waren? Mit Mühe gelang es ihr, ein ermunterndes Lächeln auf ihre Lippen zu legen. »Dann lasst uns hier keine Zeit mehr verschwenden.«

Es war der längste Weg, den Lea jemals gegangen war, und einer der härtesten. Waren es wirklich nur drei Tagesreisen gewesen? Sie hatten sich den Weg aus der Feste durch das Labyrinth gesucht, das Tal durchquert und waren zurück Richtung Königsgau gegangen. Gegangen? Sie waren mehr gekrochen denn gelaufen. Leas Wunden waren aufgebrochen, und stetig liefen Blut und Wundflüssigkeit in dünnen Rinnsalen über ihren Körper, durchnässten Verbände und Ornat und schwächten sie über die Maßen. Auch Raul taumelte, war kaum noch fähig zu laufen und musste ständig von Althea gestützt werden. Eine unmenschliche Erschöpfung beugte seine mageren Schultern nach vorne, wieder und wieder wurde ihm schwarz vor Augen. Immer längere Pausen mussten sie einlegen, und Lea bestand darauf, dass entweder sie oder Althea wach blieben, denn der Junge schien nicht schlafen zu können, obgleich er erschöpft röchelnd am Boden lag, sodass sie sich sorgten, sein Herz würde die Anstrengungen nicht überstehen. Nachdem sie die letzten Vorräte aufgebraucht hatten, bestand ihre Nahrung nur mehr aus Wurzeln und vertrockneten Kräutern, die sie am Wegesrand fanden, denn zum Jagen oder Beerensuchen hatten sie weder Kraft noch Zeit. Am schlimmsten aber war der Durst, der ihnen bald unerträglich zu schaffen machte, die Lippen aufspringen, die Kehle austrocknen und anschwellen ließ und das Fieber in Leas Körper noch schürte. Sie stützten sich gegenseitig, taumelten vorwärts, Schritt für Schritt, die brennenden Augen auf den Weg gerichtet, nicht mehr fähig, einen klaren Gedanken zu fassen, über Steine und Geröll stolpernd im Schatten der Felsmassive, vorwärts, nur vorwärts drängend.

Am Abend des zweiten Tages brach Raul zusammen. Schüttelfrost beutelte seinen dürren Leib so sehr, dass seine Zähne hart und laut aufeinander schlugen. Resignierend zog Lea ihre letzten Heilkräuter hervor, aus denen sie ihm einen Tee braute. Die Geweihte wusste, dass die Kräuter ihn zwar kräftigen würden, aber nur für kurze Zeit, und dann würde sein Zusammenbruch umso schlimmer sein. Doch sie krochen weiter.

Manchmal glaubte Lea, keiner von ihnen würde es noch schaffen, und sie würden in dieser Wildnis einfach verenden, ohne jemals gefunden zu werden. Dann sehnte sie sich danach, aufzugeben, einfach stehen zu bleiben, sich auf den Weg zu legen und die Augen zu schließen. Doch die meiste Zeit war sie viel zu erschöpft, um überhaupt noch denken zu können, oder aber das Brennen ihrer Wunden verdrängte jeden weiteren Gedanken. Althea war es, die sie und Raul führte und immer wieder stützte, vehement vorandrängend, obwohl auch ihr Schritt immer langsamer und das Gesicht immer fahler vor Erschöpfung wurde, bis auch sie sich schweigsam und vor Schwäche zitternd nur noch darauf konzentrierte, einen Fuß vor den anderen zu setzen.

Irgendwann, als sie dachten, sie könnten keinen einzigen winzigen Schritt mehr weitergehen, bellte Wolf plötzlich laut und sprang voran. Er hatte einen Bach gefunden.

Von da an ging es aufwärts. Sie tranken Wasser und wuschen sich, kühlten die wunden Füße und fanden sogar ein paar Beeren, die sie verzehren konnten. Zwar ließen weder Müdigkeit noch die Erschöpfung nach, aber es kehrte wieder ein wenig Kraft in ihre ausgelaugten Leiber zurück, und als Raul sagte, dass es nun nicht mehr weit sei, setzten sie ihren Weg mit neuem Mut fort.

Und tatsächlich, ein paar Stunden später standen sie am Grab.

»Hier ist es!« Vorsichtig, Hand in Hand, gingen Raul und Althea auf den großen weißen Stein zu, der auf der Lichtung stand und seltsam fehl an diesem Platz wirkte, eine etwa anderthalb Schritt hohe Stele, von dichten grünen Ranken bewachsen. Die Säule bestand aus blank poliertem Speckstein, wie Lea Elida überrascht feststellte, doch die kunstvoll gemeißelten Inschriften und Zeichen auf seiner Oberfläche waren nur noch fragmentarisch erhalten, vom Wind und Regen der Jahrzehnte abgewaschen.

Fast gleichzeitig begannen Raul und Althea mit ihren Füßen am Fuß des Steines zu scharren, und nach einigen Augenblicken brach die Erde unter ihnen ein. Die Geschwister sahen einander an, und die Erinnerung legte blanke Angst auf ihre Gesichter. Die Geweihte schob die beiden beiseite.

»Ich gehe voran!«, sagte sie bestimmt und holte eine Fackel aus ihrem Gepäck, um sie anzuzünden. Mit fest zusammengebissenen Zähnen, die Schmerzen in ihrem Körper ignorierend, setzte sie sich an den Rand des Erdlochs und ließ sich in die Höhle hinab, die dort verborgen lag. Raul und Althea folgten ihr, und schließlich sprang auch Wolf hinunter.

Zuckende Schemen flohen vor dem flackernden Licht der Fackel, das über alte, halb zerfallene Wandteppiche huschte, dumpf auf dem stumpfen Metall der martialischen Rüstungen und mächtigen Schwerter glühte und die strengen Gesichter der steinernen Statuen mit neuem Leben zu erfüllen schien. Die Luft war stickig, es roch nach moderndem Leinen und altem Staub.

Langsam und vorsichtig durchschritten zuerst Lea Elida, dann Althea und Raul den Raum. Die Wände waren über und über mit Gobelins behangen, die einstmals farbenprächtig und kostbar gewesen sein mussten. Auf manchen von ihnen waren noch Schlachtenszenen zu erkennen, immer wieder war ein Mann in einer goldenen Rüstung und der Widderstandarte in der Linken abgebildet. In der nordwestlichen Ecke der Gruft waren unzählige Banner an die Wand gelehnt, viele davon zerfetzt, blutverschmiert oder halb verfallen. Trotzdem erkannte man noch die verschiedensten Reichs- und Kirchenzeichen und Insignien, wenn auch viele sehr archaisch dargestellt waren. Neben den alten Plattenrüstungen und den angerosteten Waffen waren große Truhen zu finden, einige eisenbeschlagen oder aus Steineichenholz gefertigt, andere mit seltsamen Siegeln und Symbolen versehen. In der Mitte des Raumes aber fand sich, eingerahmt von vier mächtigen, schmiedeeisernen Kerzenständern in Drachenform, ein staubiger Baldachin, dessen einst schwarzer Samt mit goldenen Lilien bestickt war. Links und rechts davon standen am Kopfende je eine Steinfigur, große Krieger, die Zweihänder erhoben hatten. Und darunter befand sich ein Sakopharg aus schwarzem Marmor, dessen Abdeckung das Halbrelief eines Mannes zeigte, der die Arme über der Brust verschränkt hatte und in der einen Hand ein Schwert, in der anderen eine Geißel hielt. Bart und Haupthaar waren lang und prächtig ausgearbeitet, die geöffneten Augen blickten dem Betrachter stolz und herausfordernd entgegen, und auf dem Harnisch prangte das Zeichen des Widders mit gesenktem Kopf. Ein Banner, das das gleiche Zeichen trug, hatte offensichtlich einst seine Beine bedeckt, war nun aber halb heruntergerutscht; ebenso lagen einige vertrocknete Blüten auf dem Boden, die eigentlich schon längst zu Staub hätten zerfallen sein müssen.

Und im Schatten lag ein unförmiger Gegenstand, der vermutlich ebenfalls einstmals auf dem Deckel des Sarkophages gelegen hatte.

»Hochwürden, ist es nicht eine Tat, die dem Herrn Boron missfällt, wenn wir die Totenruhe stören?« Unwillkürlich hatte Althea die Stimme gesenkt.

Bevor Lea Elida antworten konnte, hatte indes Raul die Stimme erhoben: »Hier liegt keiner, dessen Ruhe wir stören könnten.«

»Woher weißt du das?«, fragte seine Schwester misstrauisch.

Er zuckte die Achseln. »Dies hier ist die Gruft des alten Fürsten Khell Dairon, und soweit ich weiß, ist er in einer Schlacht gefallen und sein Leib wurde von seinen Feinden zerstückelt und verbrannt, damit er niemals wiederkehren kann und sich keine Kraft seines Fleisches je bemächtigen kann.«

Althea erschauerte. »Wie barbarisch!«

Lea aber sagte: »Der Narr hat dir scheinbar viel Wissenswertes berichtet. Irgendwann werden wir uns ausführlicher darüber unterhalten müssen.«

Mit düsterer Miene erwiderte Raul ihren scharfen

Blick und wandte sich dann wortlos ab, um Althea zu folgen, die nun mit großen Augen die Wandbehänge betrachtete.

Vom Eingang her erklang ein heiseres Winseln, und als die Draconiterin sich umblickte, sah sie, dass Wolf an der nördlichen Rückwand der Grabkammer stand, den buschigen Schwanz eingekniffen, und mit leuchtenden Augen auf den Sakopharg starrte – oder besser auf etwas, das dahinter lag. Lea, die das schummrige Licht ohnehin nervös gemacht hatte, erfüllte das Verhalten ihres alten Weggefährten mit angespannter Wachsamkeit.

»Bleib da, Wolf, und pass schön auf«, sagte sie, mehr um sich selbst zu beruhigen, und zuckte zusammen, als der Hund kurz kläffte, um ihre Worte zu bestätigen.

Die Geweihte wischte sich die nassen Handflächen am Ornat trocken und atmete tief durch. Dann schritt sie ruhig und entschlossen auf den Sarkophag zu, und als sie näher trat, erkannte sie plötzlich, was dort in seinem Schatten auf der Erde lag. Ein eiskalter Hauch strich ihr bei diesem Anblick über den Rücken, und ihre Nackenhaare stellten sich auf: Es war eine Harfe, etwa zwei Spann groß und aus bleichem Holz geformt. Zumindest hoffte sie, dass es Holz war. Der Rahmen stellte einen Frauenleib da, der unnatürlich weit nach hinten gebogen war, und vom Hinterkopf der Frau entsprangen die stumpfen, dunkelgoldenen Saiten des Instruments. Die Harfe lag auf dem Boden, als hätte sie jemand unachtsam oder in großer Eile dort hingeworfen.

Schon war Lea bis auf zwei Schritt heran und bückte sich, um das Instrument aufzuheben. Dabei überkam sie ein Widerwille, der sie würgen ließ, und nur unter Aufbietung all ihrer Willenskraft gelang es ihr, die Übelkeit unter Kontrolle zu bekommen. Denn ein Herzschlag, ein lauter, langsamer, unsäglich dröhnender Puls ging von der Harfe aus und sprengte ihr fast den Schädel. Angespannt kniff sie die Augen zusammen, ging in die Knie, griff nach dem Instrument und erschrak heftig, als sie sich plötzlich Raul gegenüber sah, der von der anderen Seite herangeschlichen war und sie nun aus violett funkelnden Augen böse ansah.

»*Nimm die Finger weg. Die Harfe gehört mir.*«

Einer plötzlichen Intuition folgend, packte Lea die Harfe und sprang auf, langsam vor dem Jungen zurückweichend. Das Instrument brannte wie kaltes Feuer in ihrer Hand, schien ihre Haut zu zerfressen, ihr Fleisch zu lähmen. Trotzdem hielt sie es so fest, dass die Knöchel an ihren Fingern weiß hervortraten.

»*Gib sie mir!*«

Ein Befehl und eine letzte Warnung gleichermaßen.

»Raul!« Althea war hinter ihren Bruder getreten und legte ihm die Hand auf die Schulter. »Was tust du da? Bist du verrückt geworden?«

»Althea, bleib weg von ihm! Er ist immer noch besessen.«

Doch zu spät – mit einer groben Bewegung seines linken Armes hieb der Junge nach hinten und traf seine Schwester hart ins Gesicht. Mit einem schmerzerfüllten Aufschrei fiel sie zu Boden, und ein feines rotes Rinnsal rann aus ihrem Mundwinkel.

Wolf kläffte aufgeregt und wollte sich schon auf den Knaben stürzen, hielt aber auf einen Wink Leas hin in der Bewegung inne und beschränkte sich auf ein tiefes Knurren, während er drohend den Kopf senkte und die Nackenhaare aufstellte. Langsam zog die Geweihte ihre Basiliskenzunge, was von Raul mit einem müden Lächeln quittiert wurde.

»*Meinst du etwa, dein dummes kleines Messer könnte mich aufhalten? Nur zu!*« Er riss mit einer ruckartigen Bewegung sein Hemd auf, breitete die Arme aus und bot ihr die magere, entblößte Brust dar. Doch die Geweihte ging nicht auf seine Offerte ein, vielmehr setzte sie die geschwungene Klinge an die Saiten und versuchte, diese mit einem kräftigen Schnitt zu durchtrennen, jedoch vergeblich. Die Saiten begannen lediglich leicht zu schwingen, aber kein Klang war zu hören – nur ein leises, metallisches Klirren, mit dem die geweihte Basiliskenzunge der Draconiterin in tausend Stücke zersprang.

Raul kicherte. »*Netter Versuch, Natternbuhle!*«

»Raul, mein Bruder! Hörst du mich?« Irritiert blickte der Junge auf Althea herab, die sich an sein Bein klammerte und flehend zu ihm aufsah. »Was auch immer da in dir ist, kämpf dagegen an! Ich weiß, das bist nicht du, der da spricht. Bitte lass nicht zu, dass es dich in Besitz nimmt, dass es dich benutzt.« Sie schluchzte. »Lass nicht zu, dass es uns wieder voneinander trennt, und dieses Mal für immer! Bitte, Raul, bitte!« Sie schrie jetzt fast. »Lass mich nicht wieder allein!«

Es war ihre Stimme, die ihn berührte, obgleich er den Sinn der Worte nicht verstand und sie den purpurnen Nebel, der ihn umgab, kaum durchdringen konnten. Raul fiel es unsäglich schwer, den Blick von dem Instrument abzuwenden, das in den schillerndsten Farben funkelte, mit vielstimmigem, betörendem Summen nach ihm rief, in den sanftesten und zugleich wildesten Arien seinen Namen sang und ein Begehren in ihm weckte, das alles übertraf, was er je verspürt hatte. Die Frauenfigur begann sich zu bewegen, schien sich mit trägen, lasziven Bewegungen der Berührung seiner Hände entgegen zu räkeln. Wie süßes Gift, schwer und klebrig, umfing ihr Lied seine Sinne, lähmte sein Denken, warf ihn in einen wohltuenden Zustand erregter Atemlosigkeit; und er konnte und wollte sich nicht davon befreien. Altheas Stimme durchschnitt die Vollkommenheit dieses Augenblicks mit der Kälte einer

Glasscherbe, und es bereitete ihm fast körperliche Schmerzen, als sie an sein Ohr drang. Trotzdem brachte sie ihn dazu, den Blick von der Harfe zu lösen. Als er in ihre Augen blickte, in denen feucht die Tränen glänzten, hatte er einen Augenblick das Gefühl zu fallen, und als es endete, nahm er das rote Rinnsal wahr, das aus ihrem Mundwinkel lief.

»Wer hat dich geschlagen, Schwester?« Sein Herz krampfte sich zusammen, und er hockte sich nieder und legte ihr zart die Hand auf die glühende Wange.

Ihr Herz krampfte sich zusammen, als er sie berührte. Das violette Gleißen war aus seinen Augen verschwunden, sie leuchteten nun wieder in dem gleichen intensiven Grünton wie die ihren. In diesem Augenblick begann sie zu begreifen, und es war, als wären die Schleusen in ihrer Seele geöffnet worden; die Tränen rannen ihr in Strömen über das Gesicht. Raul zog bestürzt die Brauen zusammen. »Warum weinst du denn?«, fragte er hilflos.

»Ich weine um dich, Bruder«, flüsterte sie und legte ihre Hand auf die seine, »ich weine um dich!«

Leas Herz raste. Raul hatte sich von ihr abgewandt, seine Aufmerksamkeit galt für diesen Augenblick allein Althea, und jetzt musste sie handeln. Etwas sagte ihr, dass dies der alles entscheidende Moment sein würde, dass es keinen zweiten geben konnte. Jetzt oder nie … Aber was sollte sie tun? Den Jungen angreifen? Noch immer schien es richtiger, die Harfe zu zerstören, das bindende Artefakt. Aber wie? Bei Naclador, wie in aller Zwölfe Namen …

Eine wohlige Wärme legte sich ihr auf die Brust, ein ruhiges, stetiges Pulsieren überströmte ihre Haut, glitt in Wellen über ihren Leib, von einem Punkt dicht unter ihrem Hals ausgehend. Sie fuhr mit der Hand an das Amulett und zog es hervor. Der fein geschnitzte Drachenkorpus schien von einer schwach goldenen Aureole umgeben zu sein. »Naclador! Herr!« Wie ein Hauch wich der Name des hohen Drachen von ihren bebenden Lippen.

»*Nein*!« Rauls Gesicht verzerrte sich, violettes Gleißen drang aus seinen aufgerissenen Augen. Grob schlug er Altheas Arm beiseite und sprang auf. »*Nac'Shadim? Verflucht, woher hast du die Klaue? Sie wird dir nichts nützen, Natternbrut, ein für alle Mal, ich …*« Sein Satz blieb unvollendet, denn Althea war nun ebenfalls auf den Beinen und warf sich gegen ihn, rang den mageren Körper zu Boden, presste sich auf ihn, um ihm am Aufstehen zu hindern. »Schnell!«, schrie sie der Geweihten zu.

Wolf kläffte aufgeregt, bereit, jederzeit wem auch immer an die Kehle zu springen. In Windeseile zog die Draconiterin die Kette über den Kopf, fasste das Amulett und fuhr, einer Eingebung folgend, mit dem spitzen Ende über die Saiten des Instrumentes. Plötzlich schien die Erde zu schwanken, die Schatten in der verwinkelten Kammer aufzustöhnen, sich flüsternd zu regen, zu recken, auf sie einzudringen und mit gierigen Klauen nach ihnen zu greifen. Ein beißender Schwefelgeruch stieg auf, und ein dumpfes, vielstimmiges Summen erhob sich drohend. Doch da riss mit einem trockenen Schnalzen die erste der Saiten und dann die zweite. Hastig schnitt die Geweihte weiter, bemerkte kaum, dass der Rahmen des Instruments sich verformte, bewegte, so als wollte sich die gemarterte, unnatürlich verbogene Frauengestalt aufrichten. Da flog Altheas Körper plötzlich durch die Luft, prallte hart an die Wand, nur um Haaresbreite an einer Hellebarde vorbei, und glitt zu Boden. Die Waffen neben ihr fielen ebenfalls krachend zu Boden und dann die Rüstungen, wie Dominosteine, eine nach der anderen. Inmitten des Getöses ringsumher aber richtete Raul sich auf, langsam, als plagten ihn qualvolle Schmerzen. Lea Elida säbelte weiter, ungeachtet des Blutes, das über ihre von den zurückschnellenden Saiten zerschnittenen Finger lief, mit hastigen Bewegungen und sich kaum dessen bewusst, dass sie unaufhörlich und heiser die heiligen Namen Hesindes, Nacladors und Nandus intonierte. Wieder teilte sich sirrend eine Saite, und jetzt schrie Raul, schrie so laut, dass die Ohren schmerzten, kreischte mit tausend Stimmen, schrillend hoch und dröhnend tief, ein Misston des Grauens, das Echo jener Verdammten im Reich des vielgestaltigen Blenders, deren undenkbare Qualen niemals verklingen würden.

Wimmernd barg Wolf den Kopf in den Pfoten, Lea Elida aber schnitt weiter, schneller noch, während der Schweiß über ihre Stirn lief und in ihren Augen brannte. Ein Riss zog sich über den Boden, kroch die Felswände des Grabes hinauf. Der Rahmen der Harfe wurde nur noch von vier Saiten zusammengehalten, der Frauenkörper hatte sich fast aufgerichtet, endlich von der unerträglichen Spannung befreit. Noch drei. Die Saiten vibrierten jetzt deutlich, doch immer noch war kein Ton zu hören, nur feiner Dampf stieg von ihnen auf, als wären sie glühend heiß.

Ein Schlag in den Magen schleuderte Lea Elida nach hinten, doch sie hatte Amulett und Harfe so fest umklammert, dass sie sie auch in diesem Moment des Erschreckens nicht losließ. Keuchend blickte sie Raul an. Der starrte zurück, mit unheilvoll gleißenden Augen; dunkelrot lief ihm das Blut aus Augen, Nase und Ohren. Er schien etwas sagen zu wollen, aber nur ein Zischen kam aus seinem Mund, und seine schwarze, gespaltene Zunge schlängelte ihr böse entgegen. Dann wankte er, als hätte ein innerer Stoß ihn getroffen.

Fieberhaft schnitt die Geweihte weiter. Nur noch zwei Saiten, nur noch zwei! War es Zufall, dass ihr Blick gehetzt über den Rahmen glitt, die Dauer eines

Herzschlages lang verharrte und erkannte, dass die sich windende Frauengestalt von überderischer Schönheit war, von unglaublicher Vollkommenheit, ein Antlitz voller Wärme, Güte und Anmut? Dass eine Schlange sich um die noch nach hinten gebogenen Arme schlängelte und die Zeichen der Elemente in ihr Gewand eingelassen waren? Ein kaltes Schaudern schüttelte die Geweihte. Sie schrie. »Verdammte Bastarde!« Die Saite riss. Nur noch eine. Eine einzige.

Da brüllte Raul wieder, und seine Arme hoben sich. Mit einem Donnerschlag zersprang der Sarkophag des toten Fürsten, zersplitterten die armdicken Platten, zerbarst das fein gearbeitete Bildnis des Herrschers, und die Steinbrocken wirbelten durch die Luft wie Schneeflocken. Keinen Lidschlag später brachen sie über Lea Elida herein, steinigten sie für ihren Frevel, begruben sie unter sich, bis nichts mehr von ihr zu sehen war und sich der Staub wie ein weißes Leichentuch über ihr steinernes Grab legte.

Kapitel 27

Wolf stürmte los, aber er war um Augenblicke zu spät. Es war zu schnell gegangen! Er sprang auf den Steinhaufen, suchte nach ihr. Sie musste da sein, er roch sie ganz deutlich. Schnell, schnell!

»Hochwürden!« Althea schob die umgekippte Hellebarde beiseite. Irgendwo in ihrem Körper pochte es schmerzhaft, aber sie achtete nicht weiter darauf. Eisig kroch die Angst in ihr hoch. Und die Verzweiflung. Raul starrte, so wie sie, auf den Haufen Steine. Dann kicherte er, lachte meckernd, schlug sich auf die Schenkel vor Freude.

»Du hast sie umgebracht!« Fassungslos rappelte sich Althea auf. Sie war tot! Die Erste der Eisernen Schlange war tot. Und ihr Bruder hatte sie umgebracht.

Er hörte auf zu lachen und wandte sich nun ihr zu, riss die Augen auf, noch immer grinsend, sprang auf die Hände und schlug unvermittelt ein Rad. Dann hüpfte er auf sie zu und lächelte sie an. Seine schwarze Zunge schlug ihr entgegen. »*Nun zu dir!*« Seine Augen glühten.

Es tat weh. So viel schien zerbrochen. Sie konnte kaum noch atmen, viel zu schwer lasteten all die Steine auf ihr. Es hatte nur wenig geholfen, dass sie sich zusammengekauert hatte – aber immerhin war es ihr so gelungen, Harfe und Amulett unter ihrem zerschlagenen Leib zu bergen. Mühsam schob sie die Hand nach unten, es tat so unglaublich weh. Eisern arbeitete sie sich voran, Nagelbreite um Nagelbreite, Äonen dauernde Qual, führte mit letzter Kraft die Spitze des Dorns an die Saite, rieb daran, fest und fester. Und schließlich ...

Die Statue richtete sich auf.

Ein gleißender Blitz schoss aus dem Korpus des nun vollständig zerstörten Instruments und drang brennend in den Kopf der Draconiterin. Dankbar nahm sie die Schwärze an, die sich wie ein samtenes Tuch über sie legte.

Ein gleißender Blitz drang aus dem Steinhaufen, schnitt sich durch seine Augen, brannte sich in sein Herz. Wie ein glühender Schürhaken fuhr er in Raul ein, bohrte sich in sein Innerstes und brannte heraus, was dort hauste. Vertrieb den dunklen Bruder, brachte Licht in die ölige Schwärze seiner Gedanken, brannte alles, alles aus ihm heraus. Durchtrennte mit furchtbarem und gleichsam erlösendem Schmerz das Band in ihm, zerschnitt, trennte, was so lange verbunden gewesen war. Zurück blieb Schwäche, das Gefühl, hilflos wie ein Neugeborenes zu sein. Und ebenso verletzlich. Übelkeit überkam ihn.

Ein gleißender Blitz drang aus dem Steinhaufen, breitete sich aus, erfüllte das Grab für einen Augenblick mit unwirklicher Helligkeit und verebbte so plötzlich, wie er gekommen war. Im gleichen Moment krümmte Raul sich stöhnend zusammen, erbrach sich auf den Boden, spie Blut und Galle und sank dann in sich zusammen. Schließlich blickte er zu Althea auf. Seine Augen waren grün wie die ihren und seine Zunge schien ebenso menschlich zu sein wie ihre eigene. Sein vernarbtes Gesicht war blutverschmiert.

»Thea«, sagte er jammervoll. Fassungslos starrte

Althea ihn an. Etwas Unerklärliches war geschehen. Aus einem ihr unersichtlichen Grund schien das Wesen ihn verlassen zu haben, war der Dämon exorziert. Wurde etwa doch noch alles gut? Sie kniete nieder, nahm ihn in die Arme, spürte sein Zittern und merkte, dass auch sie am ganzen Leib bebte. »Raul, mein Bruder, sei nicht mehr traurig. Wir sind zusammen, zusammen! Jetzt wird alles gut!« Und sie merkte, dass sie es selbst glaubte.

Währenddessen wühlte Wolf unermüdlich in dem Steinhaufen, unter dem die Geweihte lag. Energisch wischte sich Althea über das Gesicht. »Komm, Raul, lass uns nach Hochwürden Welfenhaag sehen. Vielleicht können wir ihr ja noch helfen!« Sie schien von ihren Worten selbst nicht überzeugt, stand aber entschlossen auf.

Ein Welle der Wärme durchfloss Raul, als er sie ansah. Seine Schwester. Sie waren so lange getrennt gewesen, so undenklich lange. Der Verlust, der Schmerz, das Gefühl, unvollständig zu sein, all das war vorbei. Er wusste, wohin er gehörte – zu ihr. Folgsam stand er auf, auch wenn er kaum noch Kraft hatte, sich zu bewegen. Aber das konnte er ihr doch nicht sagen. Sein Herz schmerzte bei jedem Schlag, seine Glieder fühlten sich an wie Blei, und noch immer tobte die Übelkeit in ihm wie ein wütender Herbststurm. Er fühlte sich krank und schwach. Und trotzdem glücklich. Denn alles wurde gut. Eine rostige Hellebarde lag ihm im Weg. Mühsam hob er sie auf, er würde sie gut als Hebel verwenden können, um die gröbsten Steine aus dem Weg zu räumen.

Hastig schob sie an der Stelle, wo Wolf am eifrigsten schabte, die Steine beiseite. Und tatsächlich entdeckte sie schon bald das grüne Ornat der Draconiterin. Ächzend zerrte Althea einen besonders dicken Brocken weg. Ein erschreckend lebloser Arm der Geweihten kam zum Vorschein. »Raul, kannst du mir hier mal helfen?«

»Ich komme!« Seine Stimme war dicht hinter ihr.

Sie grub weiter. Wenn sie sich beeilten, konnten sie Lea Elida vielleicht noch helfen. Schneller, schneller, Althea, spornte sie sich an. Der Schatten ihres Bruders fiel über sie.

Dreh dich um, dreh dich um! Jetzt!

Etwas – eine Stimme? – in ihr bewog sie dazu, sich umzudrehen. Mit grausamem Lächeln stand Raul hinter ihr, die Hellebarde über ihren Kopf zum tödlichen Schlag erhoben. Keuchend sprang sie zur Seite. Neben ihr prallte die Waffe auf, zerteilte einen Steinbrocken in hundert kleine Kiesel. Da sprang Wolf hinter Althea vor, an Rauls Brust, warf ihn um und entblößte mit bösem Knurren die Fänge, einen Fingerbreit von der Kehle des Jungen entfernt.

»Raul?«, flüsterte Althea heiser.

Der stinkende Atem des Hundes brachte ihn zur Besinnung. Er hatte doch nur helfen wollen. Dann sah er, wie seine Schwester ihn totenbleich anstarrte, und er wusste, dass etwas nicht stimmte.

Und mit weher, banger Ahnung spürte er in sich. Und fand ihn wieder. Kleiner zwar, doch nichtsdestotrotz Unheil bringend, hockte Mey im Innersten seiner Seele. Mit einem Mal war Raul klar, dass sie zu lange verbunden gewesen waren, er und dieses Wesen. Auch jetzt, wo das große Band zerschnitten war, hauste noch ein Teil dieses dämonischen Wahnsinns in Raul. Und etwas sagte ihm, dass es immer so sein würde. Dass nichts und niemand es von ihm abtrennen konnte, denn sie waren auf ewig verwachsen und eins geworden. Und wenn er der Wahrheit ins Gesicht sah, so musste er erkennen, dass er es schon lange geahnt, nein, mehr noch: gewusst hatte. Die ganze Zeit über hatte er gewusst, dass es keine zweite Chance für ihn geben würde. Dass nichts gut und schön werden würde, wie am Ende der Märchen, die Groma ihnen Abend für Abend erzählt hatte. Alle Liebe seiner Schwester würde nicht ungeschehen machen können, was geschehen war, was er getan hatte. Und alle Gebete konnten den Teil seiner Seele nicht zurückholen, den er verloren hatte. Er war geblendet und getäuscht worden, aber letztendlich war er selbst es gewesen, der gehandelt hatte, die ganze Zeit über. Es gab keine Entschuldigungen, und es gab keine Rechtfertigungen. Ebenso wenig, wie es Hoffnung für ihn gab, Hoffnung, den dunklen Teil in sich zu besiegen. Nur eines konnte er noch tun: die Verantwortung für seine Schwester tragen, dafür sorgen, dass zumindest die Mächte, die ihn verdorben hatten, ihr nichts anhaben konnten.

»Thea«, sagte er, so fest er konnte, »ich bin immer noch beherrscht. Etwas von diesem Monster ist mit mir verwachsen, und du wirst es nicht austreiben können.«

»Woher willst du das denn wissen?«, entgegnete sie und kniete neben ihm nieder. »Und selbst wenn: ich kenne viele kluge Menschen, es gibt tausende von Schriften und hunderte Gelehrte! Einer von ihnen wird wissen, wie dir zu helfen ist – und wenn wir zur Göttin beten …«

»Du magst zu deiner Göttin beten, so viel du willst«, unterbrach er sie und ignorierte ihren entsetzten Gesichtsausdruck, »mir haben deine Götter noch nie beigestanden. Ich habe immer nur die Mächte gespürt, die der dunklen Seite dienen. Nur von ihnen weiß ich, dass es sie gibt, und ich kenne ihre Macht, denn ich habe sie in mir getragen und tue es zu einem Bruchteil noch immer.« Sanfter fuhr er fort: »Glaub mir, keiner weiß besser, was zu tun ist als ich. Denn keiner fühlt, was ich fühle.«

Noch während er sprach, zuckte seine Hand in Richtung der Hellebarde, so als wäre sie ein selbstständiger Körperteil, ein wildes, mordlüsternes Tier. Unter Wolfs bedrohlichem Knurren brachte Raul sie mühsam zur Räson. Althea ignorierte den Ausbruch.

»Dann war es völlig umsonst, das Artefakt und den Wirtskörper zu zerstören?«

»Der Wirtskörper ist vernichtet und wird niemals eine Kraft wie Mey in sich aufnehmen können. Das ist ein großer Erfolg, glaube ich. Und seit die Harfe zerstört ist ...« Raul suchte nach Worten und entschloss sich dann, ehrlich zu sein. »*Er* kann nicht mehr gerufen werden. Und ein großer Teil meiner Macht ... seiner Macht scheint verloren zu sein, so, als wäre eine Verbindung gekappt worden. Und zuerst habe ich gehofft, dass das alles sei. Aber ein Rest ist zurückgeblieben, ist offenbar mit mir verschmolzen, und das ist genug, um dir und anderen zum tödlichen Verhängnis werden zu können.«

»Ich kann und will das nicht glauben! Es gibt eine Lösung, und wir werden sie finden.«

Er schüttelte den Kopf. »Die Wahrheit ist, dass du den Rückweg vermutlich nicht überleben würdest.« Sie riss die Augen auf. »Weißt du, dass ich keinen Schlaf mehr finde? Du aber wirst müde werden, irgendwann. Und Mey ... mein Wahnsinn wird mich überkommen, ohne dass ich es bemerke. Ich kann ihn nicht mehr kontrollieren. Seit jenem Moment im Thronsaal habe ich die Beherrschung über ihn verloren.« Er verstummte kurz. »Falls ich ihn überhaupt jemals beherrscht habe. Entweder werde ich dich dann töten und damit den Rest meiner Menschlichkeit verlieren. Oder der Hund würde mich vorher zerfleischen, und er täte recht daran.«

»Aber was sollen wir denn tun?«, fragte Althea kleinlaut.

Zu gern hätte er ihr tröstend über das Haar gestrichen, aber er fürchtete sich davor, dass Mey die Kontrolle übernahm, wenn er zu nahe an ihren Hals geriet. »Meine liebe Schwester«, sagte er, »ein halbes Leben waren wir getrennt, zu lange. Viel zu lange. Und das Schlimmste war, dass ich nicht einmal wusste, was ich so vermisste, dass es wehtat.«

»Aber jetzt sind wir doch wieder zusammen! Und wir können alles nachholen.« Ihre Stimme klang trotzig, aber die Tränen in ihren Augen verrieten, dass sie ahnte, worauf er hinauswollte.

»Gib mir den Dolch«, sagte er leise und blickte auf eine der umgestürzten Rüstungen.

Sie schüttelte den Kopf.

»Bitte!«

Sie bewegte sich nicht.

»Mach es mir doch nicht so schwer!«

Das Schluchzen durchbrach ihre mühselig aufrecht erhaltene Fassung, und sie griff nach dem Dolch. Noch immer schüttelte sie den Kopf.

»Es gibt keinen anderen Ausweg. Und du weißt das!«

Weinend drückte sie ihm den Dolch in die Hand. Seine Finger schlossen sich klauengleich um den Griff. Ein Zischen entwich ihm, und er bäumte sich auf. Intuitiv schlug ihm Althea hart auf das Handgelenk und entwandt ihm die Waffe wieder. Rauls Kopf schlug wütend hin und her, dann kam er schwer atmend zur Ruhe und suchte erneut ihren Blick. Wolf knurrte böse.

»Ich kann ihn nicht mehr kontrollieren, kein bisschen mehr«, klagte er traurig. »Du musst mir helfen.«

»Verlang das nicht von mir …« Stöhnend barg sie das Gesicht in ihren Händen.

»Nur so können wir ihn letztlich besiegen. Ich bitte dich, schenke mir Frieden!«

»Raul, ich …«

»Er hat mir alles genommen. Meine Kindheit, mein Vertrauen in die Menschen, meine Hoffnung, mein ganzes Leben, wie es hätte sein können. Und es hätte schön sein können, das weiß ich jetzt. Er aber hat uns getrennt, hat mich benutzt, grausame Dinge tun lassen, mich entstellt. Bitte, lass nicht zu, dass er mir das Letzte nimmt, was mir etwas bedeutet. Meine Schwester.«

Sanft strich sie ihm über das vernarbte Gesicht. »Ich liebe dich, mein Bruder.«

»Ich liebe dich, Thea.«

Und sie stach zu.

Kapitel 28

Es war der seltsamste Ritt, den Sibelius je erlebt hatte. Sie fegten nur so dahin, stürmten durch Wälder, überquerten Flussläufe und Felsen, so schnell und leicht, als wären sie nicht von dieser Welt. Und für seinen Führer mochte das auch durchaus zutreffen.

Der fremde Ritter führte ihn, ohne auch nur einmal zögernd innezuhalten, und Sibelius folgte bereitwillig, wohl wissend, dass kein Laut über die schmalen Lippen des Reiters dränge, obgleich dessen dunkle, traurige Augen so viel zu sagen schienen. Es lag an Sibelius, dass er die stummen Worte nicht verstand.

Irgendwann hatte der Abt jegliches Gefühl für Raum und Zeit verloren. Sein Kopf war seltsam leer, nur ein Gedanke hatte darin noch Platz: dass dies ein Bote seiner Göttin sein musste und dass Sibelius ihm folgen würde, wohin auch immer er ihn führte.

Wie im Traum glitt die Landschaft an ihnen vorbei, doch zu sehr war der Blick des Abtes von der schimmernden Gestalt vor ihm gebannt, als dass er etwas davon hätte wahrnehmen können.

Irgendwann wurde der Reiter vor ihm langsamer. Sibelius richtete sich im Sattel auf. Waren sie etwa am Ziel angelangt? Die Umgebung kam ihm vage vertraut vor, die dichten Wälder, das Felsmassiv im Hintergrund.

Plötzlich erinnerte er sich.

»Herzogenthal?«, entfuhr es ihm. »Wir sind in Herzogenthal.« Seine Gedanken überschlugen sich. Wie war das möglich, innerhalb so kurzer Zeit ...

Sein Führer zügelte seinen Schimmel und wandte sich um.

»Du führst mich zu Althea?«

Der andere nickte langsam.

»Dann los.« Die Stimme des Abts klang seltsam heiser.

Erneut folgte Sibelius dem Reiter, der nun langsamer ritt, als müsste er sich mühsam auf den Weg konzentrieren. Wieder und wieder hob er den Kopf, als lauschte er stummen Worten, die ihm den Weg wiesen. Sein Gesichtsausdruck war seltsam gequält, als würde jeder Schritt ihm Leid verursachen. Einmal hob er unvermittelt den Kopf, und seine Lippen bewegten sich.

Sibelius konnte sich täuschen, aber er meinte, die Worte »Dreh dich um! Jetzt!« von seinen Lippen zu lesen.

Doch da ritt sein Führer bereits ohne ein Wort der Erklärung weiter.

Plötzlich und unvermittelt durchzuckte Sibelius ein jäher Schmerz, als hätte ihm jemand einen Dolch ins Herz gerammt. Doch schlimmer noch war die Verzweiflung, die Hoffnungslosigkeit, die wie eine schwarze Woge über ihm zusammenschlug, ihn hinabriss, ertränkte, ihm den Atem raubte. Althea. Er spürte, wie kurz sie davor war, wahnsinnig zu werden! Wie konnte das sein? Und wie konnte er sie fühlen?

Und doch war es so, alles in ihr brach zusammen, er spürte, wie ihr Funke zu erlöschen begann, ihr Lebenswillen brach. Sie würde tot sein, tot in einem lebendigen Körper, denn ihr Geist zerbrach in Pein. Wie ein Kind begann er zu schluchzen, krallte sich in der Mähne seines Pferdes fest, sandte all seine Kraft, alles, was an Gutem und Lebendigem in ihm war, dorthin, wo er sie vermutete, und versuchte sie spüren zu lassen, dass sie nicht allein war.

»Ich bin bei dir, ich bin bei dir«, flüsterte er immer wieder. Und als er fühlte, dass sich ihr Geist schon verwirrte, dass ihre Seele starb, da glühte plötzlich ein Funke in ihr auf. Wärme durchströmte sie, er spürte es ganz deutlich. Wärme und Licht. Und sie hob den Kopf und sah eine Hand, die ihr gereicht wurde. Und was sie spürte, war unbeschreiblich.

Dann war es vorbei. Das Glück und die Trauer, die Sibelius wahrnahm, waren seine eigenen Gefühle. Doch er kannte die Gefühle, die sein Schützling empfunden hatte, hatte sie bereits selbst im Herzen verspürt, und wusste, dass es nur eines gab, das eine solche Glückseligkeit auslösen konnte. Es war die Nähe der Göttin.

Nur mühsam hielt er sich auf seinem Pferd, versuchte der heftigen Empfindungen Herr zu werden, während sich sein Blick starr auf den schimmernden Rücken seines Führers heftete, der unbeirrt weiterritt.

Kurze Zeit später jedoch hielt sein Begleiter plötzlich an, und als er ihn ansah, fand Sibelius seine eigene Traurigkeit, sein Leid, in den dunklen Augen des anderen wieder.

Der Ritter der Societas Vigiliarum deutete nach vorn, und der Abt nickte müde. Er würde dem Weg folgen. Sein Führer lenkte sein Pferd zur Seite und neigte leicht den Kopf, als Sibelius vorbeiritt und ein leises »Danke!« murmelte.

Als der Abt sich noch einmal umwandte, hob der Ritter grüßend die linke Hand. Da erst erkannte Sibelius ihn, obgleich er ihm doch schon so oft in den Gewölben von Drachenwacht ins Gesicht gesehen und in den Visionen sein Schicksal geteilt hatte. »Serpentigena!«

Es schmerzt über die Maßen, den Boden zu betreten, so viele Jahrzehnte zu spät. Und so allein. Wie sehr hat er sich gewünscht, hier zu stehen, hier zu fallen. Doch seine Schwäche hat ihn zur ewigen Wacht verdammt.

Heute ist sie seine Stärke.

Heute ist er einem anderen Ruf gefolgt, führt den Spross der Wachenden. Und als er über die Grenze des Tales der Herzöge reitet, da hört er sie, die Stimmen der Brüder. Sie flüstern ihm zu, begrüßen ihn, erzählen ihm von ihrem Kampf und ihrem Tod. Und von ihrer Erlösung.

Es ist ein unvergleichliches Wiedersehen, und er wird die Erinnerung daran in die Ewigkeit hinein bewahren, so wie er ihr Erbe bewahrt. Wie er es all die vergangenen Jahre getan hat, Tag für Tag, Stunde für Stunde, als wäre es gestern gewesen, dass er ihre Stimmen gehört, ihnen in die Augen geblickt hat.

Doch in seinen einsamsten Stunden, wenn die Bitterkeit seine Seele fast zu Stein erstarren lässt, so, wie es sein Körper bereits ist, in diesen dunklen Stunden denkt er an sie. An den Duft ihrer Haare, den Klang ihrer Stimme und daran, wie ihre Augen ganz schmal wurden, wenn sie lachte. Und auch die Erinnerungen an sie sind, als hätte er gerade vor einer Stunde den letzten, salzigen Kuss ihrer Lippen gekostet. Diese Gedanken sind es, die ihm Wärme geben, wenn all das, was von ihm noch übrig ist, zu erkalten droht. Und diese alles überströmende Wärme ist mehr als nur ein Trost. Sie sagt ihm, dass das, was er getan hat, richtig war. Dass ihre Liebe jedes Äon der Wacht in dieser kalten, kalten Mauer wert ist.

Als sein Weg zu Ende ist, hebt er die Hand. Es ist ein letzter Abschied, ein endgültiger Abschied von seinen Brüdern. Und als er sein Pferd wendet, um zurückzukehren, liegt zum ersten Mal seit vielen langen Jahren ein Lächeln auf seinen Lippen.

Der Ritter wendete sein Ross, und binnen weniger Augenblicke war seine schimmernde Silhouette in der Dunkelheit verschwunden. Für die Dauer eines Herzschlages blickte ihm Sibelius nach, und ein Schauer lief ihm über den Rücken. Dann aber drückte der Abt seinem Fuchs unvermittelt die Fersen in die Flanken und sprengte tiefer in den Wald hinein, in der Hoffnung, dass der Weg, den er gewählt hatte, der richtige war.

Kapitel 29

Eine nasse, raue Zunge strich wieder und wieder über ihr Gesicht. Lea Elida stöhnte. Denn alles, was sie von ihrem Körper spürte, tat weh. Mühsam hob sie die Arme, um Wolf abzuwehren, der sie mit hemmungsloser Begeisterung abschleckte. Sie öffnete die Augen, aber es blieb dunkel um sie herum. Besorgt versuchte sie sich zu erinnern. Die Harfe, die Steine. Der Blitz. Offensichtlich war sie geblendet. »Na wunderbar.« Ihre Stimme war kaum wiederzuerkennen, so heiser klang sie.

Vorsichtig tastete sie um sich, erkannte, dass sie noch halb von den Bruchstücken bedeckt war. Trotzdem konnte sie sich bereits aufrichten. Das Amulett hatte sich in ihre Hand gebohrt, sie hatte es die ganze Zeit über nicht losgelassen. Das warme Pulsieren darin war verebbt. Etwas unbeholfen hängte sie es sich um den Hals. Das Erbe der Societas – es hatte seine Bestimmung erfüllt. Unbeholfen griff sie nach der geschändeten Hesindestatue. »Althea?«

Ihr Ruf blieb unbeantwortet. Verdammt, wenn sie wenigstens etwas sehen könnte! Es war ein unheimliches und beunruhigendes Gefühl, nicht zu wissen, was vor sich ging, und noch dazu an einem solchen Ort. »Althea?«

Mühsam quälte sie sich unter den Steinen hervor. Ihr Leib schmerzte unsäglich, sicherlich waren einige Rippen gebrochen, und ihr Bein fühlte sich auch nicht gerade heil an. Ob sie es bis zum nächsten Dorf schaffen würde, war fraglich. Aber wo war die Novizin? Angst stieg in Lea Elida hoch. »Wolf! Bring mich zu Althea! Komm!«

Stöhnend klammerte sie sich an sein Nackenfell, und langsam, Schritt für Schritt, führte sie der Hund. Lea spürte sein Zittern, auch Wolf war mit seinen Kräften am Ende.

Nicht lange, und ihr Fuß stieß gegen einen Körper. Sie sank vorsichtig in die Knie, spürte das Gewand der Novizin, die wild gelockten Haare, und nahm sie in den Arm. Gleich daneben lag ein zweiter Körper, vermutlich Raul. Besorgt tastete die Geweihte das Mädchen ab, bemerkte erschrocken die Flüssigkeit an ihren Händen und ihrer Brust. Blut? Aber sie fand keine Einstichwunde. Sie tastete weiter. Althea hatte die Augen weit aufgerissen und war sehr kalt. Doch, der Göttin sei Dank, ihr Herzschlag pulsierte, wenn auch langsam, in ihren Adern. Eilig untersuchte Lea Elida Raul. Mit Erschrecken fand sie den Dolch, der in seiner Brust steckte, und als sie über sein vernarbtes Gesicht strich und ein Lächeln darauf fand, überlief sie ein Schauer.

»Göttin, was habt ihr getan? Was ist nur geschehen?«

Verzweifelt nahm sie die reglose Althea in den Arm, sprach zu ihr, schlug sie leicht auf die Wange, doch die Novizin kam nicht zu sich. Und Lea Elida spürte etwas Ungreifbares, das ihr sagte, dass Althea nicht aufwachen würde.

»Wolf!« Er kam zu ihr, wollte ihr das Gesicht lecken. »Wolf, du musst hier raus! Ich schaffe es nicht. Du musst Hilfe holen, irgendwie, und zwar schnell.« Wolf winselte. »Es muss sein. Wir müssen Althea helfen.« Wieder wimmerte das Tier, und die Geweihte erkannte, dass er es vermutlich nicht schaffen würde. Er war zu schwach. Und sie selbst? Sie war blind, geschwächt vom Blutverlust ihrer noch immer nässenden Wunden, und auch die gebrochenen Knochen kamen ihr immer klarer und mit heiß pochenden Schmerzen zu Bewusstsein. Wolf war ihre letzte Hoffnung, aus diesem verdammten Loch noch herauszukommen.

»Komm her! Ruhig, schön ruhig!« Nach kurzem Zögern riss sie sich eines der Liturgienbänder von ihrem Ornat, auf das in Gold das Wappen des Ordens gestickt war, und band es ihm ungeschickt um den Hals. Falls er wirklich jemanden finden sollte, so würde dieser mit ein wenig Glück zumindest erkennen, dass der Hund von einer Geweihten der Hesinde geschickt worden war. »Lauf jetzt, Wolf! Such dir einen Ausgang! Lauf!« Der Hund knurrte widerwillig, dann aber trottete er davon, und kurz darauf hörte sie das Poltern von Steinen. Doch sie musste sich eingestehen, dass es mehr als unwahrscheinlich war, dass er rechtzeitig Hilfe fände. Aber sie war jedoch zu erschöpft, zu ausgebrannt, um mit dem Schicksal zu hadern.

Lea Elida nahm die schmale Gestalt der Novizin in die Arme, strich ihr das Haar aus dem Gesicht und streichelte über die kalte Wange. Sie wusste nicht, was sie ihr sagen sollte. Würde Althea sie überhaupt verstehen? Hilflos wiegte sie die Reglose hin und her, gerade so, als wollte sie ein Kind in den Schlaf schaukeln. Als ihre Finger über die Lippen des Mädchens strichen, spürte sie verwundert, dass auch Althea lächelte. Und dann war da wieder dieses unbeschreibliche, unerklärliche Gefühl in ihr. Ein Gefühl, das ihr sagte, dass es gut war.

Plötzlich tropfte es nass auf die Hand der Geweihten und verwundert spürte Lea Elida, dass es Tränen waren, die über ihre Wangen glitten, auf ihre Hand und auf das Gesicht des Mädchens fielen. Tränen. Etwas, das sie lange nicht mehr gekannt hatte.

Unvermittelt barg sie den Kopf Altheas in ihren Armen und weinte, weinte um sie und um ihren Bruder und um das Leid und den Tod, die sie alle hatten ertragen müssen. Und mit jeder Träne schien die Last auf ihrer Seele ein wenig kleiner zu werden.

Der Zeitfluss schien still zu stehen. Irgendwann versiegten ihre Tränen, und sie schmiegte ihre heiße Wange schwach an das kalte Gesicht Altheas.
 War es das? Sie hatten den Plan des Antihexarions vereitelt, und nun würden sie hier verenden. Zu ausgeblutet, zu zerschlagen, um aus dem Erdloch heraus und durch den Wald zurückzukriechen. Hatten sie gewonnen oder verloren? Hatte sich ihr Schicksal erfüllt, oder waren sie ihm entronnen? Gab es überhaupt ein Entrinnen, oder war alles auf eine undurchschaubare Art vorherbestimmt?
 Leas Körper pulsierte vor Schmerz, doch selbst das Pulsieren wurde schwächer und schwächer, bis sie irgendwann das Gefühl hatte, dass ihr Geist den Körper verließ, sie weit über sich schwebte. Ein Gefühl der Leichtigkeit und der Zufriedenheit erfüllte sie, wie sie es lange nicht mehr hatte spüren dürfen. Wenn das das Ende war, so war es ein gutes Ende. Ein Gedanke stieg in ihr auf und sie hielt sich an ihm fest, denn er war warm und gut:
 Ein Leben war zuweilen ein geringer Preis, den es zu zahlen galt. Sie lächelte.
 Dann war sie nur noch müde. Keine Gedanken mehr, keine Tränen, keine Schmerzen. Am Ende wartete die Stille.

Als sie das Geräusch von fallender Erde und kurz darauf wieder das Poltern von Steinen hörte, dauerte es lange, bis sie sich bewegen konnte.
 »Althea? Hochwürden Welfenhaag? Ist da unten jemand?« Ein lautes Kläffen untermalte seine Worte. Das war unmöglich. Ungläubig hob die Geweihte den Kopf. »Frater Sibelius?«

»Hochwürden! Ihr lebt, den Zwölfen sei Dank. Wartet, ich werde Euch gleich dort herausholen. Nur einen Augenblick, dann bin ich bei Euch!«

»Frater, wie habt Ihr uns gefunden? Wie konntet Ihr so schnell hierher gelangen? Woher wisst Ihr ...« Lea Elidas Stimme war leise, brach, und wieder stiegen ihr die Tränen in die brennenden Augen, diesmal vor Freude und Dankbarkeit. Mühsam drängte sie sie zurück.

Einen Moment herrschte Stille. Dann sagte Sibelius: »Ein Freund hat mich hergebracht. Und dann hat Wolf mich gefunden, als ich im Wald umherirrte und euch suchte. Er hat mich hierher geführt.« Der Abt räusperte sich und sagte dann ruhig: »Haltet noch ein wenig aus, ich hole euch dort gleich heraus. Alles wird gut, Schwester!«

Lea umklammerte Altheas Körper, hielt sie ganz fest. »Hörst du, meine Kleine? Alles wird gut!«, flüsterte sie dem Mädchen leise ins Ohr, »alles wird gut!«

Kapitel 30

Über dem Fluss lag dichter Nebel. Wie die kostbar gewobene Schleppe einer majestätisch dahinschreitenden Windfee zog er sich in erhabener Langsamkeit über das dunkle Wasser zum schlanken Schilfgras hin. Er stieg hinauf bis an die Grundmauern des Hortes, die, vom Wind und Regen der Äonen blank poliert, nun in hellem Grau glänzten, und wuchs an den Steinwänden empor in die Höhe, als wäre er ein Teil von ihnen, als hätte der schimmernde Dunst sich in den hohen Mauern manifestiert.

Eternenwacht strich mit der Hand liebkosend über das Steinfries, eine Drachenornamentik, die das Fenster umrahmte. Wieder einmal fragte er sich, warum dieser Ort stets eben jene Mischung aus Ehrfurcht und geradezu mystischem Frieden in ihm hervorrief, und wieder einmal gab er sich die Antwort, dass dies letztlich nicht von Belang war. Die uralten Mauern, die schon viele Namen getragen hatten – ewige Wacht war nur einer von ihnen –, schienen Angst und Kummer fern halten zu können, und was blieb, war Frieden. Vielleicht war das der Grund, warum er den Hort, den er auf Geheiß der Göttin mit neuem Leben erfüllt hatte, »Umtoste Konklave« nannte.

Er wandte sich um und beobachtete die Geweihte, die in dem gepolsterten Lehnstuhl vor ihm saß. Auch sie strahlte vollkommene Ruhe aus. Ihr Gesichtsausdruck wirkte gelöst, und die Furchen, die sich früher so scharf in das schmale Gesicht eingegraben hatten, schienen ihm weniger tief. Und das, obwohl die grauen Augen noch immer ins Leere blickten und nichts von dem wahrnahmen, was um sie herum vor sich ging. Der Wolfshund lag zu ihren Füßen und döste, die Schnauze auf die Vorderpfoten gelegt.

Lea Elida hatte ihren Bericht gerade beendet. Der Abtprimas des Heiligen Drachenordens hatte eine Weile gebraucht, bis seine Stimme wieder so fest war, dass er zu ihr sprechen konnte.

»Ich werde einige Präcantoren mit Geleitschutz gen Herzogenthal senden«, sagte er jetzt. »Sie werden magisch überprüfen, ob auch wirklich jegliche Gefahr gebannt ist. Außerdem müssen wir einen Plan der Anlage fertigen und sie alsdann für alle Zeit versiegeln. Ich werde noch heute einen Brief an den Wahrer der Ordnung der Mittellande schreiben und um die Unterstützung der Praioskirche ersuchen.«

Die Äbtissin nickte. »Es dürfte allerdings keine akute Gefahr mehr bestehen. Wir haben das Artefakt zerstört und damit die Möglichkeit des Antihexarions, seinen höchsten Diener nochmals in diese Sphäre zu senden, zunichte gemacht. Zumindest diese eine Möglichkeit«, ergänzte sie trocken.

»So ist es«, stimmte Eternenwacht ihr zu, »und das haben wir euch – dir, Sibelius und Althea – zu verdanken.« Er erstickte ihren Protest im Keim und fuhr rasch fort: »Nur durch eure Stärke und euren Glauben konnte das Schlimmste verhindert werden. Ihr allein habt den zweiten Teil der alten Prophezeiung erfüllt und die Rückkehr verhindert.«

»Wenn auch unter großen Opfern.«

»Wenn auch unter großen Opfern! Aber, Filia, du wirst dein Augenlicht zurück erhalten, nur Geduld! Ein paar Wochen Ruhe und Pflege hier im Hort, und du wirst wieder sehen können wie ein Falke.«

»Und Althea?«, fragte Lea Elida leise.

Eternenwacht seufzte. »Sie ist noch immer in hohem Maße entrückt. Ich weiß nicht, ob ihr Geist das Geschehene je wird bewältigen können. Einen Bruder zu finden und ihn gleich wieder zu verlieren – und dann noch durch die eigene Hand. Die Göttin allein weiß, ob sie jemals wieder zu uns zurückkehren wird. Aber ...« Er verstummte.

»Aber Ihr habt wenig Hoffnung.«

Der Abtprimas nickte langsam, traurig. Dann fiel ihm ein, dass sie ihn nicht sehen konnte. »Wir werden warten, was die Zeit uns bringt«, sagte er stattdessen. »Sibelius wird sich um sie kümmern, und wenn jemand sie zurückholen kann, dann ist er es.«

Er wollte nicht, dass sie zu grübeln anfing, und so wechselte er das Thema: »In jedem Fall haben wir neue, entscheidende Erkenntnisse bezüglich der Congregation erlangt. Du hast die Berichte von Sibelius gehört, über die Visionen, die er hatte, und auch du hast von Träumen und Eindrücken berichtet. Vermutlich haben wir ein gutes Stück des uralten Rätsels um die Societas Vigiliarum gelöst, auch wenn wir wenig handfeste Beweise haben.«

Lea Elida hob die Hand zu einer hilflosen Geste. »Und doch ist alles, was wir tun können, Hypothesen aufzustellen. Mögt Ihr meine Schlussfolgerungen hören?«

»Natürlich, Tochter«, entgegnete der Abtprimas und musterte sie abwartend.

Nachdenklich strich sich die Geweihte über die Narbe am Hals, ehe sie wieder das Wort ergriff: »Da ist zum einen die Harfe, das Artefakt, das eine so wichtige Rolle gespielt hat. Die Statue der Hesinde ist eine überaus archaische Darstellung und sicherlich mehrere hundert Jahre alt. Wer sie zu einem Artefakt pervertiert hat, das so mächtig war, dass es den ersten Diener des

Antihexarions rufen konnte, wird sich wohl niemals herausfinden lassen. Vielleicht war es Khell Dairon selbst, der in seiner Gier nach Macht den Pakt mit dem Gegenspieler Hesindes einging und nach dessen Anleitung das Artefakt schuf. Vielleicht war es ein anderer, dessen Name niemals auftauchen wird, und der dunkle Fürst hat nur auf der unheilvollen Harfe gespielt.

Aber was war die Auswirkung, wenn das Artefakt gespielt, also aktiviert wurde? Ein Band in die siebente Sphäre? Die Möglichkeit für den ersten Diener, bereits zu einem Teil in sein Opfer einzufahren, es nach seinem Willen tanzen und springen zu lassen? Wenn wir den Berichten Sibelius' Glauben schenken – und es waren nur Visionen, also müssen wir sehr vorsichtig damit sein –, dann war es das erklärte Ziel, den ersten Diener auf Dauer in diese Sphäre zu bringen. Damit wäre ein unglaublicher Machtfaktor des Antihexarions in seiner Gier um die Seelen der Menschen verwirklicht worden.«

»Das ist die Theorie«, bestätigte Eternenwacht. »Und nachdem diese Wesenheit sich nicht längere Zeit in ein und derselben Person manifestieren kann, da jeder Wirt binnen kurzem wahnsinnig werden würde, erschuf er sich den vollkommenen, seelenlosen Körper. In ihm wäre er nahezu unbesiegbar gewesen, denn niemand hätte sich ihm unbemerkt nähern können, wäre er erst zur Gänze in ihn eingefahren und auf Dere präsent gewesen. Das erste Mal unter Khell Dairon hatte er sein Ziel fast erreicht, und seine Macht war schon über die Maßen groß. Nur die Congregation konnte ihn aufhalten.«

»Sie griffen ihn an, bevor er den Zenit seiner Macht erlangte«, fuhr Lea fort, »schlugen unter großen Opfern seine Scharen und zerstörten seinen mächtigen und verderbten Wirtskörper, den Fürsten Khell Dairon. Aber das Artefakt wurde nicht gefunden, blieb unzerstört, und eine neue Chance kam durch den Jungen. Mit seiner Hilfe hätte das Werk vollendet werden sollen. Warum es wohl sein Herz sein musste? Weil er bereits mit der siebenten Sphäre verbunden war? Aber er wehrte sich. Seine Schwester spürte die Gefahr, in der er schwebte, vielleicht durch das besondere Band des Blutes, das Zwillinge aneinander schweißt. Vielleicht hat Raul selbst aber auch Kontakt zu ihr aufgenommen, indem er sein magisches Potenzial nutzte, durch eine unbewusste Verständigungsmagie oder etwas Ähnliches. Jedenfalls kam sie nach Herzogenthal und half ihm, der Macht der Siebten Sphäre zu widerstehen. Der Wirtskörper wurde zerstört und wenig später auch das Artefakt durch das Amulett der Societas. Was wäre geschehen, wenn Raul die Harfe in die Finger bekommen hätte? Wäre dann noch mehr von Mhek'Thagor in ihn gefahren?« Die Geweihte schauderte.

»Gut, dass es nicht so weit gekommen ist«, sagte der Abtprimas düster. »Nun ist das Artefakt zerstört und das letzte Band zerschlagen, das der erste Diener auf Dere hatte.« Sinnierend blickte er wieder aus dem Fenster. »Ob die Societas wirklich nur gegründet wurde, weil ein Seher all dies ahnte und eine Offenbarung erhielt? Ob sie nur aus diesem Grund existierte und wirklich alle bei der Schlacht um Herzogenthal fielen?«

»Das werden wir nur herausfinden, falls wir doch irgendwann einmal ihren Hort finden und mit ihm die Berichte der Congregation – falls es diesen legendären Nachlass überhaupt gibt«, antwortete Lea Elida trocken.

Eternenwacht sammelte sich. »Wir müssen in jedem Fall, wie schon gesagt, das Grab versiegeln und untersuchen. Und dann die Feste.«

Lea seufzte. »Ich weiß nicht, ob ich den Weg zurück finde«, sagte sie langsam und bedächtig, fast schon widerwillig, »meine Sinne sind seltsam verwirrt. Jahrhunderte lang kannte niemand den Weg und die, die ihn vor kurzem fanden, sind entweder tot oder entrückt. Und meine Erinnerung lässt so schnell nach, so ungewöhnlich schnell. Ich hoffe trotzdem, dass ich uns den Weg werde zeigen können, sobald ich mein Augenlicht wiedergewonnen habe.«

»Wir werden es sehen, wenn es so weit ist«, antwortete Eternenwacht ruhig. »Pater Sibelius, der von diesem seltsamen Reiter zu Althea und dir geführt wurde, kann sich ebenfalls an kaum etwas erinnern.« Eternenwacht runzelte nachdenklich die Stirn. »Auch eine sehr ungewöhnliche Geschichte, diese Visionen und dann der geheimnisvolle Ritter der Congregation, der ihn gerade noch rechtzeitig zu euch führte, um euren Tod in dem alten Grab zu verhindern.«

Die Augen der Geweihten verengten sich kurz. »Was ist aus seinen Überresten geworden?«, fragte sie unvermittelt; Eternenwacht wusste, wovon sie sprach: von der Asche jenes Streiters der Societas Vigiliarum, der am Eingang der Feste ihrer geharrt hatte.

»Gleich nachdem du sie mir übergeben hast, habe ich seine Asche einsegnen lassen, hier, auf dem Anger unserer Geweihten. Ich habe das Gefühl, dass dies ein würdiger und der richtige Platz für ihn ist.«

Lea Elida nickte zufrieden. »Und vielleicht werden sich eines Tages noch die übrigen Rätsel lösen, die restlichen Antworten finden«, sagte sie leise.

»Nun«, entgegnete Eternenwacht, »wer weiß das schon. Vielleicht entdecken wir eines Tages ihr Erbe da, wo wir es am wenigsten vermutet haben. Die Wege der Göttin sind unergründlich.«

»Ihr habt, wie immer, Recht, Pater!«

Der Pater Primus lachte, dann trat er einen Schritt näher und legte der Geweihten die Hand auf die Schulter. Der angeblich so schläfrige Wolf hob blitzschnell den Kopf und schenkte ihm einen warnenden Blick aus den bernsteinfarbenen Augen, dann gähnte er herzhaft und rollte sich genüsslich auf die Seite. Eternenwacht registrierte es ebenso wie die Tatsache, dass Lea Elida sich zum ersten Mal bei seiner Berührung nicht verkrampfte oder zurückzuckte.

»Es waren harte Tage, Lej'al'jêrim.« Verwundert stellte er fest, dass seine Stimme ein wenig zitterte.

»Das waren sie, Pater, hart und bitter.« Und aus den blinden Augen rollte eine Träne wie ein funkelnder Edelstein über die linke Wange und tropfte zu Boden. Fassungslos sah Eternenwacht sie an – es war die erste Träne, die er Lea Elida Welfenhaag jemals hatte weinen sehen.

»Aber sie lassen dich auf wunderbare Weise erkennen, wie schön das Leben ist, wie einzigartig und wie kostbar. Und wie kurz.« Sie griff unbeholfen nach seiner Hand und umfasste sie. »Ein Geschenk, das es zu nutzen gilt.«

Ihr Lächeln spiegelte sich auf den Lippen des alten Mannes wider.

Schnaufend stellte Sibelius die Laterne ab. Er hatte Althea gefüttert, sie dann in den Garten getragen und ihr die Geschichte vom kleinen Drachen Apiep vorgelesen, die sie als Kind schon immer so geliebt hatte. Als es dunkel geworden war, hatte er sie ins Bett gebracht, mit ihr gebetet und sich schließlich an ihr Bett gesetzt und ihre Hand gehalten, bis sich die Lider über die starren Augen gesenkt hatten. Ein Weilchen noch hatte er gewartet und war dann schließlich leise gegangen. Aber er ließ immer eine Kerze brennen, für den Fall, dass sie aufwachte und vielleicht Angst bekäme.

Er hatte nicht mehr viel Zeit für andere Dinge, seit er mit Althea aus der Umtosten Konklave zurückgekehrt war, wo sie ihm gesagt hatten, dass man nichts für sie tun könne. Aber das störte ihn nicht – Hauptsache, sein kleiner Liebling war bei ihm. Ab und zu, wenn er an früher dachte und sich die Traurigkeit wie eine schwarze Decke über ihn legte und ihn zu ersticken drohte, ging er in den Tempel und betete zur Göttin um Trost. Oder er kam hierher, herunter in den Gewölbekeller, und besuchte den Wächter, den Bruder der Societas Vigiliarum, der nun immer öfter mit demselben Gesicht zu ihm herabsah. Sibelius hatte begonnen, sich mit ihm wie mit einem Gefährten zu unterhalten, und die steinerne Gestalt war wirklich ein verdammt guter Zuhörer. Widersprach wenigstens nicht ständig, wie gewisse Geweihte das zu tun pflegten.

Von Lea Elida hatte er sich nur flüchtig verabschieden können. Er konnte den Blick ihrer blinden Augen nicht ertragen, und es war ihm aufgefallen, dass sie seltsam erlöst gewirkt hatte. Das Schuldbewusstsein hatte ihre Gegenwart unerträglich gemacht. Hätte er nicht an ihrer Stelle sitzen sollen, blind und nur knapp dem Wahnsinn entronnen? Aber gleichzeitig hatte der Neid in ihm getobt, weil sie die letzten Tage mit Althea hatte verbringen dürfen, gemischt mit dem quälenden Vorwurf, dass die Draconiterin vielleicht mehr hätte tun können, dass sie vielleicht imstande gewesen wäre, Althea zu retten. Inzwischen war von all den Gefühlen nichts mehr geblieben. Er war wie ausgebrannt. Irgendwann würde er sich mit ihr zusammensetzen und über alles reden, aber bis dahin müsste noch einige Zeit ins Land gehen.

Er seufzte und schaute sein Gegenüber stumm an. Heute war ihm nicht nach Reden zumute. Aber seltsamerweise war es tröstlich, dem ewig Wachenden nahe zu sein. Als er in das müde Antlitz blickte, verschwamm es für einen Moment und Sibelius Augen tauchten ein in das neblige Grau der Steinwand und sahen ...

... die Frauen, obgleich sie in dunkle Kutten gehüllt und daher in dem dichten Nebel, der sich wie ein grob gewebtes Leichentuch über das Schlachtfeld gelegt hat, kaum auszumachen sind, und während sie die Leiber der Toten bergen, schwebt der Choral der Vergänglichkeit wie die Erinnerung an einen lauen Frühlingstag durch die Nacht ...

... aber da festigte sich sein Blick schon wieder und konzentrierte sich auf das fulminante Relief, das den Gewölbekeller seines Hortes zierte. Wiederum seufzend rieb sich Sibelius die Augen, dann hob er wieder die Laterne auf. Dies war keine Nacht, die man allein in einem feuchten Keller verbringen sollte. Jobakin hatte eine Flasche von dem guten Roten aufgemacht, den er nur selten herausrückte, und Aveskia hatte schon ihre Laute bereitgestellt. Sie hatte eine klare, helle Stimme, und wenn sie die bornischen Weisen anstimmte, bekamen sogar Lujada und die Braschnowitzka feuchte Augen.

»Gute Nacht, mein Freund«, sagte er zu der hohen Gestalt und wollte sich gerade abwenden, als er plötzlich zurückzuckte, verharrte, ungläubig auf das Relief sah, die Laterne höher haltend, nun, da er endlich begriff, was sich ihm da offenbarte, was so offensichtlich gewesen und ihm doch lange verborgen geblieben war!

Und Sibelius starrte gebannt auf das Antlitz des Bruders der Societas, Serpentigena von den grünen Wäldern, denn er hatte endlich erkannt, wer da in ewiger Wacht auf ihn herabsah. Und mit glänzenden Augen blickte der Abt in die Züge seines Vorfahren, die wie seine eigenen waren.

Epilog

Wie ein ungestümer Liebhaber drängt der junge Morgen ins Tal, vertreibt ohne innezuhalten die letzten Nebelschwaden, die wie tiefgrau verschleierte Witwen in lautloser Klage, Sinn und Ziel beraubt, über den blutgetränkten Boden wogen. Und mit ihnen geht die Erinnerung an die vergangene Nacht.

Als die alten Augen sich schmerzlich verengen, stiehlt sich wieder eine Träne davon, dann eine zweite, und gemeinsam treten sie funkelnd den Weg in den Tod an, wohl wissend, dass ihre kurze Existenz in wenigen Herzschlägen auf dem steinigen Fels beendet sein wird, auf dem sie zerschellen werden.

Ein tiefes Aufseufzen lässt den sterbenden Körper erbeben, die Augen haben etwas gesehen, was kein anderer erblicken kann. Beruhigt sinkt da das edle Haupt zurück, und ein befreiter Ausdruck lässt das Antlitz in überderischer Schönheit erstrahlen.

Er spricht einen Segen, der erst in langer Zeit empfangen werden wird. Und voller Freude blickt er dem entgegen, was ihn nun erwartet und was er lange, so lange Zeit ersehnt hat. »Ewiger Friede«, hauchen die Lippen, kurz bevor der Blick, der stets voller Weisheit und Güte war, für immer bricht. »Requiem eternam!« Und Animus lächelt glücklich.

Anhang

Übersetzung der bosparanischen Zitate

Domina! Dea! Adoramus te!
Herrin! Göttin! Wir beten dich an!

In nomine Hesinde, vade retro!
Im Namen Hesindes, weiche zurück!

Ad majorem gloriam Deae!
Zum größeren Ruhme der Göttin!
(Wahlspruch der Eisernen Schlange)

Ostende nobis, Domina, misericordiam tuam!
Offenbare uns, Herrin, deine Barmherzigkeit!

Gloria in alveranis Deae!
Ehre der Göttin in Alveran!

Culpa sum, Pater!
Ich bin schuldig, Vater!

Dies ater
Schwarzer Tag, auch: Unglückstag

Sapientia et ignis
Weisheit und Feuer

Requiem eternam dona eis, Domina!
Ewigen Frieden schenke ihnen, Herrin!
Requiem eternam dona mihi, Domina!
Schenke mir ewigen Frieden, Herrin!

Domina! Dea! Mater omniscent! Mens indeficient!
Qui es conditor omnium sapientiam!
Ostende nobis misericordiam tuam et salutare tuum da nobis!
Herrin! Göttin! Allwissende Mutter! Unermüdlicher Geist!
Die du der Ursprung aller Weisheit bist!
Offenbare uns, Herrin, deine Barmherzigkeit und schenke uns dein Heil!

Gloria in excelsis Deo et magno duci Khell Dairon
Ehre dem erhabenen Gott und großen Herrscher Khell Dairon

Arcana magica inutilis erit!
Geheimnisvolle Magie wird unbrauchbar sein
(Bannspruch des hl. Argelion)

Requiem eternam
Ewiger Friede

Glossar

Abt – Weihegrad im klerikalen Zweig der Draconiter; alle Präzeptoren sind zugleich Äbte

Abtprimas – geistliches und weltliches Oberhaupt des Hl. Drachenordens; zur Zeit: Erynnion Q. Eternenwacht

Akoluth – Titel der Novizen im Hl. Drachenorden

Alt-Tulamydia (Ur-Tulamidya) – urzeitliche Sprache der im Süden Aventuriens ansässigen Tulamiden

Alveran – fünfte Sphäre und Heimat der Zwölfgötter

Alveraniar – halbgöttliche Wesenheit, die als Bote oder Diener der Zwölfgötter fungiert, meist Götterkinder oder legendäre Heilige

Amazeroth – einer der mächtigsten Erzdämonen, Herr von Irrsinn, Wahn und verbotenem Wissen, Meister der Illusion, gilt als direkter Gegenspieler der Göttin Hesinde

Ancilla – Heilige der Hesindekirche, die als Schutzheilige der Wandelbarkeit angerufen wird

Antihexarion – wörtlich: Gegensechser; erzdämonischer Widersacher der Göttin Hesinde, die als die sechste Göttin gilt. Siehe auch *Iribaar, Amazeroth*

Argelion – Erzheiliger der Hesindekirche, dem die Schutzmagie zugeordnet ist

Basiliskenzunge – Dolch mit geschwungener Klinge

Bishdariel – Alveraniar Borons, Sendbote der Träume

Bornland – Land im Nordosten Aventuriens

Bosparano – Sprache des Alten Reiches, nur noch in Gelehrtenkreisen und in der gebildeten Oberschicht gebräuchlich

Bote des Lichtes – oberster Geweihter des Praios-Kultes
Canyzeth – Erzheilige der Hesindekirche, ihr wird die Tugend der Erkenntnis zugeordnet
Codex Argelionis – klerikale Verordnung der Hesindekirche, die u. a. den Gebrauch von Stahlwaffen missbilligt
Conclusio – Bosparano für Folgerung, Konklusion
Confratres – Bosparano für Mitbrüder
Conpatres – Bosparano für Mitväter
Demiurg – Weltenschöpfer
Dere – erdähnliche Welt, auf der der Kontinent Aventurien liegt
Draconiter – hesindegefälliger Orden, vollständige Titulatur: Heiliger Drachenorden zur Wahrung und Vertiefung allen Wissens Unserer göttlichen Herrin Hesinde. Sitz der Ordenshochburg: Thegûn, begründet durch Seine Eminenz E. Q. Eternenwacht, Titular-Erzwissensbewahrer zu Neetha
Draconiterhort – Klosteranlage der Draconiter
Dragenfeld – Dorf am Goblinstieg
Erzpräzeptor – Vorsteher eines Draconiterhortes, der mehrere andere Horte verwaltet
Ferdok – Stadt in der mittelaventurischen Provinz Kosch
Festum – größte und mächtigste Stadt des Bornlandes
Filia – Bosparano für Tochter
Götterlauf – zwölf Monde, ein Jahr
Herzogenthal – kleine Gebirgsbaronie im Nordwesten des Herzogtums Weiden
Hesindes Hain – paradiesische Gegenwelt Hesindes
Hort – siehe *Draconiterhort*
Innocencier – traviagefälliger Orden
Iribaar – siehe *Amazeroth*
Konservator/in – Geweihte/r des Draconiterordens, mit den bibliothekarischen Belangen betraut
Mada – im Zwölfgötterglauben Tochter Hesindes, die die Magie in die Welt brachte und für diesen Frevel von Praios bestraft wurde

Maraskan – größte Insel Aventuriens, im Perlenmeer gelegen

Mendena – Stadt in der Provinz Tobrien

Mhek'Thagor – auch: das blinde Auge, der wissende Wahn, soll Auge und Zunge Amazeroths sein, sein höchster Diener, der Wahnsinn und Tod bringt

Naclador – hoher Drache und göttergleicher Gefährte Hesindes; Schützer der Wahrheit und Verfechter der Wachsamkeit gegen jedes unhesindianische Tun

Nandus – Halbgott, Sohn Hesindes und Phexens, Gott der Weisheit; sein heiliges Tier ist das Einhorn

Nayrakis – mythische Kraft des Geistes, die Essenz der Ordnung; körperlich unfassbar; ihr entspringen Kreativität und Verstand

Nirgendmeer – mythologische Leere zwischen dem Diesseits und dem Jenseits

Präcantor/in – Mitglied im magischen Zweig des Draconiterordens

Präzeptor – Vorsteher eines Draconiterhortes

Propräzeptor – Vertreter des Vorstehers eines Draconiterhortes

Sacer Ordo Draconis – Heiliger Drachenorden, siehe: *Draconiterorden*

Satinav – sagenumwobener Hüter der Zeit, ans Schiff der Zeit gekettet

Scriptorium – Schreibraum im Draconiterhort

Sikaryan – mythische Kraft des Lebens, aus der das fassbare Universum hervorgegangen ist

Smaragdnatter – heiliges Tier der Göttin Hesinde

Societas Vigiliarum – Bruderschaft der Wachenden, mysteriöser, untergegangener Hesindeorden

Soror – Bosparano für Schwester

Soter/a – klerikales Mitglied des Draconiterordens, zuständig für die Regelung aller weltlichen Belange des Ordens

Thegûn – Hauptstadt der Liebfeld'schen Baronie Kabash; Sitz der Ordenshochburg der Draconiter

Thesis – theoretisches Konstrukt, durch welches gildenmagische Zauberer ihre Zauber wirken können

Tobrien – ehemalige Provinz des Mittelreiches, seit der Invasion Borbarads teilweise von dessen dunklen Schergen besetzt

Traviabund – Ehebund

Varsinor – siehe *Naclador*

Ysilia – ehemalige Hauptstadt der mittelreichischen Provinz Tobrien, von den Schwarzen Horden besetzt

Das Schwarze Auge

1. Band: Ulrich Kiesow, *Der Scharlatan* · 06/6001
2. Band: Uschi Zietsch, *Túan der Wanderer* · 06/6002
3. Band: Björn Jagnow, *Die Zeit der Gräber* · 06/6003
4. Band: Ina Kramer, *Die Löwin von Neetha* · 06/6004
5. Band: Ina Kramer, *Thalionmels Opfer* · 06/6005
6. Band: Pamela Rumpel, *Feuerodem* · 06/6006
7. Band: Christel Scheja, *Katzenspuren* · 06/6007
8. Band: Uschi Zietsch, *Der Drachenkönig* · 06/6008
9. Band: Ulrich Kiesow (Hrsg.), *Der Göttergleiche* · 06/6009
10. Band: Jörg Raddatz, *Die Legende von Assarbad* · 06/6010
11. Band: Karl-Heinz Witzko, *Treibgut* · 06/6011
12. Band: Bernhard Hennen, *Der Tanz der Rose* · 06/6012
13. Band: Bernhard Hennen, *Die Ränke des Raben* · 06/6013
14. Band: Bernhard Hennen, *Das Reich der Rache* · 06/6014
15. Band: Hans Joachim Alpers, *Hinter der eisernen Maske* · 06/6015
16. Band: Ina Kramer, *Im Farindelwald* · 06/6016
17. Band: Ina Kramer, *Die Suche* · 06/6017
18. Band: Ulrich Kiesow, *Die Gabe der Amazone* · 06/6018
19. Band: Hans Joachim Alpers, *Flucht aus Ghurenia* · 06/6019
20. Band: Karl-Heinz Witzko, *Spuren im Schnee* · 06/6020
21. Band: Lena Falkenhagen, *Schlange und Schwert* · 06/6021
22. Band: Christian Jentzsch, *Der Spieler* · 06/6022
23. Band: Hans Joachim Alpers, *Das letzte Duell* · 06/6023
24. Band: Bernhard Hennen, *Das Gesicht am Fenster* · 06/6024
25. Band: Niels Gaul, *Steppenwind* · 06/6025
26. Band: Hadmar von Wieser, *Der Lichtvogel* · 06/6026
27. Band: Lena Falkenhagen, *Die Boroninsel* · 06/6027
28. Band: Barbara Büchner, *Aus dunkler Tiefe* · 06/6028
29. Band: Lena Falkenhagen, *Kinder der Nacht* · 06/6029
30. Band: Ina Kramer (Hrsg.), *Von Menschen und Monstern* · 06/6030
31. Band: Johan Kerk, *Heldenschwur* · 06/6031
32. Band: Gun-Britt Tödter, *Das letzte Lied* · 06/6032

Das Schwarze Auge

33. Band: Barbara Büchner, *Das Galgenschloß* · 06/6033
34. Band: Karl-Heinz Witzko, *Tod eines Königs* · 06/6034
35. Band: Hadmar von Wieser, *Der Schwertkönig* · 06/6035
36. Band: Barbara Büchner, *Schatten aus dem Abgrund* · 06/6036
37. Band: Barbara Büchner, *Seelenwanderer* · 06/6037
38. Band: Hadmar von Wieser, *Der Dämonenmeister* · 06/6038
39. Band: Christel Scheja, *Das magische Erbe* · 06/6039
40. Band: Linda Budinger, *Der Geisterwolf* · 06/6040
41. Band: Momo Evers, *Und Altaia brannte* · 06/6041
42. Band: Barbara Büchner, *Blutopfer* · 06/6042
43. Band: Lena Falkenhagen, *Die Nebelgeister* · 06/6043
44. Band: Karl-Heinz Witzko, *Die beiden Herrscher* · 06/6044
45. Band: Bernhard Hennen, *Die Nacht der Schlange* · 06/6045 Hardcover
46. Band: Barbara Büchner, *Das Wirtshaus* Zum lachenden Henker · 06/6046
47. Band: Karl-Heinz Witzko, *Die Königslarve* · 06/6047
48. Band: Tobias Frischhut, *Geteiltes Herz* · 06/6048
49. Band: Hadmar von Wieser, *Erde und Eis* · 06/6049
50. Band: Britta Herz (Hrsg.), *Gassengeschichten* · 06/6050
51. Band: Heike Kamaris & Jörg Raddatz, *Sphärenschlüssel* · 06/6051
52. Band: Alexander Huiskes, *Die Hand der Finsternis* · 06/6052
53. Band: Martina Nöth, *Zwergenmaske* · 06/6053
54. Band: Gun-Britt Tödter, *Koboldgeschenk* · 06/6054
55. Band: Heike Kamaris & Jörg Raddatz, *Blutrosen* · 06/6055
56. Band: Ulrich Kiesow, *Das zerbrochene Rad: Dämmerung* · 06/6056
57. Band: Ulrich Kiesow, *Das zerbrochene Rad: Nacht* · 06/6057
58. Band: Jesco von Voss, *Der Letzte wird Inquisitor* · 06/6058
59. Band: Olaf Flatergast, *Druiden-Rache* · 06/6059
60. Band: Alexander Wichert & Christian Thon, *Blakharons Fluch* · 06/6060
61. Band: Karl-Heinz Witzko, *Westwärts, Geschuppte!* · 06/6061
62. Band: Thomas Finn, *Das Greifenopfer* · 06/6062

Das Schwarze Auge

63. Band: Alexander Lohmann, *Die Mühle der Tränen* · 06/6063
64. Band: Sarah Nick (Hrsg.), *Aufruhr in Aventurien* · 06/6064
65. Band: Thomas Baroli, *Lichter Tag* · 06/6065
66. Band: Thomas Baroli, *Die Schwärze der Nacht* · 06/6066
67. Band: Alexander Wichert, *Sand und Blut* · 06/6067
68. Band: Alexander Huiskes, *Der geheime Pfad* · 06/6068
69. Band: Markus Tillmanns, *Das Daimonicon* · 06/6069
70. Band: Martina Nöth, *Verborgene Mächte* · 06/6070
71. Band: Martina Nöth, *Die letzte Schlacht* · 06/6071
72. Band: Thomas Plischke, *Fuchsfährten* · 06/6072 (in Vorb.)

Sonderausgabe des 15., 19. und 23. Romans in einem Band:
       Hans Joachim Alpers, *Die Piraten des Südmeers* · 06/9185

Sonderausgabe des 12., 13. und 14. Romans in einem Band:
       Bernhard Hennen, *Drei Nächte in Fasar* · 06/9197

Weitere Bände in Vorbereitung

Das Schwarze Auge

Die Romane zum erfolgreichsten deutschen Fantasy-Spiel verwandeln die Welt des SCHWARZEN AUGES in farbenprächtige Leseabenteuer.

06/6050

Eine Auswahl:

Karl-Heinz Witzko
Die beiden Herrscher
06/6044

Bernhard Hennen
Die Nacht der Schlange
06/6045 (gebundene Ausgabe)

Barbara Büchner
Das Wirtshaus *Zum lachenden Henker*
06/6046

Karl-Heinz Witzko
Die Königslarve
06/6047

Tobias Frischhut
Geteiltes Herz
06/6048

Hadmar von Wieser
Erde und Eis
06/6049

Britta Herz (Hrsg.)
Gassengeschichten
06/6050

Heike Kamaris & Jörg Raddatz
Sphärenschlüssel
06/6051

Alexander Huiskes
Die Hand der Finsternis
06/6052

Martina Nöth
Zwergenmaske
06/6053

HEYNE-TASCHENBÜCHER

Anne McCaffrey

Der Drachenreiter von Pern-Zyklus

Drachengesang
Band 3
06/3791

Drachensinger
Band 4
06/3849

Der weiße Drache
Band 6
06/3918

Drachendämmerung
Band 9
06/4666

Die Weyr von Pern
Band 11
06/5135

Die Chroniken von Pern – Ankunft
06/6353

Drachenauge
06/6372

06/6372

HEYNE-TASCHENBÜCHER

Robert N. Charrette

Hochkarätige Abenteuer-Fantasy vom Spitzenautor der SHADOWRUN-Romane

Die Schattenkrieg-Trilogie
1. Prinz des Dunkels
06/9090

2. König des Unheils
06/9091

3. Ritter des Zwielichts
06/9092

Die Chronik von Aelwyn
1. Der Turm der Zeit
06/9113

2. Das Schlangenauge
06/9114

3. Der magische Pakt
06/9115

06/9090

HEYNE-TASCHENBÜCHER